肥満令嬢は細くなり、後は傾国の美女（物理）として生きるのみ

八針来夏

illustration／輝竜司

The obese daughter becomes thinner, and the rest of her life is spent as a leaning beauty (physics).

TOブッ

JN229097

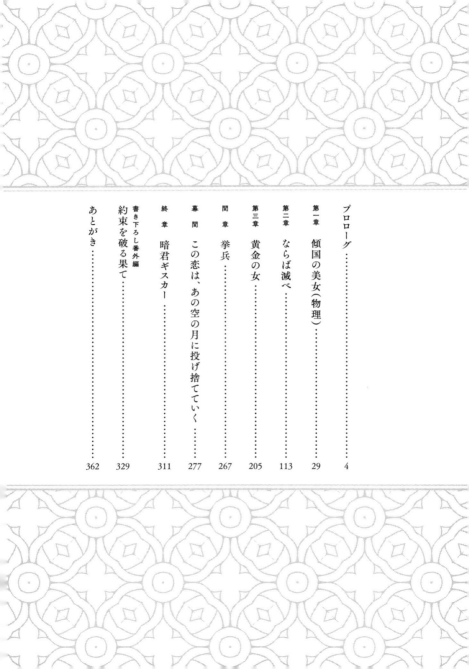

illustration
輝竜司

design
ヴェイア

プロローグ

「ローズメイ＝ダークサント！　お前との婚約を破棄する」

大勢の宮廷人が見守る中――このルフェンビア王国の王子、ギスカーの言葉に、ローズメイ＝ダークサント公爵令嬢は……ふん、と鼻息を漏らした。

じろり、と兜《かぶと》の隙間からのぞく両眼が王子の横で儚《はかな》げに震えるシーラ＝メディアス男爵令嬢をねめつける。

可愛らしい美貌、守りたくなるような小さな体が震えるさまは野栗鼠《のりす》のように可憐で、思わず抱き締めたくなるだろう。

この醜い自分とは……まるで正反対だ。ローズメイは兜を放り捨てて忌々《いまいま》しそうにギスカー王子を見る。

王子はローズメイの視線に気圧されたように後ずさった。

「な、なんだ。わたしの決定に文句があるのかっ！」

「こんな下らんことのために、おれを最前線から呼び寄せたのか。

あの日……おれを守ってくださったのに、どうしてこんな情けなく……」

国の王子に対して不敬の極みである発言であったが、それを咎めることができるものはいない。

しかしギスカー王子が行った筋の通らない婚約破棄は、王族として到底感心できない横紙破りであったが……宮廷の貴族たちはそれも致し方ないと同情する視線が強かった。

ローズメイ＝ダークサントは王国最強の戦士であり、王国最悪の肥満体を持つ醜女《しこめ》であった。

顔を構成するパーツ一つ一つは整っていると言ってもいい。だが顎の周りにへばりついたような、ぶよぶよとたるんだ脂肪が付いた顔はみっともなく。成人男性の平均値である百八十センチを超える長身と、過度の鍛錬によって形成された分厚い腕は男よりも男らしい厳《いか》めしさを備えている。胸元の肉付きはそれなりに豊かだが、それ以上にでっぷりと突き出た腹回りはまるで樽《たる》のように膨らんでいて、実に見苦しい。

ただひとつだけ美しいと褒めてよいのは、その黄金色の長い髪。

結い上げたそれは、金色の王冠のように豪奢《ごうしゃ》な輝きを発している。まさに王冠を生まれ持ったかのような姿と威風だ。

今しがたも鎧姿でパーティー会場に参列しており、貴族たちから眉をひそめる視線を浴びても平然とした様子であった。なぜなら――

「今は領土拡張政策を続けるサンダミオン帝国との睨み合いの真っ最中だぞ。

その最中に婚約破棄などという些事《さじ》でわざわざ、前線指揮官であるおれを王都に招聘《しょうへい》するとはどういう了見だ!!」

ローズメイの激怒も至極当たり前のことである。

彼女は齢十九歳の女でありながら、武門の名家ダークサント家の唯一の生き残りとして堂々たる将軍の威風を発している。

それは、戦場を知らない若い王子が怯えて腰を抜かすのに十分の迫力であった。

ローズメイは王子を睨む。

「おおかたおれを大勢の貴族の前に引き出して、婚約破棄を持ち出して辱めたいだけであろう。国王陛下のご勅命《ちょくめい》と思ったからこそ急いでくれば、つまらん嫌がらせか！　馬の準備をしておけ！」

「はっ！」

後ろに控える配下に振り向いて発せられるローズメイの雷声に、彼女の直属の騎士十名が頷く。

誰も彼も煌びやかな祝宴とは無縁の軍装を解いておらず、旅塵《りょじん》に塗れた体を湯につけたい欲求などおくびも出さぬまま下知《げじ》に従う。

ローズメイは貴族界においては、大兵肥満の巨漢、もとい巨女として嘲《あざけ》り笑われ続けていたが……騎士団からは無類の忠誠心を勝ち得ていた。

公爵家の跡継ぎであり、そして将軍でもある彼女は、最も高貴な身の上でありながら最前線で敵軍と血戦する最強の騎士だ。彼女の背中を仰ぎ見ながら戦えば、我が死ぬことはあっても我々が負けることはない――そういう信仰心にも似た崇拝を、二十にも満たぬ娘が受けていた。

「き、貴様、婚約破棄を受け入れぬのか！　お前のようなデブなど絶対に嫌だ！」

「……そんなこと。言われるまでもない。分かっている。あなたがおれを嫌っているなど分かっているとも」

ローズメイは、顔にほんの少し悲しみの色を見せた。

いつもいつも鏡越しに自分の肥満体を見て、自分の褥《しとね》で声を殺して泣いていた。

彼女は戦略は分かっても戦術は分からない。そんな己が将軍として部下たちの信望を得るには絶対的な武威をもって将兵を奮い立たせる猛将となるより他ない。そして最前線で敵の騎士と激突し勝つには……この重量級の肉体がどうしても必要だったのだ。

その結果、愛する王子に嫌われるなどずっと昔から覚悟していたのに。なのに、王子の言葉にはいつも泣きそうになる。

そんな自分を偽り、ローズメイは吐き捨てる。

「だいいち……おれは数年前から国王陛下に、『ギスカー王子が婚約破棄を望んだならば受け入れてくださるように』との話をしている。陛下に確認してくだされればこんな面倒なことにはならずに済んだのだ。……陛下は？」

「ち、父上は先日から体調を崩されて伏せておられる。ああ、命に別状はない」

「なるほど。国王陛下の目を盗んでのことか。まるで親に隠れて悪戯する子供だな」

「きっ……貴様！　無礼であろう！　衛兵！　このものを捕らえよっ！」

その言葉に衛兵は困惑したように、ローズメイとギスカー王子へと視線を往復させ。

それとは打って変わってローズメイの配下は躊躇《ためら》うことなく、腰に下げた剣の鞘に手を当てて、臨戦態勢の気迫を全身より漲《みなぎ》らせている。安全な王都で貴族や民衆相手に警備を行う衛兵と、敵国との戦争で、生死の境目を潜り抜けた騎士とでは練度に天と地ほどの差があった。

ローズメイは、ふん、と鼻で王子の言葉を笑う。

「おれは国王陛下より外敵を討ち果たすように命令を受けている。お前達衛兵も忠誠を尽くすのは国王陛下であって、王子ではないことを忘れたか？　おれを邪魔立てすることは国王陛下のご命令に逆らうと見做《みな》すぞ、よいかっ！」

「あっ⁉　こ、こら、貴様ら、剣を収めるな！」

衛兵も、自分達の仕える主が、王子ではなく国王であることを思い出したのだろう。剣を収めて引き下がり、王子は思い通りにならない状況に歯噛みする。

ローズメイは踵《きびす》を返し、そのまま待たせている配下と共に最前線へととんぼ返りするため、パーティーの会場から退出しようとした。

たとえ王子であろうと警備兵の槍であろうと彼女の歩みを止められはしないだろう。彼女の足を止めさせたのは、王子に縋《すが》りついていた小娘の聞き捨てならない一言であった。

「……ローズメイ将軍閣下。生憎ですが、間に合いません。あなたが王都に来た時点で、策は完成しております」

「……し、シーラ？　なにを言っている」

ギスカー王子の困惑の声を無視し、王子の腕の中ではかなげに震えていたシーラ＝メディアス男爵令嬢は前に進み出てスカートの裾を摘み、丁寧に会釈する。王子よりもよほど堂に入った挨拶にローズメイも居住まいを正し、頭を下げる。

彼女ははじめて……自分から王子を寝取った不遜な男爵令嬢を見た。

「ギスカー殿下は次期国王陛下ですが、同時にローズメイ様の轟くような雷名をいつも妬んでおいででした。

それが妬ましいのであれば、王子殿下も剣持ち鎧纏い、最前線に赴かれればよろしいのに、と、殿下との褥の中でいつもいつも思っておりましたよ？」

「ば、ばかっ！　シーラ！」

ギスカー王子は恋人の突然の告白に動揺の声を上げる。貴族、それも王太子ともあろうものが婚前に褥を共にする不貞を働いたのだ。大変な不名誉だ。

だが、ローズメイはむしろシーラの堂々とした振る舞いに好感さえ抱く。

「……シーラ＝メディアス男爵令嬢。と、すると――おれを王都に呼ぶように王子をそそのかしたのはあなたの差し金か」

「ええ。その通りです。『ギスカー殿下、大勢の耳目が集う式典の最中に婚約破棄を宣言すれば王家はもはや後には引けなくなります。それにローズメイ様は武名名高い将軍。このままでは軍事力に加え、妃という強大な権力を併せ持つ、王さえも抗《あらが》えぬ絶対者を生むのですよ？』と囁くと――ええ。ええ。あっさりと王命を偽ってくださいました」

「その言葉があなたに死を贈ると分かって……なおもさえずるか」

ローズメイは笑った。

喧嘩を売ってくる相手に対して獰猛《どうもう》に牙を剥く、そういう感じの笑い方だ。

「面白し。殺してやる」

「覚悟の上でございます」

「一応聞いてやろう。お前、サンダミオン帝国の工作員だな？」

「忠誠をささげた国の名前のみは、お許しくださいませ。それ以外はすべてローズメイ閣下のご想像通りかと」

ふむ……と、ローズメイは考え込み、一つの疑問を口にする。

「だが、なぜわざわざ口にした？　おれが王都に来た時点でお前の策は完成した。ならば貝のように口をつぐんでいれば、工作員として処断されることはなく生還できたはずだ」

「これが、わたしが名を残す好機だからです。

ローズメイ将軍。あなたのように、満天下の人々の脳裏に人血を以《もっ》て己が名を刻み付けることのできる方は、ごく稀《まれ》なのです。

そして今この時であれば、わたしは名もなき工作員から一国を謀《たばか》り破滅へと導いた悪女として歴史に名を刻むことができるのです。

……これは、大変な誉れではないでしょうか!!」

「がははっ!!　寝取り女の分際で愛《う》い奴め。命より名を残すことを望むか。気骨のある淫売、気に入った！　我が手で始末してくれよう！」

ローズメイは笑った。

そして、こういう気骨のある気に入った敵を殺さなければならない自分の立場に、少しだけ悲しみを覚えた。

「お。お前達、ナニを言っている⁉」

王子の言葉にシーラ男爵令嬢は、愛を囁く時からは想像もできないほど、冷たい笑顔を見せた。

「私の目的は、ローズメイ将軍を、彼女に信服する二万の騎士団から引き離し、孤立させることにあった」

「な……なにを⁉　何を言っている！　シーラ！　お前はわたしを愛しているのだろう？」

「ええ。ええ。……殿下、愛してますとも——と、自分自身に思い込ませることができるのが……真の工作員というものでございます」

ギスカー王子はへたり込んだ。

今まで愛してくれていると思い込んでいた相手の手ひどい裏切りの言葉に、声も出ない。

そんな王子に、ローズメイはちらりと悲しげな視線を向け、シーラを見つめる。

「……サンダミオン帝国は、『龍の住む』ダヴォス殿下など綺羅星《きらぼし》の如き傑物を抱える国家だ。二の矢、三の矢は既に放っているのだろう」

シーラは、こくりと頷いた。

まるでタイミングを計っていたかのように……慌てた様子で急報を告げる騎士が飛び込んでくる。

「反乱でございますっ！　メディアス男爵反乱っ！　周囲の中小貴族を引き込み、八千の兵が反乱を起こし、この王都を目指しております！」

その言葉に——周囲の貴族たちが慌てふためく。

メディアス男爵領はこの王都から半日の距離にある。今は夕方。日が変わる真夜中頃には既にこの王都を取り囲むであろう。

今すぐ王都を脱出し、所領に帰ろうとするものや手勢をまとめようとするもの。家に戻って財産をかき集めようと相談するもの。

本来この場を仕切るべき王子は、愛していた男爵令嬢シーラの豹変《ひょうへん》についていけない。

「うろたえるな、小僧ども!!」

だがローズメイは、地をどすんと踏み鳴らし、つんざくような雷声を発した。人に命令を発することに慣れた、生まれついての支配者階級が発する命令を受け、この場に出席する貴族のすべてが一斉に押し黙る。ローズメイより年かさの貴族など山ほどいたが、しかしこの場でもっとも冷静だったのは他ならぬ彼女である。

ローズメイはシーラ男爵令嬢を見た。

「なるほど。おれの配下である二万の騎士団は、サンダミオン帝国とのにらみ合いで動けぬままだ。この策は——ただおれ一人を戦場にて討つためのものか」

「はい。ローズメイ将軍。あなたはこの国に忠誠を尽くしています。ゆえにこそ王都陥落ということは見過ごせません。……それが、八千もの敵に対する無謀な勝負と分かっていても挑まずにいられぬでしょう」

ローズメイは頷いた。

この醜女将軍は、父祖の愛した国を守りたいと思っていた。なにより……ギスカー王子を愛していた。その愛が絶対に報われざると分かっていても、まだ愛していた。公衆の面前で婚約破棄を宣言され、女としての名誉に深い傷を受けた今もなお……愛していたのだ。

心の傷が痛む。けれどもローズメイはそれを強靭《きょうじん》な意志力で捻じ伏せ……工作員シーラに笑って見せる。

「だがな、シーラ。お前の飼い主の策には一つ、欠点がある」

「はい？」

「おれが……メディアス男爵率いる八千の兵を、おれとおれ直属の十名の騎士たちが正面から粉砕するという可能性に思い至っていないことだ」

「⁉　ば、バカな。そんなことできるはずが……‼」

「できぬ、と思うか」

ローズメイの豪胆極まる言葉に気圧されたように、シーラは震える。

普通に考えれば、八千と十一騎は、戦いにすらなりはしない。圧倒的な数の差に押し潰されるのが関の山だ。

だが、その威風堂々と答えるローズメイの姿にシーラは、頬を伝う冷や汗を感じる。

（できる……かもしれない。この剛勇で知られた女傑ならば、ほんとうに、たったの十騎を率いて八千の兵を粉砕してしまうかもしれない……！）

「シーラ＝メディアス男爵令嬢、いや、工作員シーラ。王子殿下を操り、おれを手足である騎士団から引き離し、窮地へと追い込んでみせた。みごと！　敬意に値する敵として、自害を許す。誰《たれ》ぞ、毒杯を持てぃ!!」

「……格別の慈悲を賜り、感謝いたします。ローズメイ様」

シーラは内心、この醜女に心からの忠誠をささげたくなる衝動に駆られた。

工作員など所詮は日陰者。そんな自分が天下に名だたる将軍に認められたことは心の底より嬉しい。それに正体の発覚した工作員など、拷問の末の死が当たり前だ。それを思うなら、自害を許す彼女は慈悲深いとさえ思える。

「し、シーラ、シーラ！　……ローズメイ、貴様は彼女の美しさを妬んで！」

「ッ、この阿呆がっ！」

だがここでギスカー王子は思わぬ行動に出た。事態の急変についていけないのか、罵声を張り上げ――まるで敵の工作員であるシーラを庇うように前に出た。彼は未《いま》だにシーラの裏切りを受け入れられず、ただローズメイがシーラを殺そうとすることだけは理解できたのだ。

シーラはこの千載一遇の好機を逃す理由はない。命を捨てて任務に当たるのが工作員ではあるが、別に好き好んで死にたいわけでもない。即座に王子の腕を捻り上げ、刃を首元に突きつける。

兵士達もローズメイも王子の命を盾にされては動けない。

「ローズメイ将軍！　策の手足となる陰の身にとって、あなたのご賞賛、生涯の誉れにございますっ！」

と、共にシーラの手より放たれた煙玉が一気に噴煙を撒き散らし、視界を塞いでいく。

それが果てた時には——既に男爵令嬢、シーラ＝メディアスの姿は忽然《こつぜん》と消え去っていたのであった。

ローズメイは、混乱したままの王子や貴族とは違い、逃がした敵の工作員にこだわることはなかった。

八千の敵が来る。普通ならメディアス男爵が八千もの兵士を動かすならば必ず兵糧の問題が出てくる。それに気づけなかったのは平和ボケした王都の官僚が無能なのか、あるいはほとんど兵糧を持たず速攻で王都を攻め落とすつもりなのだろうか。

王都の騎士団が無能でも、王都の城壁に寄って立てば攻め落とすのは簡単ではない。ならば王都の城壁を守っている城門の責任者にも調略の手が伸びている。敵兵がくれば迷わず門を開ける獅子身中の虫がいると判断するしかなかった。

シーラとの会話のさ中でそうと察していたから……彼女は冷酷な決断を下すしかなかった。

「敵は圧倒的多数を頼み、確実に気がゆるんでいる。平原にて接敵、敵陣中央を突破し指揮官を狙う。お前等、準備は良いな！」

彼女の直属の騎士十名が深々と頷く。

ローズメイは贅肉《ぜいにく》塗れの顎を震わせて笑う。

「もし敵将の首を取った奴がいたなら、おれが熱い口付《べーぜ》けをくれてやる。嬉しかろう、励め！」

「うへぇ、将軍‼　どうかそいつはご勘弁を！」

「そんなことを言われたらお互い大将首を譲り合うなんてことになっちまう！」

「がははっ、この無礼ものどもがっ！　罰として生き残ったならば全員おれの寝台に侍《はべ》ることを許してやる！」

それはどうかご勘弁、といっせいに頭を下げる騎士たち。

ローズメイ自身も自虐の入り混じった言葉に対して、げらげら笑う配下を罰することはない。なぜなら……この場にいる全員が、恐らく全滅するからだ。

彼女の命令は――死を命じることに等しい。八千の兵が王都に迫っている。篭城策は救援が来ることを前提としている。ならば二万の騎士団がサンダミオン帝国との睨み合いで動けず、救援が期待できぬなら、野戦で勝利するしか手立てはない。

だからこそローズメイは十騎の配下に、敵軍八千へ挑むという『死ね』と言うに等しい命令を発する。

そして配下がそれを粛々と受け入れるのは――ローズメイ自身が、己自身さえも戦死の勘定に入れているからだ。

指揮官自らが確実に死ぬ戦場へ赴こうとしている。彼女に信服する十騎は、その背を見ながら死ぬのだと心に決めて微笑んだ。

我らの戦乙女《いくさおとめ》はとびきりの醜女だが、共に戦う仲間としては最高と言ってよい。恐らく彼女旗下の二万騎も同じ気持ちであろう。

「ギスカー王子」

「あ、ああ、ローズメイ」

ギスカー王子は、愛しいシーラに切っ先を突きつけられ、その刃の冷たさを感じてようやく現実を受け入れることができたのだろう。彼は言う。

「……シーラが言っていた、妬み嫉みは……ああ、本当だったとも。不実の裏切りものと罵られるのも甘んじて受けよう。

だが帝国と戦って勝ち目がないと思ったのも本当だし、帝国とコネのあるメディアス男爵を通じ領土を安堵《あんど》してもらおうとしていたのも本当だ。

……男のくせに、王子のくせにと、せせら笑う声が憎かった。

婚約者《きみ》の尻に隠れて震えている王子という貴族たちの嘲りをどうにかしたかった。

ああ、八つ当たりだとも…………何もかも裏目に出たが」

恋に目が眩んだ心も、今は少し落ち着いているようだった。ローズメイは言う。

「恐らくおれは死にます。殿下」

「……な、何を言っている。ローズメイ」

「配下にはああ言いましたが、まず敗北して当たり前の状況です。殿下、いまさらですがおれはあなたを愛しておりました。今回のことも責める気はありません。おれも男であったなら、おれのような醜女などごめんこうむりたいと思いますゆえ」

ローズメイは笑った。

その笑みに、ギスカーは背中を震わせる。王子の失態を、彼女は命で贖《あがな》おうとしている。それも、自分がシーラの口車に乗ったせいで。誰も彼も従う王家の威光というものは諸刃《もろは》の剣、一度判断を誤れば自分以外の誰かが死ぬのだ。ギスカー王子はとたんに王という生き方が、恐ろしい重責のように感じられた。

彼女は四頭の名馬が引く自分の戦車《チャリオット》へと飛び乗った。彼女の体重を支えることができるほど強靭な鐙《あぶみ》など存在しないからだ。戦車には肉厚の大戦斧と十人張りの大弓、矢筒が備えられ、その両腕には巨大なトゲ付き鉄球を備えたモーニングスターを握り締める。

「それでは殿下っ！　おさらばにございますっ！」

ローズメイはその肥満体からかけ離れた快活さ溢れる笑いと共に、兜を小脇に抱えて戦車を走らせる。

容姿こそ醜いが、結い上げることをやめ、風になびく黄金の髪は——死に化粧としては最高に美しかった。

彼女は、恐らくは生きて戻れぬ戦場へと赴く。

「ローズメイ！　ローズメイ！」

ギスカー王子は全身を縛り付ける罪悪感と共に悲鳴のような声を上げた。

確かにローズメイは醜い。結婚など考えたくもない。しかし国家存亡の危機に自ら手勢を率いて赴く姿は堂々たる大将軍の風格であった。

謝らなければならない。彼女のことを女として見ることは不可能だが、しかし友人としてなら、うまくやれるのではないかと。少なくともこのまま彼女と終わるのは、絶対に嫌だった。

……こうしてローズメイ＝ダークサントは八千の敵陣に、十騎の騎士を率いて突撃。

敵将であるメディアス男爵の首を取り、劇的な勝利を遂げた。

だが、この十一人の騎士の英雄的活躍の代償は大きく、生き残ったのはたったの二名。

生還した彼らは、後でやってきた王国騎士に医務室へ連れて行かれることを拒み、指揮官であったローズメイの遺体を回収すべく狂獅子の如き様相で戦場跡を駆け回ったという。

だが惜しまれることに、将軍であるローズメイ＝ダークサントは生還せず、その遺体も死体にまぎれてか、見つかることはなく。

……この一年後に、国家の支柱であったローズメイを失った国はサンダミオン帝国に、併合という形で吸収されることとなる。


ローズメイ＝ダークサントは生まれた時からずっと醜女だったというわけではない。

むしろ幼い頃から光り輝くような美貌を生まれもっており……大人になれば大変な美女になるぞ、と両親は褒めてくれたものだ。

それが終わったのは、近年国土を急速に拡大しつつあるサンダミオン帝国との戦いで父と兄を失ってからだ。

母は、夫と息子を相次いで亡くし、心労のあまり幼子だったローズメイを残して病没。彼女は祖父に引き取られて生活することとなった。

子供の頃のローズメイはあんまり運動が得意ではなく、本の虫で家の蔵書——戦術や戦略の軍学書を貪《むさぼ》るように読んだ。

内容を理解し……かつては将軍であった祖父に教えてもらいながら国のことを聞き……。

王国が、もう詰みに近い状況まで追い込まれていると理解できたことは、果たして幸か不幸か。

当時、花も恥じらう美少女であったローズメイは王子であるギスカーと婚約していた。

本を読んで所見を王子に述べたけども、彼は『ローズメイは心配性だなぁ』と朗らかに笑うのみで聞き入れてくれることはなかった。

（……神様、わがダークサント家をお守りくださる偉大なる強力神様《ごうりきしん》……。わたしはどうなっても構いません。でも愛しいギスカー様は戦乱の世で生きていけるようなお方ではないのです……）

ローズメイは一族の守護神に祈り続けた。

剣を持ったこともなく。家庭に入り、子をなすことが幸せであると教えられる貴族の子女にとっては、未来に待ち受ける困難に対してできることなど……神に祈ることだけだったのだ。

ただし、その祈りの真摯さに心打たれたのか――ローズメイはその心に、何か偉大なものの声を聞く。

（ローズメイ……我が信奉者の子よ……我はお前に、一つだけ道を示してやれる。

お前には、わが強力の加護を授けることができる……が、この加護は、与えられたら簡単に困難を乗り越えられるような都合のいいものではない。

我が加護は肉体に強く作用する。この加護を得たものは、鍛錬の成果を多く得られるだろう）

ローズメイは、偉大なるなにかの意識に触れたことに、驚愕と共に受け入れる。

（だが……力とは代償と引き換えるものだ。ローズメイ。お前はその代償を受け入れられるか？）

（父母の愛した国を……そして、ギスカー様が無事に生きていける国を残せるのであれば、どうかわたしからすべてを持っていってくださいませ）

そのためらいの無い返答に、しかし――神のほうがためらいを覚える。

（……お前は、美しさを失う）

（……ッ）

（お前は我が加護により、比類なき剛力を、勇者の魂を得るだろう。しかし……美しさを失い――その行き着く果てとして、お前が最も愛する王子から愛されることを失う）

それはある意味、ただ死ぬだけのことより、ずっと残酷であった。

だが……彼女は愛するものの幸せのためなら、自分の幸せを投げ捨てることができてしまった。

（それでも……それでも、どうか――）

神はローズメイの懇願に、悲しみと憐憫《れんびん》を覚えながら言う。

（神として――最後に忠告しておく。国が滅びるということは、巨大な流れやうねりのようなもの。私がしてやれるのはお前を偉大な戦士に導くことだけだが……偉大な戦士一人がいたところで、国が滅びる流れを食い止めるなど叶わぬ）

神はローズメイの言葉を悲しみはしたが、その意思を尊重して力を与える。

燃える熱の塊が体内に侵入する感覚に、彼女は声を上げてのたうちまわったが――次第にそれは、彼女の胸の中、収まるべき位置に収まったように熱さは引いていく。

（諦めてよいのだ、愛しい子よ……そなたがいつか……普通の幸せを得ることを望んでいる――）

◇

「ぐ……うう？」

ローズメイは自分の人生すべてを変えた神の啓示の夢から目覚める。

体のあちこちが、熱を帯びている。敵将の首を大戦斧の一閃で両断し、そのまま勝ち名乗りを上げ安心した時に、敵の投げ槍が戦車の車輪に食い込み横転したのだ。その際に投げ出され、気を失ったのだろう。戦車から落ちた程度で気絶するとは。疲労困憊《こんぱい》もいいところだ。

手傷は山ほど。腹にも幾度か槍を受けたが、この時ばかりは分厚い脂肪と、その下の腹筋の層が切っ先を食い止めて臓腑への重傷を防いでくれている。

ローズメイは……粉砕された戦車を見、殺された四頭の愛馬たちの姿に涙を溢した。悲しみと共に彼らにお別れのキスをする。

そのまま兜を投げ捨てれば、唯一美しいと胸を張って言える髪が風になびいた。

「……生き残りはしたか。我ながら生き汚いことよの」

ローズメイは、本当は男言葉で喋る娘ではなかった。

だがダークサント家の唯一の生き残り、二万の兵士を預かる大将軍は、男所帯である騎士団で舐められないためにずっと昔から男言葉を使ってきた。荒っぽくて貴婦人らしさなど欠片もない男言葉はもうすっかり習慣として染み付いてしまっている。祖父の庇護の下で何の苦しみや悲しみも知らなかった頃には戻れぬだろう。

戦斧を引っさげ、武装をそのままに戦場から歩き始める。

「……もう。よろしいでしょう、父上、母上、兄上、お爺様」

勝利したのは王国側。

メディアス男爵軍は指揮官を討たれて敗退している。

敵の姿はなく、ローズメイは半壊した戦車に背中を預けながら血を吐いた。

深手はないが、流した血の量が多すぎる。まもなく死ぬだろう。


ローズメイに、しかし後悔はなかった。


強力神の加護を得てから強くなるため、大人でも音を上げる過酷な鍛錬を続け、無理やりに食事を押し込み体を作った。金色の髪を残して自分から美しさが失われていくさまに絶望し、悲鳴をあげたくもなった。

だが、それでも国のため……愛するギスカー様のためと思い、戦い続けてきた。

苦しみが多く、報われない人生に、疲れてもいた。


……ローズメイは、死にたかった。

いくら鎧と筋肉で肉体を武装しようと、その心はどうしようもなく乙女でしかないのだ。

だが、愛するギスカー様からはっきりと決別の言葉を向けられ……彼女は肉体を支える強靭な意志が、すっぽり抜け落ちてしまった。

（……ローズメイ……ローズメイ……そなたは結局、最後まで諦めなかったのだな）

血を失い、朦朧《もうろう》とした意識の中で声が聞こえる。

頭に響き渡るその声。忘れはしない。

自分の人生を変えた、あの神の啓示と同じ、偉大なるなにかの意志に触れている。

（……強力神様……精一杯頑張りましたが……おれは、うまくやれたでしょうか）

（そなたの強力は紛れもなく歴史の流れを力ずくで捻じ曲げたのだ。我が信徒の中でも類稀《たぐいまれ》なること。我に仕えし子よ……。もう、よいのか？）

（はい……ギスカー様が生きて幸せになってくださるなら……神よ、どうか御許にお連れくださいませ）

神は、しかし違うと意思を示す。

（そなたに授けた剛力の加護は持って行く。そして我、強力の神に仕える神官として生きるのだ）

（……ですが、おれはもう血を流しすぎて……）

（いや。問題はない。そなたの肉体が蓄える膨大な脂肪分を燃焼させ純粋魔力へと変換し、強靭な再生因子《ヒーリングファクター》として活性させる）

だが、神の自分を生かそうとする意思に、ローズメイはうろたえた。

（いいえ、強力様……もう構わぬのです。おれがおれに任じた決意は果たせました。帝国の兵ら大勢斬ったおれは、生きていると和平の障害になりかねぬのです。

もう生きていく理由もありません）

（ローズメイ、我がいとし子よ。それでもどうか生きてほしい。そなたほど努力し、そなたほど苦しんだものが、幸せになれぬまま死ぬというのはどうにも納得がいかんのだ。苦労した分、幸せになってほしいのだ……）

体が熱い。

今までおなかの中にあった強烈な重量感が低減し、血となり肉となり、失われた体の負傷をつなぎ合わせ、全身にあった荒稽古の古傷を生まれたての艶やかな肌へと塗り替えていく。

そして……胸の一番奥、今まで『強力』の加護が宿っていたそこに、別の何かが強力神から与えられる感触を覚える。

（我が信徒の中でも、もっとも偉大な勇者よ。おまえのためならばたまには奇跡ぐらいふるってやりたくなるのだ）

体の脂肪の重みが消え、急速な脂肪の消失と皮膚のたるみ全てを、神の威光が癒していく。

生きていかなければならないのか、ローズメイは神の押し付けに似た善意に腹を立てたけれど……同時に、一国の命運を賭けて戦わねばならない人生が終わったことに、少し安堵も覚えていた。

ギスカー様に捨てられたことも、いつか思い出になるのか。

（最後に一つ。我、強力の神は肉体と膂力《りょりょく》を司る軍神であり、体の健康を司る神でもあるが……一つだけ、知られていないものも司っている）

（それは、初耳です。なんなのでしょうか、強力の神よ）
その偉大な意思は、ほんの少し愉快そうな感情を発した。
（我が司る最後の一つ、そして今そなたに与えた知られざる『加護』。
そなたには、『肉体美』の加護を与えた）
その声を最後に、ローズメイの意識は光に消えていった。

第一章　傾国の美女（物理）

がしゃん、がしゃん、と鎧が己が身より外れて地面に落ちて立てる音で、ローズメイは眼を覚ました。

「あれ？」

不思議な感覚である。

とても体が軽い。これと比べると今までは自分の肉体の上に重石を纏いながら生活していたと言っていい。

声も違っている。まるで銀の鈴を転がすような軽やかな声。喉にべっとり張り付いた脂肪が抜け落ち、声が透き通っている。

なにより一番変わっているのは、自分の体。

樽の如く膨らんだ体型が是正され、蜂のように括《くび》れた細腰と見事に割れた腹筋が晒されている。

鎧はない。先ほど鉄が地面に落ちる音は、細く括れた体からずれ落ちた鎧が解けて地に落ちる音のようだった。

しかしその着衣は肌を隠す役目を放棄し、サイズ違いとなった衣服は全てだぼだぼであった。

子供の頃は貴族の子女らしく裁縫や刺繍《ししゅう》などを教えられたこともあったが、当然そんな女らしい習い事からは無縁である。自分の指を縫う自信しかない。

「……では、こうするか」

衣服を今の体型に合わせるのは不可能と判断すると……ローズメイは自分の背負ってきたマントを自分の肌にまきつけることにした。

胸元から脇へ通し二度三度巻く。後はブローチで要所を留める。そうすればちょっとしたドレス風の一枚布であった。

そうして、ひとまず着るものを確保すると今の自分の状況に思いをめぐらす余裕も出てくる。

「……これも、つまり強力神様の思し召しということか」

ローズメイは周囲を見回す。

戦場から遠く離れた場所であるのは間違いない。

あの戦場で積み上げた屍の山は百里離れていようとも鼻腔に刺さる、濃密な血の臭いに満ちていた……それに比べ、ここにあるのは静かな川のせせらぎ、小鳥のさえずり、木々の隙間から差し込む陽光。

十年近くを戦争に費やしてきた醜女将軍は、己が体の軽さに困惑しながらゆっくり歩き始めた。

まるで脂肪と一緒にこれまで背負ってきた母国の命運も解けて流れて、気楽なものである。

どうするべきだろう。

ローズメイは考えていた。

彼女にはもう、戦うべき動機が欠け落ちていた。

『サンダミオン帝国』の将帥《しょうすい》は有能だ。現在、彼らの優秀な将帥である『ダヴォス』王子は一軍を率い、東のリヴェリア王国へと戦争を始めるつもりだ。戦力を向こうに抽出するため、こちらにはそれほど数を割きたくないから、策を仕掛けてきたのだ。

だからこそ策破れ、メディアス男爵の反乱軍が失敗した今は、もう力押しで攻めてくることはないはず。

ローズメイが手塩にかけて育てた二万騎があれば、勝ちは無理でも負けぬ戦いはできる。そうすれば、有利な条件で降伏することもできるだろう。

「…………」

もう、ギスカー様は死なない。後はサンダミオン帝国の王族の娘を貰って穏やかに彼らの統治に組み込まれていくだろう。

ローズメイが無理をして戦う理由もない。公爵位といっても、実際の統治は信頼できる叔父に任せてきたから問題ない。

それになにより……王宮には顔を出したくない。

ギスカー王子の姿を見るのは辛かった。ぼたぼたと涙が頬を伝う。

悲しくて仕方ないのに……しかし健啖《けんたん》な彼女の胃袋は旺盛な食欲を訴えていて。

肉体の正直な反応に顔を赤らめ、彼女はどこか人里か、あるいは獲物を探して歩き出した。

ローズメイは騎士団の指揮官として長いが、当時はまだ元気だった祖父に狩りの仕方を学んだことがある。本当は弓矢があれば簡単なのだが、一連の武器をはじめ、愛用の大弓を強力神は一緒に持ってきてくれはしなかったらしい。

「……はて。おれはどうしたんだ」

最初ローズメイは適当な木の枝か、あるいは希少な『竹』を探した。

木の枝を削って杭にするか。もしくは竹を割って竹やりとするか。

だが……その最中に猪とばったりと遭遇したのだ。もちろん手に槍なり斧なり得物があれば倒す自信はあったが、無手だ。

彼女も獣も予想していなかった突発的な遭遇だった。咄嗟にローズメイは拳骨を握り固め、突進してきた猪を殴り殺したのである。

「……この剛力、どういうことか」

その結果に彼女自身が驚いた。

以前の贅肉と脂肪で重量を増した状態ならまだ分かる。

だが、ローズメイは痩せていた。体にへばりつく全ての脂肪は抜け落ちて、格闘で有利な重量の理は彼女から失われていた。

にもかかわらず、猪を殴り殺せる力があることが信じられなかった……。

……まぁ殺した以上もったいないので、ローズメイは猪をさばく。

使うのは、叔母から譲られた切れ味に優れた美しい守り刀だ。

もっともこれは敵によって辱められそうになった場合、自害して貞操を守るための最後の手段である。

こんな普通の乙女が使う守り刀ではローズメイの分厚い皮下脂肪を貫けないし、最強の戦士であった彼女を辱めることのできる男など滅多にいないし……何より、自分のような醜女に食指が動くような奇特な男がいたら、逆に自分のほうが男を辱めてやろうと騎士たちと笑い話のネタにしかなっていない。

ローズメイは守り刀を見る。叔母上様——早逝した母の妹こそが彼女にとっての慈母だった。あんなに醜い肥満体の巨女となっても、やさしい叔母の心の中では、自分は小さくて可愛らしい姪っ子のままなのだろう。こんなかわいらしい守り刀をくださった叔母からの子供扱いにくすぐったい喜びがあふれてくる。

大切なものだ。血糊《ちのり》で汚れたそれをマントの生地で拭い去ってきれいにする。

腹ごしらえは済んだ。

猪の臓腑は寄生虫が怖いので牙を使って地面を掘り、地中に埋めておく。他を食えるだけ食う。流れる血はなるべく溢さずに啜《すす》り、飲み干す。

戦場も同じで、すっかり食えるときに食えるだけ食う習慣が既に染み付いている。

その後、毛皮をはぎ、ドレス風マントの上から上着代わりにする。

沼田場《ぬたば》でノミやシラミを落としたばかりだったのか、かゆいかゆいと叫ばずに済みそうだ。

ローズメイは鋭い猪の牙を、縦に割った木の枝に挟み、髪を結うのに使っていたリボンを巻きつけて手製の槍代わりにする。一撃だけなら事足りるだろう。

立派な蛮族姿になったローズメイは、どこか適当な村か、あるいは風雪を凌《しの》げる場所を目指して歩いていくことにした。

しばらく歩き続けると……川のせせらぎの音が聞こえる。人は水に集うものだ。下っていけば村に行き当たるかもしれないが、山中で川に沿ってくだると滝で足止めをくうかもしれない。こういった場合、狩りの手ほどきをしてくれた祖父はなんと仰っていたか……ひとまずこれから向かう場所のめぼしをつけて、本日は休むことにした。

◇

戦場での習い性ゆえか、半覚半睡の目覚めたような寝ているような、うつらうつらとした状況で体を休ませていたローズメイは……不意に、森の中を歩く足音に気付いた。

人数は十数名ほど。彼らは山奥に向かうのか、山中の広間で野営の準備を始めている。

「輿《こし》？　だれぞやんごとなき貴人を乗せておるのか」

そこでローズメイが目を惹かれたのが、四人ほどの男衆が肩に担いで運ぶ輿である。

地面にゆっくりと降ろされ、神官と思しき男はその輿の前に小さな祭壇を置き、なにやら祈りの言葉をささげている。

その輿の前には数匹鶏を絞め、ちょっとした宴のようなことをはじめていた。

供されるのは肉や山菜に……自家製の酒の類であろうか。ローズメイは腹が減ったままであったので、どうにかお相伴にあずかれぬかな、と様子を見ていたのであるが……どうも、観察しているうちに不可解なことに気付いた。

酒や山菜、鶏など、平民の暮らす村々ではちょっとしたご馳走である。

こんなご馳走を供する理由といったらなにかおめでたいことでもあったか――と思うところだが……雰囲気が違う。

どう考えてもおめでたいことではない。彼らの表情は一様に沈痛にゆがみ、男衆の一人が耐え切れなくなって嗚咽《おえつ》の声を溢していた。年かさの男性が慰めるように彼らの肩を叩いていたりしている。

輿の中の人物は微塵も動かぬままだ。周りはご馳走を食べているのに。

そう思っていると……一人の神官らしき男が、一同に話しかける。

「……これにて、儀式は終了いたしました。

みな、山をお降りください。後は女神様がよいように計らってくださいましょう」

神官の言葉に従い男衆が皆立ち去っていく。

その最後に立ち去っていく神官の服が――黒であることに気付き、ローズメイは全身に不吉な予感を覚えた。

黒は、喪装だ。

先ほどの神官が唱えていた言葉は……あれは不遇の死を遂げた者へ送る、来世の幸福を祈る供養の言葉ではないか？　目の前で出されていた小さな村の精一杯の馳走は、送るためのものではないか？

うっ……ううっ……ううう～……

誰もいなくなった輿の中から女の呻き声が聞こえる。
自らの将来が永遠に閉ざされる運命への、諦観と絶望の泣き声だ。
ローズメイは不意に悟った。

これは、前供養だ。

これから何らかの要因で死を迎える娘の魂を慰めるためのもの……。
ここで行われようとしているのは、人身御供《ひとみごくう》だ!!

ローズメイは蛮族そのものの出で立ちのままで、毒づいた。

「蛮族めがっ!!」
事情は分からぬままではあったが、誰もいなくなったことを確かめ……その輿へと近づく。

◇

（うっ。う〜……いやだ、怖いっ！　わたしまだ死にたくないよぉ……!!）

両手足を繋がれ、猿轡《さるぐつわ》を架せられ、シディアにできることは我が身に起きた不幸を呪うようなすすり泣きの声を上げることだけだった。

今まで優しかった村の人々は、口々に『すまない、すまない』と、謝罪の言葉を言いながら……けれど手心の欠片もなくその身を押さえつけ、魔術を用いられぬように猿轡を噛ませ、縛り上げ──今しがたまで、自分が死ぬことが既に定まった事実のように祈りを捧げ、帰っていった。

その事実が、今まで家族だと思っていた村の全てから見捨てられたような絶望へと彼女を陥れる。

シディアは、震えながらどうしてこうなったのかと考え込んだ。

彼女は、山奥の村には珍しい異相のものとして生まれた。

雪のような白い肌に血の色が浮き出たような赤い目。いわゆる白子《アルビノ》である彼女だが、日差しに弱いという体の不備を除けば意外とこれはこれで穏やかな生活を送れてきたのである。

女神は、意外と話が分かる。

目の不自由なものに、素晴らしい聴覚を与え、なるべく不自由のないようにしてくださったり。

体の不自由な人に賢さを与えてくれたり。

まるで失ったものを補うような『加護』を授けてくださるのだった。

シディアも例外ではなく、神に加護を授かって生まれた。

地に溢れ、空に満ちる目に見えない偉大なる力を感じ、それらの力に指向性を持たせることに長けていた。早い話が極めて高い魔術の素養を持っていたのである。

異種異形として畏れられかねない白子《アルビノ》の彼女であったが、彼女は地を耕す魔術を使ったり、水を生み出す魔術を使ったりと自分が山奥の寒村という狭いコミュニティーの中でも役に立つことを示してみせたのだ。

山奥の、猫の額ほどの土地を耕して暮らす生活に、彼女は特に疑問も悩みも持たず平和な営みを続けていた。


これまで問題なく彼女の世界は回っていたのだ。

野生の龍種が現れるまでは。


龍種。

言うまでもなく生態系の頂点に立つ生命体だ。

神代に詠われるような龍は人間より遥かに深く鋭い知性を有し、強大な魔術を事も無げに振るい、地形をも変化させるような力を持っていたという。

そういった龍の遙か遠い子孫が……現代にも生存する龍種だ。

人間に手懐けられ、飼い慣らされたものもいる。だが野生の龍種によって滅ぼされた村の話などよく聞くぐらいだ。

まず、村一番の腕利きだった猟師が殺された。

凶悪な害獣の出現に怯えた村人は、慌てて貴重な馬で、村を治める領主へと急報を知らせに走ることにした。

……だが、馬に乗った若人は、村の門の前に物言わぬ躯《むくろ》になって打ち捨てられた。

村が、外部と遮断されたことに村人たちは恐怖した。

そしてトドメと言わんばかりに、村人の目の前に、龍種が現れ、言葉を発したのだ。

『シロイ、ムスメ、サシダセ』

曲解しようのない明確な命令の言葉に、村人は震え上がり命令に従うことにした。

◇

シディアは震えていた。

（おかしい……なんかおかしいっ……）

そして震えながらも、彼女は今回の事件に対して疑問を拭いきれないでいた。

……野生の凶悪な龍種が村を一つ滅ぼすという話は、多くはないが決して稀ではない。

しかしそれは――たまたま巨大な龍種の進路上に不幸な村が存在していたような、天災に巻き込まれたような感じで、こう……人間の細やかな事情に頓着《とんじゃく》した感じがない。

だが、今回の事件はまるで人間の汚い、穢《けが》れを煮詰めたような悪意が溢れている。

龍種の中には言語を発するものもいると聞く……そんな物凄い、神話にしかいないような存在がどうして山奥の寒村を襲うようなつまらない罪を犯すのだ？

もし言語を介する凶悪残忍な邪龍が存在するのなら、それに捧げられる生贄は、亡国の姫君とかではないだろうか。そして姫君を助ける為に、強力神の寵愛《ちょうあい》を受けた英雄か、女神が異世界より召喚したりする勇者とか、そういう人物が関わるはず。

（邪龍が出るなら、なんだかしょぼい犯罪だよっ！）

なのにこの事件の龍種は、まるで村人の恐怖を煽る為に村の入口に死体を散乱させていた。本物の邪龍であるなら、たとえ騎士団が討伐に赴こうともそれを正面から粉砕する強者の余裕を持っているはず。

騎士団の助けを求める村人を殺したということは――この邪龍は、『騎士団が来たら勝てない』ということだ。

そして、言語を介するほどに力ある龍種であるなら……地方領主の率いる騎士団ふぜいを畏れるなど、とても妙。この事件の犯人は、まるで……恐怖で混乱する村人の反応を面白がるような、軽侮すべき邪気を感じるのだ。

（けど、そのなんかつまらない黒幕のせいで、あたしが殺されようとしてるのが一番の問題だよっ！）

「うっ……ううっ……ううう～……」

ちくしょう、ばかやろう、と叫びたくとも猿轡のせいで言葉も発せられず。

シディアは両手足をじたばたと暴れさせる。

時折吟遊詩人が語るような英雄譚《えいゆうたん》。そこでは囚われの姫君を助ける為に颯爽と英雄が現れてきてくれたはずだ。

ふと、そこでこちらに近づいてくる足音に気付いた。シディアは暴れながら助けを求める。

カモン！　英雄カモン!!　今すぐお助けの必要な姫がここにいますよー!!　とか心の中で叫びながら、じたばた暴れ——シディアは、生贄を運ぶ輿の御簾《みす》を荒々しく開けるその人を見た。

おうごんのひかりが、おんなのひとのすがたをしている。

シディアは、その女の姿をした鮮烈な光に言葉を失った。

赤い一枚布を巻きつけたドレスから浮かび上がる優美な曲線は、彼女が女性であることを示している。

肩はむき出しで胸元は膨らみ、まるで蜂のような括れをあらわしている。

腕はそれなりに細いのだが、そのところどころに浮かび上がる力瘤《ちからこぶ》の逞《たくま》しさよ。節制の末に細くなったのではない。十分以上の食事を取り、鍛錬して鍛え上げ、膂力と俊敏さを両立させた、細く絞り込まれたしなやかな筋肉を纏っている。

そしてその頭髪。

月光を受けて煌くその長く美しい髪は、まるで陽光《コロナ》のきらめきをそのまま梳《くしけず》ったようだ。月光の光を浴びて輝いているのではない。まるで彼女の髪そのものが、我こそ地上の太陽であると誇らしく主張しているよう。

そしてその顔。

シディアは——声を失う。

美しい。整った耳目と涼やかな眉。玲瓏《れいろう》な美貌と、その身のうちから発される覇気というべき何かが、その美貌を何倍にも輝かせている。

存在の分厚さが違うとでも言えばいいのか。あまりに美しくて、シディアはもごもご助けを求める言葉さえ忘れ、心奪う絶景を前にしたかのように、ただただ下からその絶世の美女を鑑賞し続け……。

ふと、思い立つ。

心の奥底でなんとなく、なるほど、と納得してしまったのだ。確かに白子《アルビノ》であることが珍しいだけの片田舎の娘より、まるで太陽を冠にしたかのような黄金の美女ならば、英雄譚の姫君役にぴったりだ。

『すみませんが、邪龍の生贄役はこの私なんですのよ、おほほ』などと言われれば『どうぞどうぞ。あたしのような端役がでしゃばってすみません。できればこの鎖を切っていただけませんでしょうか』とか言ってお役目を譲る気になる。

シディアはじっと美しい人を見――気になるものをみつけて、んん？　と思った。

美しい、とてつもなく美しいが……背中にかぶり手に持つものはなんだろう。猪の皮らしきものを衣装がわりに羽織り、手にはお手製らしき短槍を握り締めている。

傾国の美女らしき容姿なのに……その、携えるものの無骨さはなんなのだろう。そこだけ見ればまるで蛮族の勇者ではないだろうか。その彼女は片膝を突き、小さな短刀で、シディアの猿轡を切った。

そして……その涼やかな唇から言葉が発せられる。

「ここはどこで。

今はいつで。

お前は誰で。

何者に命を狙われている？」

その声は、唇から満杯の闘志がこぼれたかのように力強かった。

……シディアは自分の思い違いを悟った。

これは絶対に……鎖に繋がれ、邪龍の生贄に供され、しくしくと泣きながら英雄の助けを待つような人ではない!!

世の女人が羨む絶世の美貌から発せられる、硬質な男言葉！
嗚呼！　だが、それがなんと似合っていることか!!

そして、状況を知るための、端的な質問の数々が——彼女が状況把握に努めようとしていることを示している。

シディアは直感した。

……彼女は間違いなく傾国の美女だ！

ただし、王を籠絡して国家に悪臣や奸物《かんぶつ》をはびこらせ、一国を滅亡に導くのではなく!!

自ら剣を取り兵を指揮し、真正面から一国を破滅させるタイプの、誰もが羨む絶世の美貌をまるで頼るつもりのない傾国の美女（物理）だ!!

◇

死ぬにはタイミングというものがある。

ローズメイは、八千の敵に対して己を含めた十一騎で立ち向かった際、まず生きて帰れないと思っていたし、強力神の介入がなければ事実そうなっていたであろうと確信している。

かといって、いまさら自ら死を選択するような軟弱なことをする気はなかった。

彼女は、美しさを捨てて十年近くを戦争に明け暮れてきたのだ。なら、死ぬならそれに相応《ふさわ》しい死に様が良い。

圧倒的な大軍勢に寡兵《かへい》を持って挑むか、あるいは強大な魔獣と一対一で立ち合って華々しく散るような、そんな死を望んでいた。

だから、正直なところを言うと、強力神の寵愛は有難くはあったが、同時に死ぬタイミングを覆されて『余計なことをしてくださった……』と、少しだけ神をうらんでもいたのである。

(だが、ようやく神の思惑を理解できた。

あの偉大なる強力神は、おれにただ命を捨てるのではなく、この生贄の代わりになり、山の主と戦い、勝つか、あるいは食い殺されろと仰せなのだ。

確かに無為に命を散らすより、生贄にされた哀れな者を救う為に死ぬほうが遙かに意味のある死と言えよう。

よかろう。ここでおれは死ぬ。満足する死である)

この時、ローズメイは彼我の戦力差とか、生きて帰るとかそんな殊勝なことは考えていない。

醜くなってまで力を求めたお方から愛されることは無い。ならば十年を練り上げたこの武威を用いて有意義な死を迎える気満々なのであった。

「ええと、ここは竜骨山脈のふもと、バディス村から少し山側に上った場所になります」

「……おれが決戦した場所から相当離れた山の中であるか」

「い、今って言ってもよく分かりません。年号なんか村では使わないから」

「そうか」

「……あ、あたし……シディアと言います」

「そうか、おれはローズメイという」

「そ、それで、あたしはその……龍種の生贄にされて」

「ぐ、はは。いいぞ。我が生涯最後の敵に相応しい」

ローズメイは人が見惚れるような麗しく魅力的な笑みを浮かべた。

ただしその笑みは迫り来る死の気配をも端然と迎え入れ、待っていたぞと微笑むような剛毅の笑みであった。

彼女は自分の手製槍の先端、猪の牙を固定する布をより一層強く固定しなおす。

シディアはこの絶世の美女は何者なのだろうという疑問ばかり湧いてきた。

先ほどまでは邪龍に食われる生贄役などと考えていたが……まぁ、冷静になればそんな考えも消える。

助けを求めに行った人は死んでいるし、税金を貰っているはずの領主様の騎士団は大抵足が遅い。

貴族なんて役に立たないから、どこかで傭兵でも雇うべきという意見だってあった。

では、彼女はたまたま通りすがった武者修行中の騎士様なのだろうか？

それも違う気がする。シディアは村の中では一番の器量よしと褒められたこともあったが、ローズメイを名乗る彼女は村一番どころか大陸一番の器量よしと言われても納得の美貌だ。

こんなにも美しい人がなぜわざわざ、一人で、槍と猪の皮を担いでいるのだろう。

「その、ローズメイさまはどうしてこの村に？」

「神に、戦って死ねと言われたのだ」

「ひえっ……」

その満面の笑みに……シディアは驚嘆した。

天に御座《おわ》す神々に直接言葉を掛けられ、その使命に殉ずるおつもりの麗しき女（蛮族）。

彼女はシディアが頭に載せていた花冠をひょいと摘んで自分の頭に載せる。

「おれが、代わりに食われよう。あるいは山の主とやらを殺すやもしれぬが。そこは、ま、許せ」

ローズメイの笑みに、シディアは息を呑む。

今回の事件で疑問はところどころあったが……一つだけ分かっていることがある。それは付近に小型とはいえ龍種を見た人がいるということ。それだけは本当なのだ。ヘタをすれば、龍種と戦うかもしれないのに……見ず知らず、初めて出会う自分の為に命を賭けて戦う人がいる事実に……まるで救われたような気持ちで、ぽろぽろと涙を溢した。

ローズメイは指でシディアの頬を伝う涙を拭った。

「泣くでない。お前は救われるのだ」

「で、でも……でもあなたが、しんでしまいますっ！」

「構わぬ、一度捨てるつもりであった命だ。失おうとも別に惜しくもなんともない」

シディアはふかぶかと頭を下げた。

腕を縛る鎖を引き千切ったローズメイによって自由を取り戻し、生贄をのせた輿から出て走る。

あそこから逃げなければ、逃げなければ。

そう思って走り出し……しばらくして不意に、彼女は足が止まるのを感じた。

「あたし、どこに帰ればいいんだろう」

ふるさとである村の人々から、自分は生贄にされたのだ。帰ったところで本当に受け入れてもらえるのか。

つまるところ、シディアの人生がどうなるのかはあの黄金の女に託されている。

彼女が生贄を要求する何者かに倒されたなら……きっと村の人は『シディアが生贄にならなかったから』と言い出すに違いない。

今まで村の一員として仲良くやってきたつもりだったけど、命がかかっているとなれば彼らは簡単に自分を犠牲にする方向でことを収めようとするだろう。

それに、なにより……。

生贄にされかかっていた自分を助ける為に輿に残り、自ら邪龍と戦う覚悟を決めた彼女。

それはよく物語で見かける英雄の振る舞いに他ならない。

シディアは全身を震わす感動のまま、元来た道を戻って駆け出した。

なんて美しいんだろう……！　顔形の美しさだけではない。死地に残るというのに、気にするなと微笑む姿が美しい、あの人の美しさは外見だけではない、高潔な内面によってあの人、ローズメイさまは内側から光り輝いているのだ！

まるで自分が物語の英雄譚の端役に任ぜられたような気分。巨大な歴史物語の中で、英傑の端に名前が引っかかるかもしれない強烈な期待感。

あの人は太陽だ。周りの星を無理やり輝かせるような黄金の光。あの輝きに浴せば……ただの村娘のまま、怪物に食われて終わるはずだった人生が劇的に変わるかもしれない。そんな思いに突き動かされる。


いや、それも正しいようで違う気がする。

シディアはあの人から目を離したくないのだ。あの美しい人を間近でもっと見続けたいのだ。

あの美しい顔と、美しい生き様を兼ね備えた『美の化身』の如きローズメイさまを、もっと近くで見続けてみたいのだ!!


この時点で、発生している事件の真相を知る者は多くはなかった。

つまり……これは彼ら領主配下のならずものと、村長、神父との秘密の取引であった。

山奥に白子《アルビノ》の娘がいる。珍しい肌の色とそれなりに整った容姿は珍重されるだろう。

狩人を殺し、助けを求めようとした村人が殺されたのは――領主が近隣から買い付けた狼龍種と呼ばれる陸龍の一種の腕試しだった。

村長は生贄という形式を取ることで、村人から恨まれることなく領主様の意向に従い報酬として金銭と税金の免除を認めてもらい。領主は珍奇な髪の色の娘を手元に置き、適当に邪教徒へと売り飛ばすつもりであった。

領主にとっては何の罪もない二名の村人の死など、気に留める必要もない些細な話でしかなかった。その些細な話がこの地の領主の破滅と直結していたなど、彼は当然ながら想像さえしていなかった。

◇

「お。ここだ、ここだ。お待たせ生贄ちゃんよぉ」

数名の悪漢《あっかん》無頼《ぶらい》の徒が、にやにやと笑みを浮かべながら生贄の入った輿を見つける。

領主の走狗《そうく》である彼らはそれぞれが輿に近づき、抱え上げ――近くに待機させている馬車へと運ぼうとするが……少し気の早い男が、その輿の中を覗こうとした。

「おいおい。何する気だ。手ぇださねぇのも仕事のうちだぞ、おい」

「へへ、別にいいじゃねぇかよ味見ぐらい。白子《アルビノ》とかはじめて聞くぜ。どんな肌の色してんだ？」

男の一人はそのまま輿の御簾を乱暴に開き――びくり、と震えた。

顔は驚愕に染まり、本当に美しいものを眼にした時、誰もが浮かべる畏敬に満ち溢れた顔となった。

輿の中ではこの世のものとは思えない絶世の美女が膝立ちしており。

生贄の証である花冠をかぶった彼女は、とてつもない落胆と失望を湛《たた》えた半眼で男を見つめ返していた。


男は振り向いて仲間達に叫んだ。

それはまるで敬虔《けいけん》な教徒が神威を目の当たりにしたかのような驚きと憧れがあり——この悪漢無頼の男が、こんなにも罪のない表情を浮かべることができたのかと感心するような、純真無垢な喜びに満ちていた。

「す、すげぇ！　すげぇ!!　すげぇ美人がっ、がっがっ……!?」

男の貧困な語彙力ではただただ感嘆を繰り返すだけしかできなかったが——その声は一瞬で断ち切られた。

御簾の中から鋭く走る鋭利な刃物が——男の背中、脊椎を貫通し、口蓋《こうがい》から飛び出た血塗れの刃が一撃で命を奪う。

男達は突然のことに反応ができなかった。

鎖と猿轡で身動きの取れないようになっている生贄がなぜ動けるのか。猪の牙と木材を掛け合わせた粗雑な手製の槍に貫かれた男は数回の痙攣《けいれん》の後に絶命する。

そして、内側から御簾を開けて——まるで、黄金の輝きが女の姿を取ったように現れる。

彼女は輝いていた。両眼から怒気を漏らし、感情にあわせてか、炎の王冠の如く輝く頭髪を見せつけながら、女王のように、あるいは敵を目の当たりにした戦士のように男達を睥睨《へいげい》した。
それは例えるなら——巨大な魚を釣り上げようと綿密な準備と計画を立ててきた釣り師が、大物を予感させる手ごたえに喜び勇み、引き上げた魚が……とてつもない雑魚であったような、とてつもない落胆と失望で満ち溢れていた。

「この……この……この期待はずれのくそ雑魚どもがあぁぁぁぁ!!」


男達は自分の仲間を殺したはずの美女に対して、まず憎悪と憤怒を掻きたてられるより先に、その絶世の美貌に魂を飛ばし、しばしの放心を覚えた。

布一枚での扇情的な姿。絶世の美貌。比喩抜きで輝いている黄金の髪。

「なん……だ」

悪漢達の中で、一番の腕利きの男は、その頬を伝う汗の感触を感じる。

このような山奥の人通りのない場所なら美女に欲望のまま襲い掛かるのが常の悪漢なのに——彼は、自分の股間の男性が、ぴくりとも反応しないことに違和感を覚えた。

あんなにも美しい女なのに、まるでその気になれない。

あまりにも美しすぎて穢し難《がた》いと感じているのか——否。

男は、黄金の女を前にして……しばしの後で、ようやく、自分の奥歯がカチカチと震えているのを感じた。命のやり取りに慣れた本能が……目の前の黄金の女より発せられる戦力を察していた。怯えているのだ。自分は。

当たり前だ、獅子に欲情する人間などいるはずがないのと同じだ!!

「おれはこれが最後の決戦と思って挑んだ。龍種がいると聞いて我が生涯最高の戦と思って心躍っていたというのに……!」

歯ぎしりし、燃え上がるような憤懣《ふんまん》で両目を怒らせながら、黄金の女は今しがた突き殺した遺体の鞘から剣を抜く。その手入れの悪さ、低品質に投げ捨てたくなる衝動を堪えつつ……ふいに何かに気づいたかのように、一人をにらんだ。

「そうか……聞いたことがあるぞ! 力ある龍種は時に人へと姿を変える力を持っていると聞く! 貴様ら、さてはドラゴンが人に変じているのだろう!!」

ローズメイのその動きを眼で捉えられた者はいない。長年の間、重量級の肥満体を支え続け分厚く強靭に発達した彼女の大腿筋は、神速の踏み込みを実現する。その腕が走り、男の襟首をつかんで、片腕一本で持ち上げる。

男は驚愕した。女が長身で鍛え抜かれているとはいえ、その麗しき外見からは想像しがたい強大な膂力。足をばたつかせ暴れて脱出しようとしても、びくともしない。

膂力の桁が違う。

ローズメイは片腕で持ち上げた相手の顔面に切っ先を突き付けた。

「お前か! お前がドラゴンか!!」

突然の理不尽な決めつけに、男は泣きたくなった。

ぶるぶるぶる、首を横に振る。

ローズメイは苛立たしげに刃を振りながら叫んだ。

「ならこの中にドラゴンに変身できる奴がいるのか!!」

ぶるぶるぶる、首を横に振る男。

ローズメイは憤怒のままに叫んだ。

「ふざけるな！　ドラゴンになれよ！　ドラゴンになれるだろお前！　おれの生涯最後と心に決めた戦場なんだぞ！　気合を入れぬか！　丹田に力を込めて封印されていた血を蘇らせてみろ！

ドラゴンになれよ貴様らあああぁぁぁぁぁ!!」

「で、できませぇ～～～～～～ん！！！！」

男は――とうとう見栄も外聞もすべて失い……目の前でちらちらと揺れる切っ先と、絶世の美女の無茶苦茶な要求に悲鳴をあげるのであった。


ローズメイは激しく苛立ちながらも、深く呼吸を繰り返して頭を冷やす。

気を高め、覚悟を決め、これぞ人生最後と思えば、目を瞑っていても問題なく始末できる雑魚ばかり。

どうやらこいつらはドラゴンになれぬらしいと知ると、ローズメイは心底不愉快そうに顔を歪めて、持ち上げていた男を放り投げる。

「……もう用はない、その死体を持ってとっとと失せろ！」

男達はびくり、と震える。

彼らはまだ現実を正しく理解しきれていなかった。

容易い仕事だったはずである。領主の命令通りに白子《アルビノ》の生贄を輿ごと受け取り、近くに待たせている馬車に乗せ、攫《さら》っていくだけ。

もし善良な村人が、生贄の儀式などおかしいと助け出そうとしたならそれを殺すぐらいの話。


だが、これはなんとしたことだろう。

普通なら……獲物がもう一匹のこのこ罠に飛び込んできたと喜ぶところだ。

生贄の輿に乗っているのは、高級娼館でも見たことのないような絶世の美女。だが不思議とありきたりな獣欲はなりを潜めている。欲望に忠実なはずの自分の肉体がまるでその気にならないことに、彼ら自身が一番驚いていた。あまりにも美しくて、今すぐひざまずいてそのお御足《みあし》に忠誠の口づけを捧げたくなる気持ちだ。

それでも、悪漢無頼の頭は自分達の仕事を思い出して放心から立ち直る。

「ま、待てお前らっ！　落ちつけ！　……なぁ別嬪《べっぴん》さん。その輿の中には白子《アルビノ》の娘が一人とっ捕まっていたはずだ。

その娘はどうした？」

「縛《いまし》めを解き、逃がしてやった」

「ほ、そいつは困る……実に困るんだよぉ」

女の足ならそこまで遠くまで逃げられまい。

それに彼らと村の村長、神父はグルで、もし白子《アルビノ》の娘が村に逃げ込もうとも『生贄から逃げ出した』と言ってまた輿に乗せて連れて帰るだけである。

その時だった。

「ローズメイさまぁ！」

森の中から駆け戻ってきた白い人影……シディアがこちらへと叫び声を張り上げる。

遠目からでもありありと驚愕を浮かべているのが分かった。山の主などと呼んでいた龍への生贄の輿からでてきたところの黄金の女ローズメイ様を、凶相の男達が取り囲んでいるのだから。

「小娘っ！　帰っておれと言っただろう!!」

ローズメイは既にこの時、一度聞いた白子《アルビノ》の少女の名前など頭から消えうせている。

黄金の女の叱責の言葉にシディアは鞭打たれたかのようにびくりと全身を震わせたが……シディアは、ぽろぽろと涙を溢して叫ぶ。

「いやですっ！　……あたしをいけにえに捧げた人ばっかりがいる村に帰るなんて……怖くてできませんっ！」

ローズメイはシディアの震えて涙ぐむ叫び声に……ああ、それもそうか、と自分自身の考えの至らなさを嘆いた。

一人の娘を生贄に捧げる――それを黙って見過ごしたなら、村人全員が間接的な殺人に見てみぬふりをしていたことになる。

信頼は修復不可能なまでに破壊しつくされた。確かに……もう以前の生活には戻れぬだろう。

「すまぬ。おれの考えが至らなかった」

「ローズメイさま……お願いしますっ！　あなたの傍においてくださいっ！」

ローズメイはふむ、と頷いた。

将軍として従軍する際、幾度か騎士たちに忠誠をささげられることはあった。ならば彼女の返礼は常に決まっている。

「おれは戦いを生業《なりわい》とする女だ。そもそもここで死ぬ予定だった。お前が命を失おうとも常に守ってやれるとは限らん。ひとまず、村を出て生計のめどが立つまでしか約束はできぬぞ」

「しょ、承知してますっ！」

そうか、とローズメイは頷いた。

それだけで、まず両の手の届く範囲でなら、全力で助けようと心を決める。

悪党の頭は小ずるそうに笑いながら交渉を持ち掛けた。

「な、なぁ、俺たちぁ、確かにドラゴンなんか比べ物にならねぇ雑魚だ。べ、別にあんたと好き好んで事を構えたいんじゃねぇんだ。

酒もやる、金もやる。俺たちゃあの白子《アルビノ》の娘を捕まえて持って帰るから、お互い出会わなかったことにしねぇかい？」

悪党頭は勘がよいほうだった。

この目の前の黄金の女を見ていると……先ほどから冷や汗が止まらない。数ではこちらがずっと上なのに、この女が斬り殺されている光景がまるで思い浮かばない。脳裏にちらつくのは濃密な死の気配。欲張らなかったから今まで窮地を切り抜けていた悪漢は、黄金の女を自分の好きなようにするという欲望など早々に切り捨て、本来の仕事のみに集中しようと心に決める。

「ならぬ」

ローズメイは剣を握る手に力を込めて、言った。

「な……なんでだよ！」

「おれはあの娘、シディアに言ったのだ。『お前は救われる』と」

「た……ただの口約束じゃねぇのか！　あんたぁそんな言葉の為に、じゅ、十人と戦うのか！」

「おれは将帥だ。将帥だった。そして人の上に立つ立場の人間とは、ひとたび口にした約束を絶対にないがしろにしてはならぬ。

もし一度でもおれが約束をたがえれば、その言葉は誰にも顧みられぬ軽いものになるであろう。

それに……お前は間違っている」

ローズメイは笑った。酷薄な、死神の笑みだ。

「すでに残り九人だ」

なにを、と言おうとした頭の男は、何かとてつもなく冷たいものが自分の喉を横切った感触を覚えた。

自分の声帯がさび付いたように動かない。いや、それどころではない。心音と共に鮮血は——行き場を失ったように首の傷口から溢れて滴《したた》る。

頭の男はそこに至って……ローズメイの持つ剣が横に振りぬかれ、切っ先が血でぬれていることに気付いた。

黄金の女の頬に、自分の鮮血が付いている。

（うぉー、様になる女だ……かっけぇ……）

頭の男は、自分の体液《血》が彼女の顔にかかっているのを見て、昂《たか》ぶるものを覚えたが、その感覚は既に首ごと切断されている。

黄金の女の剣を振る姿の美しさに見惚れ——そのまま妙に満足げな表情と共に絶命へと至った。

◇

ローズメイは、己の肉体の能力を徐々に掌握しつつあった。

この地に転移する直前まで、彼女は肥満体だった。その膂力は騎士団屈指であり、愛用の大戦斧の一撃を受け止められるものは知る限りではいないほどだ。

今現在、ローズメイは自分の体に張り付いていた脂肪の全てを失っている。

ずっと肉体に圧し掛かっていた重りのような脂肪は消え——重量の利は失った。

その代わりに、今までと同じ膂力と、今まで持ち得なかった速度を得ている。強力と神速。二つの要素が絡み合い、ローズメイの武威を更に恐るべきものへと昇華させている。

こんなにも体が軽い。羽毛のようだ。まるで蝶のような気持ちだ。十年近く無縁な感覚に驚きと喜びが胸に溢れる。

「ち、ちくしょぉぉ！　もうこうなったら狼龍を呼べっ！」

「ほ、本気で言ってるのか⁉　あんな別嬪を食わせるって⁉」

「お前はいったいどっちの味方だぁ‼」

この時ばかりは、ローズメイも狼龍を連れて来いと怒鳴った男に同意する。

びぃーー！　と呼子《よびこ》を吹き鳴らす音が夜の闇に木霊《こだま》し——森の奥底から巨大な獣が凄まじい速度で姿を現した。

「あ、あれですっ！　あれがあたしの村の人を殺した……‼」

シディアが、その四足歩行の陸龍を指差して叫んだ。

ローズメイは、ほぅ、と感心したように呟く。

「狼龍種……だが少し体が大きいな。龍の血が強く出た変異種《先祖返り》の類か？」

軽く首を捻り、ローズメイは呟く。

狼龍種はいにしえの魔術によって生み出された強力な戦闘獣だ。原産地はサンダミオン帝国の属領州に組み込まれており、かの帝国の恐るべき切り札として温存されているはずだ。

その歴史は古代の魔術師が狼の性質に龍種の生命力を与えれば、より優れた乗騎が生まれると考えたことから始まる。

全身を覆う黒い龍鱗、背中からは赤いたてがみ。口蓋からは火を吐き、その双腕は鋭い爪を備えている。

臆病な馬と違い、勇敢な性質で戦闘用に躾《しつ》けるのも簡単。

いざ戦となれば敵兵を屠《ほふ》り去る凶悪な戦力となるだろう。

しかし、そのいにしえの魔術師は生き物の根本的なところへの理解が欠けていた。

龍種は高い知能を誇る。それに知能の高い狼の性質を掛け合わせたのだ……結果生まれたのは、大変に知能が高く強い戦闘獣だ。

だが、愚鈍な性質の動物は俊敏さや反射速度には欠けるが、従順で人間の命令に従いやすいという性質に繋がる。

そして勇敢で知能が高いという一見素晴らしい美点は……プライドに変化し、人間の命令に容易に従わない厄介な性質に繋がる。

ましてや、亜種とはいえ龍の血を引くのだ。『従わせることができれば生涯の従騎となるが、従わせられないなら処分するべき』と呼ばれるのが、狼龍種である。

目の前のソレは変異種《先祖返り》で体も大きく、知能も優れていたため、あまりの気位の高さに人間に従わなかったのだろう。

「ゴアアアアアァァァァァァァ!!」

「このような巨躯の狼龍種、従えられるのはひとかどの人物であるはずだが……」

下腹を奮わせるような魔獣の咆哮《ほうこう》にもひるむ様子は見せずに、ローズメイは首を傾げる。

だが、その赤く血走った両眼と、口蓋から垂れる涎《よだれ》と……吐息に含まれる薬物の臭いに納得する。

「なるほど。気位の高い狼龍を従えるために違法薬物と呪術を合わせて強制的に従えているな」

そう認識すると共に――ローズメイの胸の奥底で燃えるような『肉体美』の加護が脈動する。

それも当然か、と考える。彼女に加護を与えた『強力神』は戦神、軍神だが、同時に健康を司る神でもある。自らの怠惰による不健康は捨ておくが、薬物によって命令を強制的に聞かせられるような状態には、恩寵を与えることがある。

「よし。良いだろう。神が貴様に手を差し伸べよと仰せだ！　神代の邪龍と決戦することを思えば、格は落ちるが龍は龍!!　相手にとって不足なし！」

狼龍と戦った経験はない。戦場では万夫不当の彼女だが、しかしその力は己の膂力に耐えられる超重武器があってこそ、十全の力が発揮できる。今は得意の武器がない。

だがそれも、良いハンデになるぞ、と笑ってみせる。

ローズメイは非武装の不利など微塵も見せぬ笑顔を浮かべ、狼龍に指を突き付けた。

「その角の形、お前、雌だな……決めたぞ」

ローズメイは……その顔を見ていたシディアや悪漢たちが震えあがるほど残虐な笑顔を見せた。

「狼龍、お前のことをシーラと呼ぼう。

喜ぶがいい……この名はおれがこの世で最も敬服する淫売の名だ」

ローズメイは微笑んだ。

それこそ王であろうと抗い難い絶世の美女が満面の笑顔を浮かべているのに、その言葉の端々から震えあがるような邪気を発している。

薬物と呪術で理性を失っているはずの狼龍シーラは、目の前の絶世の美女が発するすさまじく不穏な気配に思わず震えた。

シディアも悪漢たちも……相対する狼龍シーラさえも、何かとても酷いことを考えているような気がするローズメイから一歩後ずさった。それでも狼龍シーラは、この黄金の女と戦うことを呪術で強制され、前に進み出ることを余儀なくされる。

シーラという女の名前に敬服していると言っている割に、ローズメイの全身より発せられるのは紛れもなく不穏な気配だ。

「見事な体格、見事な美しさだ。貴様と殺し殺されの華々しい最後もいいと思ったが。

……いかんいかん、名馬を見れば欲が出てくるのはおれの悪い癖よ。貴様ほどの俊敏で力強い騎馬を駆っておまえの行くままわがままに走らせれば、どれほど爽快か！

華々しい闘死はひとまず後だ。これより貴様を屈従させ、おれが尻に敷く乗騎にしてくれる。

貴様はこれから永遠におれの下僕、これから貴様が住まうのはきらびやかな王宮や宮殿ではなく、馬小屋だ」

シディアは冷や汗を流した。

狼龍種は乗騎として扱われるからローズメイの言葉は別に不当な扱いという訳ではない。

不当という訳ではないのに……何かとてもひどい八つ当たりを見ている気がする。

いったい『シーラ』という名前の女性は、このお美しいローズメイさまにどれほど無礼な行為を働いたのであろうか？

「ガ、ガアアアアアァァァァァァァ!!」

眼前の、黄金の女が発する邪気に呑まれまいとするように、狼龍シーラは自分を鼓舞するかのような咆哮を上げ、爪を振り上げて突進する。

大柄な軍馬に勝る体躯、それが両腕に備えるのは鍛造されたナイフのような爪。その一撫でだけで人間などずたずたに引き裂ける一撃を繰り出していく。

その一撃を紙一重で見切りながら、ローズメイは握り拳を思いっきり叩きつける。

「シーラ！　貴様も仕事、任務のことだったろう。だがそれはそうとして腹が立つ！　このアバズレがあああぁぁぁっぁ!!」

「グギイイイィィ!?」

狼龍シーラは龍鱗の上から叩き込まれる壮絶な衝撃に悲鳴を上げ、身をよじる。

吹き飛ばされ、それでも獣の反射で姿勢を正し、大顎を開き、鋭い牙で襲い掛かった。

だがローズメイは、質量、速度に優れた巨獣の突撃を正面から迎え撃つべく地を這うような低い弾道から、掬い上げるようなアッパーを叩き込み、宙に浮かせる。

◇

「す……すげぇ……」

悪漢無頼の男たちは……黄金の女ローズメイの凄まじい強力、恐るべき剣技の冴えを見て、その暴力が自分たちに狙いを定めれば到底助からないことを知っていた。

それでも目を離せない。

魔法や魔力、武器を使ってならともかく、無手で狼龍を殴りつけ圧倒するあの黄金の女。

暴力を生業にするからこそ、その力の頂に位置する美しき暴威に憧れ、目を奪われ逃げることなど考えもできない。

悪漢無頼の徒も、命の危機に瀕《ひん》して失禁しているにもかかわらず、足は縫い留められたように動けなかった。

そして、シディアは思った。

狼龍シーラと名付けられたその龍種——もはや完全な八つ当たりで殴られている獣に同情するしかない。

もし逃げたいと思っても呪術の力でそれは許されない。

もし……その『シーラ』という人と、ローズメイさまが出会ったら、どんな悲惨な死が待っているのだろう。

どうにかしてローズメイさまを怒らせず、その『シーラ』の特徴を聞き出し、惨劇を避けるよう努力するべきではないかと真剣に考えるのだった。

『傑物を探すなら、まず名馬に学べ』

そんな言葉がある。

なぜなら気位の高い名馬というものは、人間と違って地位や権力、財力におもねることがなく、優れた人物でなければ背中に乗ることを決して許そうとしないからだ。

つまるところ、その人がどのような人物であるのかを見定める正確な鑑定眼を持ちたいと思うのであれば、地位や権力、財力などに惑わされず見たありのままを評価し、名馬のような気位を持ちなさい……そんな教えが含まれているのであった。

狼龍シーラは薬物と呪術で意識が朦朧としながらも、なお闘志や戦意を衰えさせることがなかった。目の前の小さな、しかし大きく感じられる女の拳が自分の龍鱗の上から殴りつけるたびに清浄無為の神威が浸透し、体を蝕《むしば》む悪しきものを焼き尽くすような熱が広がる。

「グッ……ゴォッ!!」

不意に喉奥から何かがせりあがるような感覚を覚え、狼龍シーラは口蓋から吐瀉物《としゃぶつ》を吐いた。

それはべったりと粘つく、黒ずんだ悪血だ。血管の隅々にまでへばりついていた不純物を血として捨て去り、狼龍シーラは全身を歓喜に奮わせる。それはすぐさま自分の尊厳を冒涜《ぼうとく》し、意に沿わぬ命令に従わせてきた人間に対する憎悪へと変化したが――だが、それよりもまず先になさねばならぬことがある。

自分より遙かに小さい人間とぶつかり合い、自分が圧倒されつつあることは、狼龍の矜持《きょうじ》を著しく傷つけた。獣の知性でも相手に対して感謝はしているが……それとこれとは別なのだ。狼龍としてこの目の前の女の姿をした黄金の光を倒さねば、彼女の矜持は回復しないのだ。

狼龍シーラは……ローズメイが看破したとおり、変異種《先祖返り》であり、人語を解することができた。複雑な言語や言い回しはできないし、彼らの口蓋は敵を食い破るためのものであり、発音には不向きな構造をしているが……それでも四苦八苦しながら意思を伝える。

『アリガ、トウ。コロス』

「構わん。来い！」

ローズメイは一見すると恩を仇で返すかのような狼龍シーラの言葉に対し……しかしまるで気分を害した様子もなく笑って見せた。

命を助けてくれたことは感謝している。しかし龍種の誇りにかけて人間に肉弾戦で敗れるわけにはいかないのだ……感謝と殺意の隙間にある意思を読み取ったかのように、ローズメイは笑った。

笑って、容赦なく殴りつけた。

……三時間あまりの肉弾戦の果てに、とうとう倒れ伏したのは狼龍シーラ。

その巨体が地面へと倒れこみ、僅かな地響きの音さえ立てて。そのまま犬のように尻尾を抱え込んで丸まったような格好になる。

「……畜生の分際でなかなか歯ごたえのあった。さすがシーラの名を継ぐだけはある」

ローズメイも、流石に幾らかの疲労を覚えて、狼龍の頭の上に尻を乗せた。一枚布のドレスの端々が千切れてあられもない格好になっているのだが、不思議と色気を感じさせないのは、恥じらいなど微塵も感じられない堂々とした態度のせいか。

自分の頭に尻を乗せる相手に嫌そうな顔をする狼龍シーラであるが、積極的に拒もうとはしない。つまるところ、殴り合いを演じた結果、人には決して従わず、狼龍種という種族を生み出した国でさえ跨《またが》ることが許されたものを一人も生み出せなかった狼龍に、跨ることが許されたのだ。

その歴史を知るものがいれば、ローズメイが両の手を用いて恐るべき偉業を打ち立てたと畏れおののくだろう。

「……で、お前達はどうする。戦うか？　降参するなら剣を地面に……」

がちゃがちゃがちゃと、粗悪な鉄の剣が一斉に地面に放り捨てられる音が響いた。

目の前で狼龍種を素手で殴り倒す武威を見れば、そうもなる。この美しい黄金の女は素手で人を殺せるのだ。

ローズメイは狼龍シーラの頭をまるで玉座のように乗りこなしながら、シディアを手招きした。彼女を誘拐しようとした悪漢達の傍に置いておくことは可哀想と思ったためだ。

「近こう寄れ」

「はっ、はい！」

美しいローズメイさまの傍にいけると喜ぶシディア。尻尾や獣耳でもあればピンと立つような興奮具合で彼女の膝の上にお尻を乗せる。

ローズメイは……彼女の白い肌、白い髪を少し羨んだような眼を見せた。戦場で日々汗を流す彼女は陽光で肌が黒くなることなど日常茶飯事で、額に兜の形で残された日焼け跡に惨めな気持ちにさせられたことがよくあった。

シディアの髪をじーと見つめながら……降参した悪漢無頼に問う。

「貴様らの雇い主は」

「へ。へぇ。……このあたり一帯を治める領主ビルギー＝アンダルム男爵でござんす」

「知らんな」

近隣諸国の主要な貴族の名は頭に記憶しているローズメイ。権力も財力もそれほど持ち合わせていない小物であろうと見当をつける。ましてや、このような悪漢無頼と繋がっておるのだ。相当に胡散臭い人物と見てよい。

ローズメイはじろりと一同を見た。

「まず、お前達の目的をあらかた教えてもらおう」


内容は概ねローズメイの予想通りであった。

……白子《アルビノ》の娘が希少だから、生贄騒動を起こして奴隷として連れていく。

その際に幾ばくかの金銭と引き換えにする——そこでローズメイが聞いたのは、このバディス村にいる『神父』とやらの情報であった。

「コイツは俺が、あんたに今しがたぶった切られた頭から、『いざという時、領主を脅すネタ』として聞いたんですが……割と信憑性《しんぴょうせい》の高い話だそうで。

この神父は何でも、アンダルム男爵の長男坊だったそうです」

「貴族で僧籍に入るものは珍しくはないが……長男が？　長男が領地を継ぐ以外の道を選ぶのは珍

しいな。神の教えが地位や権力より大切だったと？」

「いや。……何でも、『かわいそうといわれるのが気持ちいい性癖』だそうです」

ローズメイは意味が分からず、変な顔になった。

しかし変な顔になってもその気品と美貌は欠片ほども失われていない。

「最初は遠乗りの最中に山崩れで従者を失ったそうです。で、次は年下の可愛がっていた幼い妹。この両方とも事件性はありやせん。従者は事故、妹は生来体が弱かったそうです。どっちも可愛がっていたそうですが」

「それが？」

「で。まぁ言われ続けてきたんだそうです。……従者殿、お気の毒に。妹様、お気の毒に。おかわいそうに、おかわいそうに……と。

そこまでは良いんです。問題は『神父』が、『おかわいそうに』と言われることに……気持ちよさを感じるようになったそうでして」

「気持ち悪いな」

「ううっ……」

ローズメイは顔を顰《しか》めて。彼女の膝の上にいるシディアは、自分を生贄として売り飛ばすつもりだった悪漢無頼から語られる、親切な神父様の一面に怯えたように体を震わせる。

「で、その気持ち悪い『神父様』は、気持ち悪い性癖を拗らせて……母親を殺したそうでして」

「……？？？」

「……？？？」

「あ、いえ。黄金の姐さん。それと生贄ちゃん。たっぷり悩んでくだせぇ。正直俺らも最初何がなんだか分からなかった」

ローズメイとシディアの二人は、悪漢のその言葉の意味が理解できずに首を捻った。

だがゆっくり時間を掛けてその言葉の意味に理解が及ぶと……二人とも姉妹のように仲良く嫌悪の表情を浮かべた。

「え、えと……つまり……神父様は、大切な人をなくして『かわいそうだね、大変だったね』と言われて気持ちよくなりたくて……自分のお母さまを殺したの？」

「へい」

「……？」

「シディアよ、深く考える必要は無い。その『神父』の体を流れる血が歪み、ねじれているのだ」

その白い髪をぽんぽんと撫でてやりながら、ローズメイは言う。

「で、『神父様』の殺人はすぐにバレた。もちろんこんなおかしな理由で殺人を犯す長男なんて跡継ぎにできやしない。

僧侶として寺院に押し込めて神の教えに浴せば、歪んだ性癖も矯正されると思ったそうでして」

「神の教えは有効だったか？」

悪漢の男は首を横に振った。

ローズメイの眼には次第に冷酷な光がみなぎりだしている。恐らく視界の届く距離に神父がいれば、その襟首を掴み上げていただろう。

「あっちこっちの孤児院に赴任して。まず数年は誠実でお優しい神父様を演じるわけでやして。で、ある日突然可愛がっていた孤児が不慮の死を遂げるわけです。おかわいそうに、神父様おかわいそうに。あんなに可愛がっていたのに」

シディアは顔を青褪《あおざ》めさせる。

悪漢の言葉が真実であるなら、白子《アルビノ》であるにもかかわらず親切に接してくれた神父のその情愛は偽物でしかなかったということだ。

そんなシディアを慰めるようにローズメイは彼女の頭を優しくなで、尻に敷く狼龍シーラに声を発する。

「シディア。シーラ。供をせよ。そんな悪逆をこの世に残したままではおちおち死ぬこともできん。真偽を確かめた後、まことであれば地獄へ落とす」

「はっ、はいっ!!」

「ぐるるるるっ……」

シディアは……ローズメイさまのそのお言葉に、心の怯えや悲しみが消え去り……感情の全ては『神父様』への哀れみに変わった。

彼女は、シディアを助けるために山の『主』に対して自ら食われることも覚悟の上で挑もうとした剛勇にして正しきを為す義侠《ぎきょう》のお方。『神父様』の正邪を見極め、悪であったなら――苦と惨と非を絡めた刑罰を下すだろう。

かわいそうな神父様。龍種を殴り倒すローズメイさまの強力で殴られると思うと、悲しみより先に哀れみが強まるほどであった。

ローズメイは今や己に従う従騎となった狼龍シーラの背中に跨り、ふとももで締め付けて体を固定する。

「うん？」

「ま、待ってくだせぇ、黄金の姐さん‼」

「聞きたいことは聞いた。正道を歩むなら今日この日のことは水に流そう」

そのまま馬上より、悪漢達に声を掛けた。

「は？　何ゆえだ」

「お、俺たちも連れて行ってくれ‼」

ローズメイは面倒そうに男達を見下ろした。

悪漢無頼の男達の言葉にローズメイは面倒そうであった。なんせ少し前まで戦場で華々しく散るつもりだったのに、シディアに加えて悪漢たちからもついていきたいと言われたのだ。戦死のつもりがここにきて様々に縁が生まれている。

「か、感動したんだよぉ！　あんたの喧嘩する姿に惚れちまったんだぁ！」

「素手で狼龍を殴って従えたんだぜ、痺れたぜぇ！」

「滅茶苦茶別嬪さんじゃねぇか！　俺ぁ、あんたの為に死にてぇ！」

拳を天空に掲げ、戦意を漲らせて一緒に戦うと叫ぶ悪漢達にローズメイは目を細めた。

偉大なる強力神のお計らいで、故郷からはまったく遠く離れた地に移った。だがローズメイの生来の気性はまるで変わらず……かつて友軍の窮地を救う為に麾下《きか》の兵を引き連れ、孤立無援の兵を救ったときに浴びた感謝と歓声を今もなお、受け続けている。

それに今まで醜女と言われ続けた自分が別嬪だと言われ、悪い気もしなかった。武人ローズメイも根っこは女性、美人と褒められれば嬉しいのだ。

「シディア。どうする。こやつらはお前を生贄として連れて行こうとした連中だぞ」

だが、まずローズメイは彼女に意思を問うた。

シディアからすれば、彼らは彼女にひどいことをしようとした連中だ。怯えるのが当たり前。もしシディアが拒絶したならローズメイは狼龍シーラを走らせて振り切るつもりであった。

けれども、シディアは言う。

「いいえ。ローズメイさま。彼らを連れて行ってください」

「……ほぅ?」

シディアは馬上から降りて、悪漢無頼の前に進み出る。

ローズメイの黄金の輝きが乗り移ったかのような気力を全身に満たして言う。

「あ、あたし。あなたたちの気持ちが分かる気がするのっ！　あなたたち……ローズメイさまに惚れたのねっ！」

「お？　……おうっ！」

「それも顔だけじゃない、その物凄い強さに憧れたのよね！」

「そ、そうだっ！　狼龍を殴って躾けるなんざ……感動しちまった！」

「あたし……ローズメイさまをみて思ったわ！　すごくお綺麗で、すごく強くて……ローズメイさまの前にいると、まるで自分が、神話の中の登場人物になった気がしない!?」

「おい……シディア。あまりおれを褒めるな。尻がむず痒い」

「ぐるるっ」

「あたし、変われるかもしれないって思った！　あたしこの国の村に生まれて生贄で終わると思ったけど……この方の傍なら、あたし……なんだか凄い何かに変われる気がするのっ！　みんな、そうじゃない!?」

「……ああ、ああっ！　そうだっ！　こんな悪党働きじゃない、なにか胸を張って叫ぶことのできるなんかになれるかもしれねぇって思えたんだ！」

悪漢無頼の男達は、シディアの言葉に同意する。心の中で燃え上がる熱い何かが、言葉で形を与えられていく。

その熱情のまま、彼らはローズメイに付き従うことを決めた。

「シディアを怯え泣かせるような真似をしたなら、死を覚悟すること。それのみを守るなら、あとは好きにせよ」

ローズメイはその美貌にほんの少しだけ愉快そうに笑顔を見せて、『物好きどもめ』と答えるのだった。

「あの。それでみんな。ちょっと相談があるの」

「な、なんだい生贄ちゃん」

シディアがちょいちょいと手招きし、密談に誘う言葉に悪漢達は大人しく耳を貸す。

ローズメイさまに聞こえないよね、と確認してから口を開く。

「いまからローズメイさまは、あたしの故郷のバディス村に行くけど。

この話の流れからすると……絶対に『神父様』死ぬよね」

「ああ。火を見るより明らかだ」

シディアは頷いた。

「神父様がそういうおかしな人ってのはショックだけど、仕方ない。けどね。ああいう人でもあたしに優しくしてくれたことはあった。

だから……あたしの前供養に使われた祭器があるんだけど」

「お、おう」

「お礼に……神父様に前供養してあげようと思う」

……悪漢達は、『ああ……』と合点がいったような納得の表情になった。それはお礼というより意趣返しの類ではないだろうか、と思ったが口にはしなかった。

確実に神父様は死ぬだろう。自分達の主、黄金の姐さんローズメイが許すとは思えない。龍種を素手で圧倒する拳骨は惜しみなく振るわれ、トテモオソロシイ光景が広がるに違いない。

悪事を重ねてきた悪漢無頼の男達は実に珍しいことに……心からの同情を込めて、神父のために神に祈りを捧げる気持ちになった。

◇

さて。

思わぬところで手下を手に入れたローズメイであったが、そのまま直接バディス村に赴くことはやめることにした。

まず夜中に悪相の悪漢連中を率いていくのは、村人を怯えさせるかもしれないから。

そして、一番の理由はローズメイのその剣の冴えを見て……震え上がった悪漢達に、自分で失禁したズボンを洗わせるためだ。

ローズメイも戦場を知る女であり、いまさら糞尿の臭いにあれこれ言う気はないが、別に好んで汚くしたいのではない。シディアが囚われていた輿を探す最中に見つけた小川で、顔を洗い始める。

ローズメイは……意識して見ないようにしていた自分の醜女顔を確かめるように、おそるおそる水面に顔を寄せた。

あの時強力神の声を聞き、全身に重石のように圧し掛かっていた脂肪の重みが消えてはじめて自分の顔を見る。

「……おれは、ああ。そういえば、こんな顔をしていたな。少しだけ母上の面影がある」

ローズメイは昔を懐かしむように小さく微笑んだ。水面の顔も、遠慮がちに笑う。

幼い頃、王国の将来を憂い、身悶えるような焦燥感の中で強力神に祈りを捧げる少し前。記憶にあった顔が成長を遂げれば、このようになっただろう――そんな美貌が映っている。

ただし、ただ普通に成長しただけでは得られない、内面から溢れるような強靭な意志力が絶世の美貌を体の内側から照らし出している。

ふぅ、とローズメイは物憂げに嘆息を漏らした。

きっと、この美貌であったなら、ギスカー様の寵愛を得られただろう。しかし……強力神に願わねば、恐らく王国は滅亡し、愛しいギスカー様はどこかで死に。自分は何もできないただの公爵令嬢として……意に沿わぬ婚約を、抗い難い権力でもって押し付けられていただろう。


ローズメイは寂しく笑った。

結局、自分は二者択一をしたのだ。

愛しいお方からの愛を失う代わりに、その命を救うか。

愛しいお方から愛を受け続ける代わりに、その命を見捨てるか。


契約は成ったのだ、きっと。

愛しいお方からの愛を失い、その命を救い……そして――ギスカー様がどこか遠いところで、幸せになってくださればよい。

……いまさら、王国に帰る気はない。ローズメイの心は複雑だ。

幼い頃に捨て去った美貌を取り戻し、ギスカー様の許に駆け寄ってその愛を得たいという気持ちはある。

しかし、大衆の面前で辱められ、女としての名誉に傷を受けた。かつては愛していたが、あの非礼なふるまいに腹を立てていないわけでもない。

「ま、そうさな。ギスカー様がおれのドレスの裾を掴んでみじめったらしく懇願したら少しは考えて差し上げよう」

そんな機会は、もうないだろうが。

ローズメイは気を取り直し、すっくと立ち上がった。その視線が、川の下流のほうでまごまごしている悪漢達に向いた。

「で……お前たち、なぜ洗濯の手を止めている。おれに仕えるつもりであるなら、相応に品位を身に付けるようにと言ったはずだ。おれは配下にいつまでも失禁の染みがついたズボンをはかせる気はないぞ」

その言葉に……今まで居心地の悪そうにしていた悪漢達は身をちぢこませる。

「へ、へい。……それはそうなんですが、あの。黄金の姐さん」

「ローズメイだ……なんだ」

「ま、まず。ズボンを洗濯するには、ズボンを脱ぐ必要がありまして」

「ああ」

「その間中、俺たちは下着で股間がもっこりしておりまして」

「ああ」

「……お願いしやす、黄金の姐さん！　これ以上虐めないでくだせぇ！」

相手は黄金の女。その強烈な威光の傍にいると……不意に自分が何かとてつもなく恥ずかしいことをしているような気持ちになってくる。

そこで羞恥に耐え切れなかったのか、悪漢の一人がとうとう悲鳴を上げた。

彼ら悪党たちも……最初は自分達のズボンの洗濯をするつもりであったが、ここで一つ問題が生じた。

元々公序良俗を鼻で笑うような気質の男達である。人前で裸になることにまったく躊躇いはない。

相手がただの娘であるならげひゃひゃひゃ笑いながら脱ぐだろう。

さっそくズボンを脱いでじゃばじゃば適当に水洗いをするつもりだった。当然そのためには下着姿にならなければならないのだけど。

……狼龍シーラとシディアの二人を残し、ローズメイはまったく平気な顔で、ズボンを脱いだ男達の上流のほうに赴き、顔を洗い始めたのである。

悪漢達は呻いた。どうしてここに『男性専用』の立て札とかがないのだろうか。川は誰のものでもないから別に黄金の姐さんが顔を洗うのはいいけど、もう少し時間をずらしてほしかった！

股間が下着一枚でもっこり状態であるにもかかわらず、毛ほどの動揺も見せない彼女に、悪漢達は乙女のようにうろたえた。遊び心のある悪漢の何名かは『キャー、エッチー』などとたわけたことを言っている。

この目の前の黄金の姐さんが不埒《ふらち》な真似をすることはないと分かっているが、それでも彼女を不快にさせることはつつしみたい。

「お、お見苦しいものをお見せするのは流石に……」

ローズメイの視線が男の顔から股間のもっこりに向き、そして男の肩に手を置き、とんとん、と励ますように言う。

「誇れ。悪くはないぞ」

まさかの逆セクハラ発言である。

おかしい。悪漢達は思った。ここは女性が男の裸体を見て叫んで拳骨を見舞う場面ではないのだろうか。

普通立場が逆のはずなのに……ここだけ羞恥心が逆転しているかのような不可解な状況だ。

数名の悪漢はなんとなく思った。

今や地上に降臨した女神の如きローズメイ。あまりに美しすぎて触れることさえ躊躇うような絶世の美貌の方。男の裸を見慣れていなくてドギマギするローズメイを想像して勝手にときめいて。しかし男の股間のもっこりを見て平然とした姿に、少しの落胆と、『やはり姐さんはこうでなくっちゃ』と、大いに納得する気持ちが同居していて、切なげに身を捩《よじ》るのだった。

◇

……ローズメイは狼龍シーラに、シディアと共に乗り、彼女が指差す方向に従って夜の森を進んでいく。

普通、このような時間帯なら魔獣たちは自分たちの領域に迂闊《うかつ》にも踏み込んできた人間達を乱刀《らんとう》分屍《ぶんし》にして胃袋の中に収めるのが普通であったが……今回ばかりは彼らはその目論見を達成することはできなかった。

中央に位置する狼龍。そしてその上に跨る黄金の女の発する凄絶の気配を察し、魔獣たちは息を潜めて黄金の光が通りすぎるのを待つのみであった。

ローズメイは、不意に馬上からシディアや悪漢達に話しかけた。

「シディア。一つ尋ねるが……おれは美しいか？」

「え？　はいっ！　もちろんですっ、ローズメイさまほどお美しいお方を、あたしは見たことがありません！」

「そうか。では……お前達にも聞こう。……おれより美しい女を見たことがあるか？」

「いや。一度もありやせん。お偉いお貴族様のパレードなら見たこたぁありますが、あんたほどの別嬪は一度も」

だが……ローズメイの質問に対して躊躇うことなく肯定の返事が来たにもかかわらず、彼女の顔は物憂げであった。

続けて、尋ねる。

「では、おれを巡って戦争が起きると思うか？」

その言葉に、ローズメイに従う一同はハッと息を吞んだ。

古来より歴史に名を残すような絶世の美女は、何かと権力者の獣心を呼んで惨禍を巻き起こすことがある。

シディアや悪漢達の眼から見て、この黄金の方は歴史に名を残すような美女にしか見えず。彼女を欲して戦争が起こることは、ほぼ確定事項にさえ思えたほどだ。

その一瞬の沈黙を……ローズメイは、周りの連中が呆れているから言葉を失ったのだと勘違いした。

珍しく照れたように頬を掻く。

「……いや、ふふ。流石に今の台詞は傲慢が過ぎたか」

「い、いいえ。違いますローズメイさま……その、あると思います。ローズメイさまを欲してどこかの王様が軍を発するというのは……」

「俺たちも生贄ちゃんに賛成だぁ。……黄金の姐さんを巡って戦が起こる」「だな」「違いねぇ」

「そうか。では仕方あるまい」

ローズメイは頷いた。

「おれは……この地に辿りつくまで戦争に従事していた」

それは容易に察しが付くことであった。その胆力、剣技、膂力、どれをとっても諸国に冠絶する武の持ち主。かつてはよほど名高き大将軍だったのだろう。

……ローズメイはギスカー様を失った。もう剣を振る必要もない。それにこれだけの絶世の美貌を得たのだ、男達の愛など欲するがままに与えられるだろう。

美しさとは、容易く呪いに変わる。

強いものが弱きものから奪う弱肉強食の時代では、女の意思や尊厳など容易く無視される。

ローズメイを欲して大勢の血が無為に流されるだろう。

だが、とローズメイは笑った。

美貌を欲して女の意思を踏み躙《にじ》り、後宮に押し込め、無理やりに陵辱せんとする恥知らずな権力者に対して侮蔑と交戦の意思を漲らせた、猛々しき猛虎の笑みである。

その笑みを見て、シディアは震えた。悪漢達はゾクゾクした。

その……燃え上がるような戦意の笑みに、彼らはもう惚れていた。

「……生憎とおれはただ黙って奪われるような殊勝な女ではない。おれを欲して王が軍を発するなら、『自分の面を見てから出直せ』と答え、その軍を正面きって粉砕してやる」

ローズメイはその後で、天を仰いで嘆息した。


「……おれは、美しい」


それは、いっそ天晴れと言いたくなるほどの傲慢な台詞に聞こえるが……同時に、己の美貌が呼び寄せる嵐の如き禍いを憂う溜息でもあった。

「……ローズメイさまは……戦うことはお嫌いだったのですか」

その声に潜む悲しみの色に、シディアは恐る恐る尋ねる。

「そうだな。おれが戦ったのは……あの方のため、そして国のためだったが……戦いが好きだと思ったことはあまりない」

「それなら、ローズメイさまはお顔を隠せば……」

権力者から眼をつけられずに生きていけるのではないでしょうか……そう発しようとしたシディアの言葉は、自分をぎょろりとねめつけるローズメイの眼光に射竦《いすく》められる。びくり、と怪物に睨まれたようにシディアは背を震わせた。

「ああ、確かに……顔を隠し、名を伏せ、隠者の如く暮らせば……戦わずに生きていけるやもしれぬ」

ローズメイは言葉を切り、両眼より闘志を燃え上がらせて叫ぶ。

「だがそれはしょせん野ねずみの生き方よ！

権力者の手から逃れようと息を潜め、顔色を窺う人生にどれほどの価値がある！

おれは侵略者を駆逐し、敵を屠《ほふ》る生き方をしてきた！　たかだか一度死んだ程度のことで、いまさら生き方を変えられるわけもないのだ！」

シディアはローズメイの言葉にごくりと息を呑む。

彼女が怒っているのではないのは分かる。ただ、彼女の身より発せられる猛々しい感情の噴流に圧倒されていた。

「そして、おれはこの美貌を欲して、おれの自由と尊厳を奪い、陵辱せんとする男から自分自身を守る為に――否応なしに天下に名乗りを上げざるをえんのだ。大陸を統一するなどというご大層な目標はいらぬ。だが、少なくとも大陸の何分の一かを握る諸王の一人にならねば……おれは自分の自由と尊厳を守ることさえできぬ!!

まずはこの国を奪い、おれの存在を誇示するより他あるまい。

ん？　……お前達。震えているのか？」

「へっ、へへっ。へっへっへっへ」「そ、そうさ、こりゃ武者震いってやつさぁ！」「たまらねぇ……黄金の姐さん、あんた最高だわっ！」

悪漢達は笑っていた。まるでローズメイの豪胆な猛気が伝染したかのような笑みを浮かべ、何か偉大な人の誕生に立ち会っているような、後に語られる伝説の始まりに立ち会っているような感覚に震えていた。

そうか、と呟きローズメイは思う。

(ああ……醜女将軍と呼ばれていた頃が懐かしい)

あの頃の自分は醜さで目立っていた。

美しい姿に戻れたら、ギスカー様に愛してもらえるかもと密やかに思っていたが……いざ実際に戻ってみれば、傾国の美貌のほうが生きるのはずっと難しいなんて！

絶世の美貌ゆえに、今度は権力者の欲望に狙われる新しい人生が始まるなんて！

女とは……なんて大変なんだろう!!

◇

バディス村はそれほど豊かではないが、それでも村人たち全員が食うに困らない程度の収穫はあるありふれた村だった。

ローズメイ一行は、村が見えてくると一旦小休止する。

まずローズメイはシディアと共に狼龍シーラから下馬すると、彼女に言った。

「シーラ。とりあえずお前は外で適当に遊んでおけ。獲物を捕りたいなら好きに狩るがいい。ただし子供と孕《はら》んだ牝は殺さぬこと。よいな?」

「ぐるるぅっ」

狼龍シーラはローズメイの言葉に頷くような仕草を見せると、そのまま突風めいた勢いでその場から立ち去る。

バディス村の人からすれば、シーラは彼らが生贄を捧げたつもりの龍種だ。顔を合わせると、相手を恐怖させてしまうだろう。

「お前達は……三名ほど付いて来い。ほかは外で待て」

「へい」

ローズメイに心服する男達のうち、比較的顔が優しく見える連中を三名ほど引き連れていく。

辺境の村だから、人数はおおよそ三十か四十人ほどであろう。そこに、九人も剣を吊り下げた暴力の気配を漂わせる悪相の男達を引き連れて現れれば、やはりこれも恐怖をもたらすだろう。

「それでは、参ろう」

「はい。ご案内します」

シディアが前に進み出て、村の中央を進んでいく。

外周には獣害を恐れて木製の柵が設けられ、中央の広場に隣接する形で少し大きな家が見える。

……そろそろ夜も深けている時刻だが、室内からは明かりが灯《とも》り、中からはどこか陰々滅々とした雰囲気が漂っていた。

すすり泣くような声。悲しげな溜息を聞けば、生贄に捧げられたシディアはこの村では愛されて育ってきたのだろう。

ローズメイは、ゆくぞ、と後ろを振り返り、そのまま扉をノックする。

中から、怯えたような気配と声が返ってきた。

「……ッ……夜半遅くにどなたか。こんな夜更けに家を訪ねる非礼な方には扉は開かれておりません。帰られよ！」

「仰せごもっとも。されど生贄に捧げられた娘、シディアを奴隷に落とそうとする卑劣な企みを砕いて参った。

まず彼女のみお送りする」

シディア、と目で合図すれば、こくりと頷き前に進み出る。

「村長様ですね、あたしですっ、シディアです！　危ないところをこの女性のお方に助けてもらったんです」

「……シディア⁉　ああ、そうかっ！」

村長らしき声には大きな安堵が含まれている。

悪漢達の証言が正しければ、シディアを奴隷として生贄に捧げる今回の悪事には村長も関わっているはずだ。しかしローズメイは、村長の声には純粋にシディアの無事を喜ぶ素直な安堵があると感じた。

シディアはそのまま、少しだけ開け放たれた扉の隙間から室内へと入っていく。

聞こえる声は安堵と喜び。危険極まる凶獣を鎮めるためと涙を呑んで捧げた生贄の娘が、無事傷一つ無く帰ってきた様子に、安心する声が響く。

ローズメイと手下たちはしばし安心と歓喜の声を聞きながら夜空の月を愛でていたが……しばらくの後、扉がゆっくりと開く。

「……何もない寂れた寒村でありますが、恩人相手なら喜んで扉を開きましょう。ありがとうございます」

「礼には及ばぬ」

ローズメイはそう頷き、開かれた扉から中に足を踏み入れた。

バディス村の村長は小心者で臆病だったが、悪辣《あくらつ》さとは無縁の穏やかな人物だった。

シディアを生贄に捧げることを神父に強要され、罪悪感と後悔ではらわたが捩《ちぎ》れるほどに苦悩もした。罪の意識で夜の眠りも浅く、目元には濃い隈《くま》ができてしまうほど。村人からはシディアを生贄に捧げねばならないことに苦悩しているのだと同情されもした。

違うのだ。まるで違う。

村長が苦しんでいるのは、村の子供の一員として育ててきたシディアを、本来なら順法精神の手本となるべき貴族の無法の犠牲にせねばならない、この世の理不尽が悔しくて腹が立って仕方がなかったのだ。

口止め料として支払われた金を受け取りはした。抗っても殺されるだけで終わるだろうから。だからせめて、これはシディアが残してくれた大切な形見の金と思い、栄養不足で冬を越せない体の弱い子供に腹いっぱい食わせてやるための力として蓄えておくことにしたのだった。

ああ。けれども腹が立つ。小心で臆病だからこそ、心の中でため込んだ憤懣は人一倍であった。若い頃は相応に苦労したし、一度か二度ほど領主様に兵役を任じられ従軍した経験もある。剣はまだ家の物置にしまっていた。

あの卑劣な『神父』。領主の子供という立場を利用して、シディアの死を悲しむふりをするあの下種野郎。自己愛のケダモノめ。はらわたで煮え滾《たぎ》る憤怒のまま斬り殺してやろうか……一時の自暴自棄のまま奴を殺す自分を想像して、心の慰めを得るしかできない。

村長は我が身の非力を嘆く。

けれど――。

「失礼する」

「お、おおおおぉぉぉ……⁉」

その驚愕の声は果たして村人の誰のものだったか。

あるいはシディアのことを嘆き悲しんで村長の家に集っていた村人全員の驚愕だったかもしれない。

人間あまりにも美しいものを目にすると、釘付けになる。目を背けることさえ思い浮かばない。

「め、女神様！」

村長は膝を突いた。伏し拝んだ。

人ならざる絶世の美に対して、彼はきっと——この女性は神が遣わした正義の天秤を司る法の執行者なのだとさえ思った。

領主の無法を歯噛みし、正しいことを為せない自分の代わりに正義を代行し、そしてシディアを救ってくれた人なのだとさえ考える。

「あいにくとそんなに大層なものではない。通りすがりだ」

ローズメイは膝を突いた村長を止めるように手で制し、そのまま室内へと入っていく。

そこから数名……男達が三名ほど続いて入るのだが……村長は再び仰天した。

「あっ、お……お前たちはっ⁉」

彼らの顔には見覚えがあった。シディアを誘拐するために領主が派遣した、ならず者たち。

村長は、これはどういうことなのかと混乱する。彼女がシディアを助けてくださったのは間違いない。だがそれならなぜ……このような悪漢無頼の徒を、女神さまは手下のように侍らせているのか？

村長の驚きの意味を理解したのか、男達は照れ臭そうに顔を見合わせて笑う。

「いや、安心してくれよ村長さんよ」

「俺たちゃ頭を黄金の姐さんに斬られたが、その強さとお人柄に惚れ込んだ」

「今では姐さんの手下だ。あんたたちにゃ何もしねぇよ」

ば、ばかな、という言葉を村長は呑み込んで、驚愕で目を見開く。

従軍した経験のある村長は、目の前の絶世の美女が今まで見たこともない超戦士と理解できた。

この黄金の女神の並々ならぬ武威と風格を見れば、悪漢どもの頭目であった男などひとたまりもなく殺されただろう。


そこまでは分かる。

……頭を殺された手下たちが頭目を殺された復讐のために戦い、挑み討ち果たされたなら分かる。

この黄金の女相手では到底かなわぬと算を乱して逃げることも大いに納得できる。

だが……頭目を殺した犯人に、自ら望んでその配下となる――そんな事態は、村長の想像を絶していた。

仲間を殺された復讐に走らせるのではなく、自ら臣従したくなるほどの風格。思わず頭《こうべ》を垂れ、足に口づけをしたくなるこの衝動は――目の前の彼女が、王威と呼ぶより他ない何かを有しているからか。

「こやつ等が何か不始末をしようとしたなら責任を持って殺そう。

……はじめまして、村長殿。おれはローズメイという」

絶世の美女は礼儀正しく頭を下げ、村長も慌てた様子でこちらこそ、と頭を下げ返す。

彼に分かるのはただ一つだけ。


この女神は想像を絶する、破格の大人物であるということだけだ。


「……おお、なんと素晴らしいことでしょう」

その村の一室で、喜びの表情を浮かべながら前に神父服の男が進み出てくる。

福福しい微笑み。一見すると普通の青年か中年あたりの年齢の男性に見える。この豊かと言えない辺境の村で生活している割には恰幅が良く、栄養状態もよさそうだ。目は細く、亀裂のような目から覗く瞳孔は、血吸い蛭《ひる》のように邪気であふれている。

ローズメイをはじめとする一行は、心の中で警戒態勢を敷いた。

悪漢達の情報が正しければこの男、他者には到底理解し難い快楽のために母親を殺害し、多くの孤児を殺害してきた人間のクズだ。

「生贄に捧げられたシディアがこうして無事に戻ってこられるなんて……ああ。勇敢な女性のかた。お名前をお聞かせ願いたい」

そう言いながら神に祈りを捧げる神父。

「ローズメイだ。神父殿」

「……そうですか、ローズメイ殿ですか」

相手の差しさわりのない返答に、ローズメイは相手をどう処断するか考えあぐねていた。

この神父から発せられる嫌な気配。こやつがシディアの姿を見た時に一瞬目に浮かべた腹立ち……『かわいそうに』といわれる理由が失われたことへの怒りの色を、彼女は捉えている。

しかし、はっきりとした証拠は無い。

そして正確な証拠も無く、悪漢達の証言を鵜呑《うの》みにして相手に死を送っては、それは私刑だ。

ただし……ローズメイ以外はそこまで深いことを考えていた訳ではない。

シディアは前に進み出る。

「神父様」

「……ええ。はい、本当に良かったですねぇ、シディア」

シディアは、悪漢達の証言を信じていた。

ほんの数時間前までは、生贄としてささげられた自分を誘拐しようとする被害者と加害者の関係であったが、今ではローズメイに信服する仲間同士である。

彼女は神父様の前に立った。

村人たちは、思った。生贄に捧げられた窮地から女神の如く美しい女性に救い出され。

そして命を拾った彼女は神父様と抱き合いながら喜びの涙を流すのだ——そんな想像をした。

その想像は、一部しか当たらなかった。

「ウッ……し、神父様……！　おかわいそうにっ……！」

「ほへ？」

シディアは涙を流し、同情の言葉を発する。

だがそれは、この場にいる村人全員の脳裏に疑問を浮かべさせる。

シディアが涙を流すのは分かる。彼女はほんの数時間前まで犠牲にされる危機にあった。助かったことへの安堵で涙を流してもなんらおかしくはない。

しかしそれでは……なぜ神父様へ同情の涙を溢すのか。

「あ……ああ。不憫だな」

「確かに……何が起こるか不安にもなる」

「祈ろうぜ!!」

そしてローズメイの手下となった悪党たちも、シディアの後ろでお行儀よく横に整列した。

両手を合わせて、目を閉じ、シディアと悪漢達は本気の本気で……これから神父様がどれだけ惨たらしい最期を遂げるのかに同情して祈った。

「な……なんなのですっ。なぜ私に手を合わせて祈るのですっ！」

神父は困惑した。

……彼は他者に『かわいそう』や『大変だね』と同情されたりするのが気持ちいい性癖の持ち主であった。

もしここに異世界の知識に通じた賢者が存在したら、その心の歪みを『代理ミュンヒハウゼン症候群』と看破したであろう。

それも他者の同情を引き自分のナルシズムを満たすためなら殺人行為や他者の奴隷売買さえ厭《いと》わないエゴの塊の如き精神は、『かわいそうに』と同情されるたび快感を覚える歪んだ心となっていた。

だが……この『かわいそう』はなんか違う。

かわいそうと言われてもまるで気持ちよくない。神父は苦痛を味わうのは他者に任せ、自分はその同情を受け続けて気持ちよくなりたい。

だが、彼らの同情は、これから神父に降りかかる多大な苦痛に対する哀れみであり。

神父は、これから自分にここまで同情されるだけの災難が降りかかることを宣言された受刑者のように、恐怖する。

彼は本能的に察していたのかもしれない。

シディアは神父に同情していた。彼女の後ろに立つ悪党たちは、ただ涙を流し、祈るだけではなくそろそろ行動を起こすことにした。

神父様の正面に、祭壇を設置し、蝋燭を並べ、神像を配置し……ちーん、と鎮魂の鐘を鳴らす。

シディアが事前に行われた前供養を、今度は神父がされる状況であった。

「まってください！　あ、あなた方はなぜ私に前供養の準備をするのですっ！　まるで私がこれから死ぬようなことをっ」

「ほう」

だが、この時――はじめてローズメイは口を開いた。

「心当たりは、ない？　あなたは殺されて当然のことなどなに一つ、した覚えはない？」

その両眼が、神父を射抜く。

ローズメイは特に語調を荒らげたり、恫喝《どうかつ》するかのような厳しい言葉を使った訳ではない。だが、その眼光はただ人《びと》ならざる迫力があった。

将軍として戦いに従事する日々の中で真実を見抜く洞察力は練り上げられてきた。上官殺害、民間人への暴行、収賄、そういった騎士団の中に存在していた旧悪を除くためには相手の嘘を見抜く目が必要であり……彼女の両目は真贋《しんがん》を見極めるかのようにじっと睨んだ。

「はっ……も、もち……」

神父はもちろんだ、と嘘をつこうとした。そうしようとはしたのだ。

だが、ローズメイの眼差しはさながら照魔鏡のよう。その心に一片も偽りがなければ彼女の顔を真っ向から見返せるだろうが……心に疚《やま》しき『魔』を飼うならば、正視さえできない苛烈な厳しさが漲っている。

村長や村人たちは、黄金の女のいぶかしむような言葉と、その剣呑な気配に息を呑み、視線を往復させた。

ローズメイは椅子に腰掛け、まるで観察するような目で神父を見た。一挙一動のすべてを見抜き、その偽りを暴き立てるような視線。それは無言のまま弾劾するかのようであった。

神父は後ずさる。額からは汗が滴り、呼吸は浅く連続する。その異様な反応は、村人たちの疑心を招くには十分なものであり。


彼は、ローズメイの視線に耐え続けることができなかった。

「は……はハッ！　ああ、殺したとも！　この村に来る前には既に母を含めて六回だ！　シディアを大事に大事に育てたのも収穫する時にかけられる同情の言葉が気持ちいいからだっ！」

そして、罪をひけらかし、居直ったような嘲笑を上げる。

「だ、だが俺の父親はこの地方の領主、アンダルム男爵だぞっ！」

そう、親とは本当に有難いものだった。

アンダルム男爵は自分の妻を殺害した我が子を家の恥として僧院に放り込んだが、そこはそれ、血を引く我が子可愛さで、彼の性癖を隠し通し、その欲求のまま殺人を繰り返せば司直に手を回して事件をもみ消し続けてくれた。

「そ、それに悪い話ではないだろうが！　シディアは俺の父親の奴隷として飼われ、こんな辺境で暮らすよりもずっと面白おかしく暮らせるし……何より殺されていないじゃないかっ！」

「……神父様」

シディアが悲しみに呻いた。

ローズメイの視線に耐え切れずに自ら自白を始めた神父が取った行動は……親の権力に頼り、この村に生きる全ての人間に対する暴力と恫喝を用いた口封じである。

そうだ、生贄というまどろっこしい手段など使わずに、兵士を出して剣をちらつかせ、言うことを聞かせることのほうが、生贄の儀式という茶番劇よりもずっと早く単純でいい。

神父はローズメイを指差して叫んだ。

「そ、そうだ！　お前が悪いっ！　俺は今まで同情の言葉が心地よくて六人を殺したっ！　だが今回の一件はとても慈悲深かったのだぞ！　シディアは我が父の許で奴隷として安楽な生活を行えて、村長は金を受け取り、そして俺は気持ちいい！　誰も損をしていないではないかっ！」

「誰があんな穢れた金なぞいるかっ！」

神父のあまりにも身勝手な言葉に対して、村長は貴様なんぞと一緒にされるのは敵わないと大声を張り上げる。

そして村人たちに叫んだ。

「みんな、聞いてくれっ！　私は確かにシディアが山の『主』の生贄にではなく、領主が密やかに奴隷として連れて行こうとしていたのを知っていた。

罰するならいい、殺されても構わないっ。だが貴族に逆らって助かる目などなかった、それだけは分かってくれ……」

「大丈夫です、村長」

シディアは村長を慰めるように肩を叩く。

彼女は神父の開き直った罪の暴露が……自分自身の死刑執行書にサインしたのと同じだということを分かっている。

ローズメイは、村長の言葉に頷き、神父のほうを見ながら前に進み出た。

その絶世の美貌に気圧されたように神父が叫ぶ。

「な、なんだっ！　女、きさまっ！　……ああ、もしや父の妾として身売りしたいのか？　望むなら口を聞いてやっても良いぞっ」

「お前のような心が醜い男の父では、かつてのおれのような醜い女であろうとも……」

ローズメイは笑った。相手の男性の尊厳を貶めるような一言を発する。


「……まるで孕む気にならん」


シディアと悪漢たち、そしてその場にいる全員がたまらずに膝を突いた。

絶世の美女のつやめく紅唇から発せられる『孕む』という一言の威力に堪らず悶絶し、男女の区別なく股間が元気になり倒れ伏し、あるいは壁に身を預けて顔を真っ赤にしながら息をする。

例外なのは神父のみ。

性を意識させる一言よりも、彼女の発する凄絶の気配は増していく。

殺されると直感したのはその時だった。思わず反射的に叫ぶ。

「お、俺の父は男爵だぞ！」

「そうか。で？　おれは公爵だ」

「う、う……!?」

平然と答えるローズメイに神父は言葉に詰まる。

貴族を僭称《せんしょう》することは大罪だ。

だから神父は反射的に『嘘をつけ』とあざ笑おうとはしたのだが……できなかった。

なぜなら、あまりにも美しいからだ。

貴族に眉目秀麗の人が多いのは地位と権力を盾に、血族に美姫を取り込み続けたからこそだ。

そして、目の前の絶世の美女は、美しさの極み。

彼女が貴族でなければ一体誰が貴族であろう――その絶世の美貌が何よりも貴族の証拠。

たわごとだと決めつけるには、彼女はあまりにも美しすぎたのだった……!!

「ひ。ひ、ひゃあああぁぁぁぁ!!」

神父は悲鳴を上げ、そのままローズメイを突き飛ばして逃げようと体当たりを行う。

それなりに体重のある成人男子である神父と、柳のような細い腰の女一人ぐらいどうとでもなる
――しかし、彼はローズメイのことをあまりにも知らなさ過ぎた。彼女に暴力を振るえば……どれだけ手ひどい報復が待っているか、まるで知らなかった。

その腕を伸ばしローズメイは神父の顔面を掴み上げる。

「ぐ!?　ぎ、いたいたい痛い痛い!!」

「お前の母上も、子供達ももっと痛かったろう。孤児殺しめ」

その光景は見ているだけしかできない村人たちにとっても一種異様な光景であった。

絶世の美女が、一見自分より体重に勝る神父の顔面を掴み上げ、かるがると持ち上げる。

神父はみしみしと頭蓋に食い込む指の痛みに悲鳴を上げながら懇願する。

「ま、待て、待ってくれ！　払う！　身代金を支払うっ！」

「誰が？」

「父がだっ！」

ローズメイは大変疑わしそうな表情になりながら言う。

「本気で言ってるのか」

「あ、当たり前だっ！　俺の犯罪を父はいつも庇い立てしてくれたっ！」

だが神父の証言にローズメイは――これは駄目だな、と見切りをつけた。

貴族は民衆を呼ぶ時『民草』と真顔でのたまう。

彼らにとっては民衆というものは放置しておいたら勝手に地面に生えてくる程度の存在でしかない。もちろん貴族にだって民衆がキチンと血の通った同じ生き物であると考える人はいるが……それに負けず劣らず、民衆をさげすむ考えのものはいる。

そしてローズメイの見るところ、ビルギー＝アンダルム男爵という神父の父親は後者のようだ。

そんな人間にとってはどうでもいい存在である民草が、血を分けた貴族を罵倒し、害するなど我慢ならないことだろう。

権力を用いて事件をもみ消すというのもある。

しかし……一度廃嫡した人間を人質にとって身代金を要求したところで、果たして支払うだろうか？

ないだろうな、とローズメイは思う。

ローズメイは、神父を生かして利用することを諦め、その命を奪うことを利用する方向に切り替えると決めた。

そのまま神父を地面に降ろす。

「おれは、血が嫌いだ」

「お、おおっ」

彼女の言葉に命を助けられるのかと思った男は、喜色を浮かべた。

しかし……と、ローズメイは両手を広げる。その五本の指でもって神父の両肩を掴み――ごきり、と音を立てて両肩の関節を外す。

「ぎゃあああぁぁぁぁぁ!!」

「おれは、お前に復讐する権利はない。お前を裁くことができるのは、お前に殺された人々の親戚や縁者であろう。

ゆえにおれはお前を殺しはしない」

冷酷に宣言する。

「お前の全身の関節を外し、一人では排泄《はいせつ》もできず、顎も外して発言さえもできないようにする。

そしてお前の殺した孤児と、お前の母親の墓前で額《ぬか》ずかせ、立て札を掲げてその罪をつまびらかにし、そして大勢の人々の侮蔑と嫌悪で人生の最後を染め上げ、軽蔑すべき外道として名を知らしめた後で、殺す。……殺さぬわけがないだろう？」

悲鳴を上げそうになる神父に、さも心外そうにローズメイは答えた。

ローズメイは両腕を神父の顎にかけ、ぐ、と力を込めて言う。

「文句はないな？」

「!?!?〜〜〜!!!!!!」

ばきり、と顎の骨を外される音と神父の絶叫が入り混じる。

「おれはもちろん神々のように正しい裁きの下し方などは知らぬ。しかし六人も殺しているのだろう？　それも子殺し、母殺し。まさに人道に対する最悪の罪を、二つもだ。

……どう考えても、一番軽くて死刑だ」

もちろん——神父には山ほど文句があったに違いない。

しかし顎の関節を外され、ろくに言葉を発することもできなくされた神父は、苦痛の悲鳴をただ音として張り上げるしかできず。

ローズメイはそのまま顔色一つ変えずに神父の五体の関節をバラバラに外していき。

シディアと悪漢達は最初と同じく前供養の為に両手をあわせ、神父様の自業自得ともいえる無残な姿に祈りを捧げ。

神父の悪辣で非道な行為を知り、憤った村人たちも、その罪の報いを受けて激痛で上げる悲鳴に、やはり同様に祈りを捧げるのだった。

◇

ローズメイが仮の宿として用意されたのは、バディス村に訪れるより先に殺害されていた猟師の小屋になる。

非業の死を遂げた人の息遣いが今も残る家屋に入るのは、少し薄気味悪さを感じるかもしれないが、ローズメイはその手の繊細さは騎士として生活する中でとうの昔に擦り切れていた。その鈍感さが人として良いか悪いかは知らないが。

「疲れた……」

驚くほど様々なことがあり、さすがのローズメイでさえも横になると、すぐ眠りに落ちた。


……微睡《まどろ》んでいる。

半睡半覚のおぼろげな意識の中でローズメイは夢を見ていた。泣いている子供の声がする。

それははっきりと、悪夢だった。

悪相の家来衆たちに教えられた神父の過去の悪行……その犠牲になった子供たちが暗い渦にゆっくりと呑み込まれていく。顔は見えているはずなのだが、誰のものなのかはわからない。わかるのは顔全体に浮かぶ恐怖と苦悶のみだ。

たすけて、たすけて、と悲鳴が聞こえた。

ローズメイは声を張り上げながら手を伸ばす。子供の手を……数名の子供たちの手を掴む、そして渾身の膂力を込めて救い上げようとするのだが……己が剛力のすべてを振り絞っても子供を死の底へと連れ攫おうとする悪しき引力に対抗できない。

亡国の運命をさえ捩じり伏せたこの膂力でさえ、すでに死した子供の運命を変えることは不可能なのか。それでも死に抗うべく力を籠めようとした瞬間、子供のあたたかな手が白骨へと変わり、ローズメイの掌からすり抜けてしまい――

「……!! ……ええい、ひどい夢見だな」

ローズメイは肌に纏わりつくような寝汗を感じながら目を覚ました。

自分の傍で赤子のように体を丸めて眠るシディアを起こさないように上半身を起こして物思いにふける。

強烈な死のイメージに飲み込まれていく、可哀そうな子供たちの姿。ひどい悪夢だった。

だがローズメイは気をしっかりと持つ。

「そこまで……責任持てるかっ」

それは神父に未来を奪われ、無念のあまりローズメイの夢見に彷徨い出た哀れな子供らの霊魂への言葉か。いや、それはどちらかというと己に言い聞かせるかのようだった。

自分とかかわりのない場所で失われた命に対してまで、罪悪感を覚える己への叱責なのだ。

もし目の前で子供が命の危機に陥っていたならば、ローズメイは剣を引っ掴んで全力で助けようとするだろう。しかし失われた命に対してまで罪悪感を覚えてどうする、生死の境い目をどうにかできるのは全知全能の神のみで、彼女にはそういう世の理を変える力はないのだ。

ローズメイは……シディア一人を助けるので精いっぱいだった。

「はぁ……」

彼女のことを思うと悲しくなる。

シディアは、自分を見殺しにした家族同然の村人たちと一緒にいることを拒み、ローズメイの傍こそがこの世で一番安全で安心できる場所とばかりに落ち着いた様子で眠りについていた。

なんとも、妙な組み合わせだと考え込む。シディアにとって村人は仲間だったが、今では自分を見殺しにした人々になってしまった。そして自分を誘拐するはずだった悪相の家来衆と……ローズメイに惚れたという、惚れられた当の本人からすれば「う、うむ？」と困惑する理由で意気投合している。顔がいいと本来いがみ合うようなものたちに結束を与えられるのか、と妙な結果をもたらしたわけだ。

「おれが助けられる訳がないとわかっていても……な」

先ほどの悪夢を思い出し……自然と鉛のような溜息が出てくる。

神父によって死んでしまった子供たち。シディアと村人たちの間にできてしまった、もう修復など不可能な関係。

たった一人の犯罪者によって多くの人々の人生が捻じ曲げられ、終わらされてしまった。

……この惨事を止められる人間はいた。

領主としてこの地方を治める男爵その人が、民衆の模範として法を適切に用い、たとえ我が子であろうとも手心を加えずに神父を処断していれば、こんな悲劇はなかった。シディアも見殺しにされた経験などせず、普通の村娘のままでいられただろうに。

腹立ちは抑えきれない。法を正しく用いるべき貴族。しかし彼らからすれば民衆や孤児など息子の享楽のためにいくら命を落とそうが構わないということか。

そういう人間をローズメイは山ほど見てきた。

そういう人間を見るたびに、怒り続けてきた。

そして悪党に怒り続け……怒り続けても悪党が消えず、のさばり続けることに疲れ果てた時こそが、正義の死なのだろう。

少し前まで、死ぬつもりでいた。どうせならドラゴンと斬り死にする英雄としての死にひそかに憧れていたかもしれない。

だが待ち受けていたのは英雄としての死ではなく、人さらいと家族同然の人々に捨てられた娘であったのだ。

「……」

心の中で火のつく音がする。

龍を討つ偉業と、世にはびこる狡《こす》い小悪党を討つこと——どちらが立派、などということはないのだ。

龍を討てば、まぁ偉業だ。千年に英雄の名が残るだろう。

では人殺しの我が子を庇って正しく法を運用せず、罪のない子供を死なせた貴族を討つことは？

名は残るまい。正直、そういうことをする貴族など吐いて捨てるほどいる。だが、わずかな一時《いっとき》でも善良な人々が安心して暮らせるだろう。その偉大さは、龍殺しと比べても決して見劣りするものではない。

ローズメイは、つるりと己の頬を撫でた。絶世の美女が、貴族の妾や愛人に必ずならなければいけない、なんて法はない。だが地位と権力で絶世の美女の自由や意志を踏み躙っても構わないと考える輩《やから》のなんと多いことか。

ローズメイは、女で。そして誰からも狙われる美女だ。

ならばか弱い女子供の一人として、子殺しを見過ごす冷酷な貴族を正し女子供を助けるために剣を持つのが騎士としての務めではないだろうか。

「今まで剣に生きてきたのだ。ならば、この剣を正しきことに活かす」

龍と戦い、闘死する最後が待っていると思えば、ありふれた悪党と生贄に捧げられた娘がいた。

すなわち英雄としての死を望むのではなく、生きて世にありふれた邪悪と戦うべきなのだろう。

「そうしたら、おれの夢に彷徨い出た子供たちの御霊も……少しばかりは浮かばれるだろうかな」

◇

「……むぅ」

「この服とかどうでしょう、ローズメイさまっ」

生贄騒動に決着を付け、村へのしばしの逗留《とうりゅう》が許された二日ほどの後――ローズメイは、自分に付き従うシディアに請われるがまま服を身に着けていた。

片田舎の村では華美な装束など望むべくもないが、それでもローズメイは差し出された女ものの服に懐かしささえ覚えていた。

今まで纏っていた衣服は醜女将軍ローズメイ＝ダークサント専用の特注品であり、腹の辺りが樽のように膨らんでいるような代物ばかり。普通のサイズの衣服がきちんと着れることに、不思議な感慨さえ抱いていた。

（……さ、さすがローズメイさま。おへその辺りが凄いことになってる）

バディス村にて食客のような立ち位置に収まったローズメイ。そんな彼女に対してシディアはまるで侍女のように付き従うことが許された。

元々生贄として見殺しにされたに等しいシディア。村人もその事実には負い目を感じており、好きなようにさせてくれる。

ローズメイの肉体は、美しかった。

例えて言うなら高名な芸術家が魂を込めて削りだした彫刻が、温かな肉と魂をもって動き出しているさまを目の前で見ているようなものである。

細く引き締まった腰周りと胸元の落差は、見ているシディアが女としてのライバル心など起きようもないぐらいの完璧さ。そして見事に六個に割れた腹筋は指でなぞりたくなる。

しかし、そんなシディアに対してローズメイは渋い顔。

シディアが好意で村の女性衆から近いものを借りてきたから、大人しく着せ替え人形の如くとっかえひっかえ着替えをしていたが、本人はやはり違和感を覚えていた。

今まで動き易いものばかりを着込んでいて。いまさらスカートを穿くと。

「……股の風通しがよいな」

「はぁ。まぁスカートですし」

などと、あまり女性らしからぬ感想を漏らし。

シディアに怪訝な顔をされるのだった。


そんな風に衣服の着替えを（主にシディアが）愉しんでいた二人。

しかしシディアの希望とは裏腹に、結局ローズメイが選んだのは、比較的丈の短い男性用のズボンだった。シャツの胸元が多少苦しくはあったが、そこは変わりが無いので諦めておく。

これまで体に巻きつけるようにして纏っていたマントは、今度は本来の用途に使うだろう。

「ふふっ」

ローズメイは、今まで服の変わりに使っていたマントを取り外し、少し面白そうに笑う。

将軍として纏っていた真紅のマント、今度指揮官として身に着ける機会はいつ来るのだろうか？

第二章　ならば滅べ

「お客人様。お邪魔します」

「あ、村長様、いらっしゃい」

「ああ、シディア。ローズメイ様の細やかなことを頼んですまないね」

「いいんです。もうあたし、この方に仕えると心に決めました」

与えられた一室で、ローズメイは村長の来訪を受けて……家を貸し与えられている食客の分際でありながら家主のような堂々とした振る舞いで、椅子に腰を下ろした。

「どうぞ、かけてくれ。

シディアを救い、あの神父を懲らしめたことを感謝してくれるなら、その対価は情報でいただきたい」

ローズメイをはじめとする一党は、まずバディス村で旅銀を稼ぐことにした。

村付きの狩人として活動していた青年は、薬物と呪詛で命令を受けた狼龍シーラに殺害されてしまっている。

また田畑を荒らす鹿などの害獣や、時には人さえ襲う凶悪な魔獣の類に対する対処は、生贄騒動のごたごたで後回しにされていた。

ローズメイは、まずこれらの問題を片付けることにした。獣を売って肉を得、皮を剥ぎ、なめして現金収入に換えるためである。

もっとも悪漢達に弓の扱いが達者なものはあまりいない。

最初ローズメイは、ならば自分がと思っていた。戦場での勘を培う為に狩りは嗜みのように行われていたし、ローズメイは疾走する獣を、揺れる戦車から射抜くほどの腕前であった。まず問題ないだろうと思っていたのだが……一つ問題が起きた。

弓が、あまりにもやわいのだ。

もともと戦場では、大の大人でも引くことさえできない十人張りの剛弓を矢継ぎ早に速射するローズメイ。

そんな膂力を誇る彼女が使ってみようとした狩人の弓は――あまりにも弱く、引き絞るだけで弦を切断してしまった。

仕方ないのでローズメイは、狩人の残した八寸の剣鉈を片手に握り締め、疾走する兎を走って追いかけて斬り殺すことしかできなかったのである。

しかしそれは、狩りとしてはあまりにも効率が悪かったのだが。

『まともに使える弓さえあれば、もっと数を狩れるのにな』

いや、何で逃げる兎を走って追いかけて首を狩れるんだ、と村人も家来たちも思ったが、口にはしなかった。

役に立ったのは狼龍シーラとシディアの二人、そしてトドメ役を任された自称家来衆である。

狩猟動物である狼と龍種の性質を掛け合わせて生まれた狼龍シーラは大変に賢く、多くの獲物を狩るならば人間と共同したほうが良いと気づくと積極的に手伝うようになった。

何せ、馬以上に素早く疾走し、森の中の悪路もモノともせず、人語を理解する知性さえ持った理想的な勢子《せこ》だ。

狼龍シーラが動物や魔獣を追い立てて。そこに魔術師の卵であるシディアが術を用いて地面に穴を開けておいて。そして力仕事担当となった家来たちが、そこに上を向いた木の杭を並べておく。

こうなると、面白いように獣が狩れた。

幸い村付きの狩人は解体用具一式と手入れのための研ぎ石の準備は欠かしておらず、ローズメイの家来衆は早速狩った獲物の皮加工を始めた。悪漢無頼も食わねば生きてはいけぬ。幸いそういった解体に彼らは通暁《つうぎょう》していたのである。

ある程度数が纏まれば、このバディス村から出て都会に出た時の換金物となるだろう。

ローズメイとしては、いささか悪い気がしないでもない。

彼女にとって貴族や指揮官というものは部下を食わせてやるものである。そんな自分が部下の収益に頼る立場になるのも、なんとも情けない。

ただ……ローズメイは今回だけ、家来衆に養われることにした。

今まで醜女将軍として十年近くを戦い抜き……国家の命運と部下の命、王子の未来を双肩に乗せ、常に神経を張り詰めていたローズメイは、少しばかり気を緩める必要も感じていた。

戦場に長くいすぎると心が壊れる――そんな実例を何度も見たことがある。

だから、短い間ではあるが、バディス村での滞在はいい気分転換になりそうだ。


「村のもの達は喜んでおりました。久しぶりに肉を食えると。それに村の外の、開墾の障害だった木を何本も引っこ抜いてもらったそうで」

「ああ。いい腹ごなしの運動であった」

「え？　……あの。狼龍に綱をつけて、それに引かせて根を抜いたのですよね？」

「いや？　鍬《くわ》で地面を掘って下に棒をつっかえさせ、梃子《てこ》の原理で引き抜いたが、途中からまどろっこしくなってな。掴んで引っこ抜いた」

「……他にも早朝から鍬で地面を耕してくださったとか」

「たまには剣術稽古でない形で汗を流すのもよいな」

「……ローズメイさまが、いきなり暑いと言い出して上着のボタンをあけそうになったから、慌てて家来衆の目に目潰しを喰らわせました」

「やつらが『ひでぇ』と悲鳴をあげていたのはそれが原因か」

隣に控えていたシディアがなにやら物言いたげな視線を向けるが、ローズメイはあんまり気にした様子もなく答える。

「さて。……色々聞きたいところだが……まず。北方にはサンダミオン帝国が存在しているのだったか」

……領土拡張政策を取るサンダミオン帝国は、大陸で最も強大で、危険な敵だ。

東方に位置している『リヴェリア王国』。

西方に位置し、かつては大陸全土を支配していたという矜持から、自らが唯一無二の国家であると言い、対等の国家などいないと宣言していたルフェンビア王国。かつてギスカー王子がいて、ローズメイが忠誠をささげていた母国だ。

そして、大陸中央の竜骨山脈の山間の盆地などに位置する『ガレリア諸王国連邦』。

それが、今ローズメイのいる国の名であった。

もっとも『ガレリア諸王国連邦』という名前だけを見ると、サンダミオン帝国を相手にして互角に戦えそうな強そうな名前であるが……実際は烏合の衆と言っていい。

本来は小競り合いを続ける団栗《どんぐり》の背比べな小王たちが、躍進を続けるサンダミオン帝国の脅威に危機感を覚えて結ばれた軍事協定である。

だが、領土を帝国に面した北部の王達と、危機感の薄い南部の王達では意識の差は大変に大きかった。

北部の王達は『自分達が帝国の脅威の防波堤となっているのに、南部の連中は金も兵も出さない』と騒いでいるし、南部の連中は『事あるごとに、やれ戦時協定に従い資金を援助せよ、と人の財布に手を突っ込んで卑しいことだ』と顔を顰めている。

恐らくはサンダミオン帝国側の工作員が紛れ込んでいるのだろう。

帝国は純粋な軍事力においても他国を圧倒しているが……更にそこに加えて、敵国に十分な戦力を結集させずに各個撃破することを旨としている。

戦力に上回り、策略も一流。なるほど、手ごわいわけだ、とローズメイは状況を聞きながら思った。

シーラ、あの売女《ばいた》もこの近隣の国で蠢動《しゅんどう》したりしているのかも。

縊《くび》り殺せる距離に来ないかな、と微笑む。


このアンダルム男爵領は、ちょうど『ガレリア諸王国連邦』の中央ほどの位置になる。

南部の領主ほど戦争から離れておらず、北部の領主ほど空気は張り詰めていない。ただ戦の雰囲気を感じ、いつどこで火蓋が切られるか、不安を覚えているような空気がある。

「それにしても……ローズメイ様とはお懐かしい名ですな。

西方の武勲歌にも出てくる『十一騎』の醜女将軍様と同じ名とは。……あ、いえ。もちろん目の前のあなたは美しいですが」

「気にするな、よく言われる」

ローズメイはそう答えて笑う。もう気の早いことに武勲歌として詠われているとは武人の名誉である。

もちろん、こうまで痩せ細り、美しい容姿となった今では自分が醜女将軍と同一人物と言っても誰も信じるまいが。

「……ん？」

そこまで言って……ローズメイは違和感を覚えた。

彼女の記憶では……十一騎でメディアス男爵の八千の兵に戦いを挑んだのはほんの数日前のことだ。

だが、幾らなんでも三日程度の時間で、武勲歌などが詠われ、『王国』から遠く離れたこの辺境にまで伝わるものだろうか？

「いつだ？」

「は？」

「おれではない醜女将軍ローズメイ＝ダークサント卿が、十騎と共に八千の兵に挑んだのはいつ頃の話だ？」

質問の意味が分からず、村長は目を白黒させたが……素直に答えることにする。

「ほぼ……一年、正確には十一ヶ月ほど前ではないかと思います」

時間が、飛んでいる。

常軌を逸した事態に、ローズメイは驚きで声を失った。

◇

あるいはこれも、急いでルフェンビア王国に帰還せぬように、という強力神の心遣いだったのだろうか。

一年で祖国の状況はまったく変わっていた。

ローズメイ＝ダークサントは討ち死にしたものの、反乱軍の首魁《しゅかい》であるメディアス男爵は討伐された。

王都に駐留する騎士がどの程度であったのか実数を把握していない反乱軍は、指揮官を欠いた状況では戦闘は不可能と判断しそのまま降伏したという。

だが、その後がいけなかった。

大勢の貴族の前で、ギスカー王子はローズメイを辱める為に王都へと招聘した訳であるが……その原因が敵国の諜報員の色香に惑わされたという事実が漏れた。祝宴の席であったことも災いし、その報は前線で戦うローズメイ配下の騎士団二万にも大いに悪影響を及ぼした。

ローズメイに信服する二万の兵士は……『自分達の有能な指揮官を王命まで偽って王都に招聘し。その結果、孤軍に等しい僅かな手勢で戦いを挑ませた、暗君ギスカー王子』と、王子の暴走を止めることができなかった王家に対する不信感は増加の一途をたどったという。

だが、二万の兵はそれでも職務を遂行することは止めなかった。

サンダミオン帝国は、ルフェンビア王国を守る二万を倒すことは諦めたものの、彼らの抱きこみ工作を始め。

ギスカー王子は……自分が原因で人心が離れていくことを自覚したのだろう。

結局、数ヶ月前にサンダミオン帝国への降伏勧告に応じたという。


ローズメイは、沈黙した。

その沈黙の意味が分からず、村長とシディアの二人は首を傾げる。

王国の滅亡はショックだったが――少しだけ、喜ばしい話もある。

『ローズメイ＝ダークサント卿の救国の突撃』に付き従いし、十騎のうち……そのうち二人はあの激戦を生還したという。

「……………」

それは望外の喜びであった。

正確な名前までは伝わっていないそうだけど、十分。

絶対確実な全滅が約束されたあの戦場で、たった二人だけとはいえ生還したものがいたのだ。

彼女の二万の仲間の兵達も、そして戦死した八騎もそのことを喜んでいるだろう。もちろんローズメイ自身もであった。

「……………」

だがそこで……ローズメイはその二人と約束したことを果たせていないことに気付くと、大変困ったように眉間に皺を寄せていた。

シディアと村長は、この絶世の美女が浮かべる無表情と不機嫌そうな眉間の皺に、何を悩んでいるのだろう……と顔を見合わせる。

ローズメイは、この女傑としては実に珍しいことに……困っていた。

（……まさか。

まさか……おれが、メディアス男爵配下の八千の兵を相手に生き残るなど、おれ自身信じていなかった）

彼女は死ぬつもりだった——だから、そう……支払うつもりの無い空約束を連発だってしていた。

（だがこれではおれが、一度口にした約束を守らぬ信義に値せぬ女ということになってしまう！）

自分自身を含めた全員が死ぬと思ったからこそ、決して守られぬであろう約束をしたのだ。

『生き残ったならば全員おれの寝台に侍ることを許してやる』——と。

あの時は『どうせ死ぬならば適当なことを吹聴しても構うまい』と思ったが……生還した今となっては当時の軽口を呪うばかりである。

（おれは一度口にしたことは必ず実行してきた。あの時は、冥府の川を渡れば生者との約束など、もう無意味であろうと思っていた。

しかしおれは生き残った。ならば必ずや二人を寝台に侍らせねばならない！）

ローズメイは今の自分の顔を撫でた。

かつて醜女将軍と呼ばれた非常にまずい面で『お前をおれの寝台に侍らせてやる』と言うと、真剣な顔で『ごめんなさい許してください』と謝られるほどである。

しかし今の自分はシディアや家来となった男達が満場一致で『傾国の美貌』『美貌を巡って戦争が起こる』という意見がきた。

決して過少評価ではないらしい。実のところこのバディス村の無謀な若者がひそかにローズメイに夜這いを仕掛けようとして……同じことを考えていた知り合いとばったり顔を合わせ、話したこともない女を争って口論から喧嘩を始める事件さえ起こっていた。

そんなことが起こるほどに今の自分が美しいならば、たぶんＯＫが貰えるのではないだろうか？

「……それで、生還した二人の騎士は？」

「は、はい。……主君であった醜女将軍のご遺体を捜すべく、馬を走らせ続けたそうですが見つからず。ギスカー王子は二人の騎士を英雄として讃え、王家に忠誠を尽くすように要請なさいましたが……その提案を蹴り、今では傭兵となって諸国を遍歴しているとか、そういううわさ話を聞くのみですな」

「ふむ」

生存したかつての配下たちの忠誠を嬉しく思う一方で惜しくも思う。王子の誘いを受けていれば確実に昇進していたであろうに。

「その二人の居場所は分かるか？　……いや、聞いてみただけだ」

シディアの困ったような顔に、ローズメイは質問を引っ込めた。

大将軍であった頃なら優秀な密偵や斥候を使い放題だったが、着のみ着のままの今ではそんな手は使えるわけがない。

それに、生還した二人と出会って……果たして信じてもらえるかどうか。

何の因果か絶世の美女に生まれ変わってしまった今では、自分が醜女将軍だと名乗ったところで疑われるのがオチだ。

もし出会えたらどうするべきか——ローズメイはそこまで考えて……普通で良いのだと思いなおした。

普通に……戦列を並べた同僚たちの死を悼む——それだけでいいのだ。

「……すまんが、少し一人にしてくれ」

「あっ。はい。分かりました、ローズメイさま。ほら村長さんも」

「う、うむ」

去っていく二人に軽く頭を下げ、ローズメイは思う。

そして、死を一緒に悼めばいいのだ、とそこまで考えて……ああ、もう、おれを含め、三人しか生きていないのだ……とようやく実感した。

目の奥底から熱いものがこみ上げてくる。

悔いてはいけない。

彼らは自分の『死ね』という命令を忠実に実行し、そして死んでしまった。

彼らだって未来の希望があったろう。それをなげうって自分の……ギスカーさまと国家への忠誠に彼らを使った。

謝ってはいけない。自分は彼らの忠誠を誇らねばならない。言うべき言葉はありがとうと感謝するべきだ。彼らの奮闘のおかげでサンダミオン帝国の実力による王都陥落はなくなり、穏便に降伏という形で終わった。

ああ。けれど。

一緒に死んでやれないことが、こうも歯がゆくあるとは。

ローズメイは一人になった後で泣いた。

◇

悪漢連中は今やローズメイの手下となり、無力なシディアに対しても借りてきた猫のように大人しい。

「よぅ。生贄ちゃん。ちょっと聞きてぇんだが」

「……その生贄ちゃんってやめてもらえませんか？」

シディアは嫌そうな顔を浮かべて睨みつける。そんな彼女にも困ったように笑いながら、彼はわりぃわりぃと答える。

少し、声を潜めた。

「で、どうしたんですか？」

「うん。うん。……黄金の姐さんに相談するべきことが二件ほどな」

男は言葉を続ける。

「一つ目は……町のほうへ、狩った獣の毛皮を売りに行った連中だが。予定時刻を過ぎて時間が経過しすぎてるのにまだ帰ってこねぇ」

シディアは、じりじりと背中から、恐怖と緊張が這い上がってくる感覚を覚えた。

「……もう一つは？」

男は……町に向かった仲間の連中が既に殺されている可能性があると気付きながら、震える声で答えた。

「……この村を囲んでる連中がいる。

おれらみたいなチンピラもいたが――数名、金のかかったプレートアーマーや、制式装備に身を包んだ連中がいる。

正規の騎士が、ここへ攻め込むつもりみてぇだ」

シディアは目を見開いた。

悪漢たちは領主の手下をやめ、ローズメイに忠誠を捧げた。

しかしアンダルム男爵のもとにその報告が送られるのは、もっと日数に余裕があるはずだった。

ローズメイはそう判断したし、それは家来衆の悪漢たちも同じこと。

いくら何でも、動きが早すぎる。

なら、考えられるのは一つ。

領主は最初から……シディアをいけにえとして回収した後で——この村を、蹂躙するつもりだったのか？

敵は数が多く、武装は相手側が優越しており。状況を打開するには様々なものが欠けていた。戦闘や窮地というものはいつも姿を現した時には、大抵手遅れで、準備は足らず、助けは間に合わない。町に出た家来衆が生存しているかどうかさえ分からない。

一個だけ望みがあるとするならば。

敵が、このバディス村に駐留している黄金の女が——どれほどのものであるのか、おそらくは把握していないことだろう……！

◇

アンダルム男爵に仕える騎士、ハリュは今回の任務が後ろ暗く……そして簡単なものであると聞いていた。

今年ようやく従士としての期間を終えて、騎士のひよことなり鎧と剣を身に纏う。それなりに整った薄薔薇色の頬を高揚に染めあげ……喜びは容易く落胆へと代わった。

初めての実戦。

バディス村という小さな村を一つ壊滅させること。

監督役として自分を含めた騎士が派遣された。

人道に反する命令に最初は抵抗もした、おかしくないかと異議を訴えもしたが――上役の騎士たちは、ハリュを哀れんだような目で見たあと、上官不服従と静かに責め立てた。

騎士も志や霞《かすみ》を食べて生きているわけではない。男爵家の陪臣《ばいしん》など吹けば飛ぶような身分で、騎士としての給金がなければ生活できない。

道徳や良心は捨て去るしかなかった。


「……つまり、お前達はもう、アンダルム男爵様の命令を聞く気はないのか」

間借りしたボロ屋敷の中……薄暗い室内の中で、背中から罪の意識が這い上がってくるような後ろめたい行為が行われようとしている。

壁の一枚向こうには――別働部隊だというチンピラ達がいる。

彼らは本来、バディス村にいる白子《アルビノ》の娘を捕まえ、また同時に薬で従えた狼龍がどの程度実戦で使えるのか、試す役割を与えられた一団だった。

だが、彼らは町に出てくると、何を血迷ったか――男爵と縁を切りたいと申し出てきたのだ。

現在は彼ら悪漢たちと馴染みのあった男が、説得を続けている。

「では――お前達は、お前達の『頭』を殺害した人物を新しい頭目と認めたというのか？」

「ああ。そうさ。あんたも一度会ってみるといい。……色々とスゲェぞ」

「そう簡単に逃げられるか、お前達はアンダルム男爵の個人的資産である狼龍を盗んだ嫌疑がかかっているのだぞ」

その言葉に、悪漢達は困ったような顔になった。

「……そいつは言われると困るなぁ……あんたたちが」

「なに？」

悪漢の一人、新たな主を黄金の女に見定めた男は笑いながら言葉を続ける。

「いやさ、俺たちの新しい主は一件が終わったあと一つ教えてくれたんだよ。狼龍という種は——サンダミオン帝国の属領州で産出される強力な戦闘獣だってさ。……俺はこまけぇこと知らんがよ。そんな戦闘獣を手に入れる金とコネを——男爵様はどこから手に入れたんだい？」

「……バカが」

その騎士は、舌打ちを一つ漏らして手を一つ叩き——隣席に控えていた部下たちを呼び寄せる。命令に従い、大勢のチンピラや同僚の騎士がまじって室内へと殺到した。

「あー……やっぱりこうなったかー」

しかし……その男の端然としたたたずまいに、ハリュや仲間の悪漢たちのほうが困惑した顔を見せる。

特に彼らと同類だった悪漢の驚きは大きかった。

明日のことなど考えず、ただただ今日を享楽にふけって生きていければそれでいいと思っていた悪漢仲間だった男。

彼らは、目が違っていた。

まるで頑是無い子供が、目を輝かせて幼い憧れを語るような……どうしようもない晴れがましい瞳と笑顔で微笑んでみせたのである。

ハリュをはじめとする男達は信じがたいものを見る目になった。

既に退路もなく、周りには剣が林の如く並べられ、彼らを取り囲んでいる。

なのに……そんな絶体絶命の窮地であるのに、彼ら悪漢三名は、これまでの誇るべきものが何一つない人生から生まれ変わったのだといわんばかりに、心の底から楽しそうだったのだ。

「殺せぇ！」

「ただでやられるかぁ!!」


……戦いの趨勢《すうせい》など、最初から決まっている。

こちらはアンダルム男爵に仕える騎士とその配下であるチンピラまがいの兵士達。

相手は謎の心変わりをおこした悪漢たち。たった三名だけ。

数の優位を覆すほどではない――だが……ハリュは、初めての実戦を無傷で終えたことへの安堵と……眼前で築かれた屍山血河《しざんけつが》の惨状を前に、すっぱい胃液がこみ上げるままに吐き続け、うめき続けた。

悪漢三名は既に二人が討ち取られ、最後の一人も体中から血を流し半死半生の有様。

だが……彼らの最初から命を捨ててかかるような奮闘に……想像よりもずっと甚大な被害を出し

ていた。

「ああ……くそ。やっぱ鎧は強えなぁ……」

「ぐっ、はぁ。はぁ……」

ハリュは荒い呼吸とむせ返る胃液の逆流に苦しみながらも、最後に残った男の言葉に心の中で同意した。

切っ先はこちらの心の臓を貫かんと突き込まれ――しかし、身に纏っていた鎧の曲線が切っ先を逸らし、反撃に繰り出した刃が男の体に潜り込んだ。

生死の境目を潜り抜けた安堵感と、刃が肉に食い込むなんともいえない手ごたえ。これが実戦であるんだと苦しさの中で自覚する。

上官である騎士が、不可解そうに男を見下ろした。

「……お前達が新たに主と定めた奴は、いったい何者だ！　お前達を、なぜこうまで変えることができた！」

最後に残ったその悪漢は、笑った。

言っても貴様には永遠に分かるまいと嘲るような侮蔑だ。

「夢を見た。……あの方には夢を見させていただいた……俺たちのようなならず者が、胸を張って誇れるような、そんな夢だ……」

そして生き残ったその男は、予備のダガーを引き抜くと……

「……!?　おいっ！」

「お前達にゃ……何一つ残してやらん……」

拷問で情報を引き出されることを恐れたのか、悪漢は喉笛に切っ先を埋め、それを躊躇うことなく引き抜き――自ら喉を掻っ切った。

「……信じられん。こいつらは今までただのチンピラだったはずだ」

「へい……間違いありません。俺もこいつらも、似たような連中だったはずです。はずでした。……明日のことなんざどうでもいい、自分さえ良ければいい。けど……たった数日会わないだけで、人間がこんなにも変わるもんなんですかねぇ」

非合法作戦を指揮するその騎士は自ら首を掻っ切った悪漢の死体を前に、不気味なものを見るような目で見て、足で軽く蹴飛ばした。

忌々しい。これからバディス村の連中を殺戮《さつりく》するにあたり、男爵から借り受けた貴重な戦力を、こんな路傍の石のような連中の為にすり潰してしまうなんて。

だがそれと共に、肝胆を寒からしめることがある。

彼らの剣技は今だ稚拙なままだった。しかし……最初から繰り出される命を顧みぬ猛攻は、チンピラや騎士たちさえも気圧されるほどの激しさであり、たった三名に、既に十人を超える人数が殺され、五人ほどが手傷を負っていた。

全体の数が七十人程度であることを考えると、大変な損害である。

そして……この三名は可能な限り殺しつくし――最後は自ら命を断ってまでして、彼らに仕える主を変えさせた『新たな主人』に対する情報を隠し通したのだ。

「……おい、魔術師どの。こやつらは魔術か薬物か、何かの強引な手段で命令を与えられたということはないのか？」

「……いいえ。魔術も、薬物も、人の意志に反して無理やりに命令を聞かせようとするなら、そこはおおきな『無理』が生ずるものです。

彼らの会話には不自然な感じはありませんでしたし、特別な薬物の臭いもありません。……彼らはなんら魔術や薬物によって強引に従わされていたのではないと、はっきり断言できます」

指揮官の騎士は大きな溜息をついた。

「薬物や魔術であればどれほど良かったか……。

つまり、我々がこれから向かうバディス村には、摩訶不思議《まかふしぎ》な力など行使せずとも……この最底辺のチンピラ同然の悪漢達に生き方を変えさせ、自ら死を選ばせて秘密を守る気にさせるほどの忠誠心を抱かせる、恐るべき求心力《カリスマ》の化け物がいるということだな」

そうして立ち上がり、配下たちに命じる。

「遺体を集めて荼毘《だび》に付しておけ」

ハリュは、自ら首を掻っ切った悪漢の遺体を覗き込んだ。

体中に手傷のあと、喉笛には真紅の鮮血が一文字に刻まれており、ぱっくりと開いている。

だが……その死相は、討ち死にの末の死とは思えないほどに穏やかだった。

ハリュは、その遺体に自然と畏敬を覚え、手を合わせた。

この敵だった男は死んだ。しかしこんな穏やかな死に顔で最期を迎えたのだ。きっと思い残すこともない、満足のいく死に様だったのだろう。

手を伸ばし、彼の両目を閉じさせてやる。

心に感じたのは羨ましさ、だ。今自分が騎士として初めて行う仕事は無辜《むこ》の民を手に掛ける殺戮。一生表沙汰にはできない。騎士の本道からかけ離れた外道の振る舞いだ。

それに対して、この屍のなんと清らかな死に顔なことか。

自分もまた、このような死に顔で、最期を迎えたい……ハリュは敬意に値する敵の屍を抱えあげた。

丁重に、葬らねばならない。

◇

ローズメイ＝ダークサントは剛勇を誇る猛将であった。

細かな作戦や用兵など戦術的なことは副官に一任し、自分自身は、四頭立ての馬車とその大戦斧の衝力を生かして敵陣を掻き回す役を自らに任じていた。

ただひたすらの前進蹂躙を旨とするローズメイと彼女の直属部隊の威力は絶大。

猪、愚直、単純な戦術しか理解できない馬鹿、と言われもする。しかし彼女のその単純な戦術に対応できる将帥は未だ一人もおらず——結局、サンダミオン帝国でさえも、彼女を旗下二万より引き離し、勇猛では覆しきれないほどの数的劣勢を強いるより勝ち筋を見出せなかったほどである。

今回の、バディス村を包囲せんとする敵に対しても――ローズメイが取った戦術はいつものように、指揮官を真っ向から狙う方法であった。

「残念だが、お前達の仲間三名は生きてはいまい」

黙祷、と彼女が言い、悪漢達も目を閉じ、しばし冥福を祈った。

「そして、この状況は思わしくない」

状況の説明を受けたローズメイは、即断した。

敵は未だに行動をしていない。夜になり、村人が家の中で休む頃合を狙っているのだろう。

待つことは性分ではない。自ら打ってでるつもりであった。

この状況が妙だということは分かっていた。

アンダルム男爵がこうも早く事態に対応できるはずがない。ならば最初から、シディアを生贄として回収した後は、きな臭い所用の為この村に騎士団を派遣するつもりだったのだ。

「で……どうしやす。黄金の姐さん」

「夜半を過ぎたあたりで、おれが単身乗り込んで敵将の首を挙げる。お前たちはその混乱に乗じて斬りこめ」

それって作戦かな？　という言葉を、シディアと家来衆は発するべきなのか、迷った。

常識で考えれば少なく見積もっても五十人を超える陣に一人で乗り込み、敵将を討ち果たすというのは絵空事である。

しかし、目の前で狼龍と殴り合いを演じる剛力と、その剣の冴え、そして強大な自信を見ていると……『できるんじゃないかな』と思えてくるから不思議であった。

ローズメイは自分の顔をつるりと撫でる。

「それに安心しろ。

おれも新しい武器を手に入れたのだ。この『女の武器』という奴が、どの程度有効なのか少し試してみたくなる……シディア」

「は、はいっ！　ローズメイさまっ」

突然のご使命に背筋をぴんと伸ばしたシディア。

ローズメイは、困ったような笑顔で言う。

「すまん。教えてくれ。

スカートとはどうやって穿くものだったか、もう忘れてしまったのだ」

バディス村は一見すると静かな様子であった。

しかしローズメイの言葉を信じた彼らはそれぞれが村の自分の家で息を潜め、嵐が過ぎ去るのを待っている。

……アンダルム男爵の兵士達は……チンピラ達が殺戮と略奪の許されざる喜びを期待し。正規の騎士たちは主君の残酷な命令に、やれやれまたかと諦めの入り混じった嘆息を溢す。

そして……新米騎士のハリュは、全身に重石のように圧し掛かる罪悪感の重みに耐えかねたように震えていた。

「……あの騎士さまぁ」

「……まあ、びびってんだろ……」

時々、自分達正規軍に従うチンピラまがいの兵士が囁いている。

そうだ、確かにびびっているのだろう――ハリュは野営陣地の外側で、自ら望んであまり好まれない見張りに当たっていた。

楽な仕事だ、楽な話だ……今からあの村を滅ぼす、そう聞いている。倫理や道徳に目を瞑れば楽な仕事。そういった良心といったものはただ苦しみを増すだけだとハリュは実感していた。

この集団の中で異質なのは自分のほうだろう。

二度三度繰り返すうちに、良心も磨耗し、他の仲間達と同じく血を洗い流した手で、平気な心持ちのまま飯を食えるようになるのだろうか。一同から離れた場所で疼く良心を黙らせるためにうずくまった。


そんな時であった。

藪の茂みが揺れてがさごそとこちらへと近づく足音がある。ハリュは、獣か魔獣か、何かではないかと警戒した。

その手に短槍を強く握り、もう片方の手で盾をしっかりと握り締める。猪か狼か。あるいはあの村にいるという狼龍なのか。

もし出てこられたら自分などひとたまりもあるまい。

「助けてー、助けてくださいー」

だからこそ……予想外の女性の悲鳴にハリュは目を丸くした。

女である。ただし今まで初めて見るような絶世の美女であった。田舎村らしい朴訥《ぼくとつ》な衣装に身を包んだ女性だが、その目鼻立ちの整った姿といい、黄金を結い上げたような頭髪といい……こんなにも美しい人は生まれてはじめてみた。

途端にドキドキと高鳴る心臓を自覚しながらも、ハリュは彼女の様相に眉をひそめる。

村娘らしい格好だが、危うく乱暴されかけていたのだろう。服のところどころが乱された暴力の痕跡があり、恐らく無理やりに意に沿わぬことを強いられそうになったのだろう。


しかし、その割にはなんだか多少棒読みな悲鳴だったような？


ハリュは、だがそんなことを考えるのは止めた。悪漢より美女を救うのは男児の本懐である。

「ご婦人、だいじょ……うぶ、ですか？」

その接近してくる絶世の……絶世の大迫力に、ハリュは言葉を呑んだ。

美しい、美しいのは間違いない――しかしだ。大きい。身長が、高い。

それほど低いわけでもないハリュがなお首を曲げて見上げなければならない長身は、栄養状態がいいとは言えない田舎の女性とは思えないほどであった。

いや。しかし――とハリュは考え直す。防寒具として支給されていた毛布を彼女の肩にかけた。

「何があったのです？」

「それが、その……数日前から村にいた男達が、急に乱暴を……」

ハリュはその言葉の意味を察した。

事前にバディス村に駐留していた悪漢達。彼らは、自分達の仲間が戻らないことと、村を包囲せんとする騎士達を知り、自暴自棄になって暴虐に走ったのだろう。

「おぅい、騎士さん、なんか声が聞こえたぞぉ！」

「森から獣が出てきて、驚いたんだよ！」

そう答え――ハリュは即断した。

幸い少し離れた位置で見張りをしていたから、仲間たちの誰一人として村のほうから逃げてきた彼女に気付いた様子はない。

……自分の上官である騎士をはじめ、ならず者たちはバディス村を滅ぼすつもりだ。ならば――毒牙から逃れてきたこの絶世の美女がやってきたこの野営の陣も、同じく毒牙の群れ成す場所だ。

彼女の存在が他のものに知られれば、悲惨な死を遂げるか、あるいはどこかの奴隷商人に売られるかぐらいだろう。

「……ご婦人、申し訳ないですが、ここも危険なのですっ！」

「え？」

「私は職務上あなたを助けるわけにはいかない……よいですか、村には帰らずにこのまま道を下りなさい。申し訳ないが、私にできるのはこれだけですっ」

そう言い、ハリュは胸のうちに放り込んでいた財布を絶世の美女に押し付けた。

「逃げなさいっ、早く……！」

男爵に仕える騎士の端くれとして彼にできるのはこの程度のことしかない。

だが、それでも自分の配慮で一人だけでも救うことができるなら。ハリュは自分に許される範囲で、良心のまま行動することを選択し――。


結果論になるが、ゆえに生きながらえることができた。


「ふむ」

ハリュは最初、その落ち着いた声が誰から発されているのかが分からなかった。

もしかすると、今の会話を第三者に聞かれていたのかと思わず周囲を振り返り。

「……こんな汚れ仕事に従事する輩に、良心を捨て切っていないものがいるとは思わなかった」

そのどっしりと落ち着いた声の主が、目の前の絶世の美女の唇より発されていると、俄かには信じられなかった。

絶世の美女、ローズメイはするりとハリュの後ろに回り込むと、その後頭部のあたりに、とん、と手刀を当てる。ハリュはそのなにげない一撃で、自分の意識が糸の切れるようにあっさり断たれる感覚に驚愕しながら意識を失った。

彼の体を支え、地面の草むらに横たえると――ローズメイは改めて立ち上がり……今度は別の見張りらしき連中に狙いを定める。

この騎士らしき若者は、思ったよりずっとまともな良心を備えていた。惜しむべきは仕えるべきではない君主に仕えざるを得なかったことだろう。

本来の予定では乱暴されかけ、命からがら逃げ出して、そこを彼ら騎士たちに捕まるというのがベストだった。

なにせ今のローズメイの絶世の美貌は目も眩むほどに美しい。もし見つかったなら部隊指揮官の前に連れて行かれて、そのまま彼らの天幕で指揮官と一対一だろう。そこで縊り殺した後、適当に数を減らしていけばよい。

見張りの人間が上官に絶世の美女を譲ることを惜しんで、身を隠すように草むらの陰で犯そうとするならば――さて、ズボンを脱いで男性最大の弱点をさらけ出した時点で、彼女からすればどうとでも料理できるのだ。

「わが人生に、女の武器とやらが有効に使える機会がこようとは」

敵が圧倒的多数を頼んで殺戮を行うつもりなら、ローズメイも不意打ちだまし討ちを禁じるつもりはない。

順当に数を減らすか、あるいは一気に敵の大将首を取るため――別の見張りに声を掛けることにする。……見つけた。今しがた気絶させた青年騎士と比べて品のなさそうな奴がいる。

にやり、と、お淑やかという言葉からとてもかけ離れた獰猛な笑みを浮かべる。明らかに助けを求める女性というより、相手に助けを求めさせる恐怖の使者である。

次のターゲットは貴様らだ、ローズメイは茂みから転がり出た。

「あ～れ～、た、たすけて～」

「……ローズメイさま。凄く演技ヘタね」

「ぐるるるっ」

「……情けないのは、あの演技力ゼロの棒読みであっても美貌に目が眩んで、にやけてしまう男の性《さが》の悲しさだよなぁ」「ああ」「うんうん」

シディアと狼龍シーラ、そして家来衆は草むらに身を伏せながら、敵の騎士団に声をかける我が主君の姿に素直な感想を漏らした。

狼龍シーラは伏せの姿勢で息を潜め、他の連中も手に武器を携えたまま。

「見た感じ、割と警戒してるな」

「あたしたちバディス村の人を警戒してるのかしら？　そんなわけないよね」

家来衆の言葉にシディアは首を傾げた。

……彼女の予想は外れている。

アンダルム男爵の手下が緊張しているのは……ここに来るまでに始末した、町に足を伸ばしていた三人の死に様を見知っているからだった。

たった三名でありながら十人を斬り殺し、数名に手傷を負わせた相手のせいで、本来七十人で押し潰すはずが――今では五十人程度の数しか用意できない。

そしてバディス村には、あと六名ほど残っている。……単純な計算をすれば、あと二十名は殺されるかも知れない。数にすれば、おおよそ三人に一人が死ぬかもしれない。そういう恐怖が、男爵の手下たちから余裕を奪い、緊張と警戒を強いていた。

地に伏せていたシーラが声を上げた。

「ぐううぅぅ」

「え？　シーラ。なんだか怒ってる？」

シディアは先ほどから唸り声をもらす狼龍シーラの様子に首を傾げる。

『シカバネ　ジュツ　ニオイ……キライ』

狼龍シーラが、龍の声帯を使って無理やりに人の言葉を発した。

それは彼女が仲間に伝える必要のある重要な内容だということである。

「シカバネ　ジュツ？　……屍術の魔術系統？」

シディアは首を傾げる。シーラの言葉、それは現在では滅亡されたといわれる、研究や使用の禁じられた系統の魔術を連想させた。

そんな風にしていると、茂みで黄金の姐さんを観察していた家来衆が声を潜めながら言った。

「おい見ろ。黄金の姐さんが敵兵に連れて行かれたぞ……ああっ⁉」

「いかん、さりげなさを装って、奴め、姐さんの尻を触ろうとしている‼　（兵士のほうが）あぶなぁい！」

「槍衾《やりぶすま》びっしりな落とし穴の隣で、目隠ししながらダンスするも同然なのに……お前のことを心配して言ってるんだぞ！　聞こえないのか！　……いや、聞こえたら困るんだけどな」

「姐さんが見張りどものの見えない位置で指をぱきぱき鳴らしている!!　ちょっとでも触れたら縊り殺す気だ！」

「ていうか何で俺たちは敵の命の心配をしてるんだ……？」

「知らないって怖いな。あっ……上役に見つかったらしい……連れて行かれたぞ」

よし、少しずつ間合いを詰めていくぞ——家来衆はそれぞれが配置につく。

もし黄金の姐さんが何らかの行動を起こせば、現在陣地の周りにいる兵士達は何事か、と注意が向くはず。

その背中を見せた一瞬で数を減らす。一同は必殺の間合いに踏み込むべく。虫のような遅さでゆっくりと見張りたちの間合いへ近づく。

見張りは数名。陣地にはまだ四十名近くの兵士達が残っている。

「もうちょっと待っててね。シーラ」

何か起こると同時に皆、一斉に襲いかかる手はず。

シディアたちは合図を、今か今かと待ちわびた。


「お……おおぉ？」

「す、すげぇ、なんだありゃ……」

「なんであんな別嬪が」

「いやぁ、片田舎舐めてたわ」

後ろ手に掴まれた状態で陣幕の中央へと連れて行かれたローズメイは、そこで中央で指揮を執っていたと思しき騎士の前に連れて行かれる。

品位といい、風格といい、この軍勢の頭領と見て間違いなかろう。

「うおぉ……」

この場で一番地位の高い男でも、こうまで美しいものを見るのは生まれて初めてなのだろう。驚きで目を見開き、ごくりと生唾を飲んだが——部下の手前か、それだけで平静さを取り戻す。

……ローズメイは心の中でアンダルム男爵に対する評価を上方修正することにした。騎士の数は少ないが、命令を忠実に実行せんとする責任感がうかがえる。

その有能な敵をこれから縊り殺さねばならんのか、少し残念に思った。

「……どこから連れてきた」

「それがその。バディス村のほうからだそうで。あの村にいる残りの元仲間の連中が、急に凶暴になったそうで」

「あの。その。……騎士の皆様方、お助けくださりありがとうございます……」

ローズメイは記憶の中にある弱弱しくはかなげな印象の乙女を真似てみた。

……男達の群れの中に女性が一人。それも戦を前にした飢狼の如き良心の欠いた男達の中にいる一匹の牝羊。

食われるのが普通の状況で、ローズメイはなるべく状況を飲み込めない風を装う。

「それで村のお傍まで来て、何か用があったのでしょうか？」

「……」

騎士の男は流石に今からバディス村で殺戮を行う予定であるなどとは口にしない。

だが周囲の悪漢達は、これから毒牙にかけた後、奴隷として売り払う予定のか弱い女性の心に頓着するような良心はない。

「いまからさぁ、あんたの村を皆殺しにするつもりでよぉ」

「ひ、ひ。心配するなよ、あんたみてぇな別嬪はじめてだ。犯してもよし、売ってもよし、正直どこの奴隷商人でも大枚はたいて大事にしてくれるさ」

その言葉にローズメイは驚きで目を見開く演技をした――そして一同の中央で、余計なことを言った悪漢どもに苦々しい顔を浮かべる指揮官の騎士にすがるように近づく。

「え？　そんなはずありませんよねー？」

その指揮官は……この時まで、絶世の美女より感じる不可解な感覚がなんなのか、まるで理解できないでいた。

絶世の美貌に理性や知力は焼ききられたかのように上手く動かず、ただただ、頭の奥底で何かが警鐘を鳴らしているような……だが一体なにに？　このような美女は今飢狼の如き男達に囲まれ不安を覚えているはず――男の性として美女の好意が欲しい、そう考えていた指揮官は……不意に、違和感の正体を悟った。

「……⁉」

指揮官は知っている。剣を突きつけられたり、瀕死の手傷を負ったりしたものは、恐怖と焦燥で目が濁る。それは死ぬことが恐ろしくて仕方ないからだ。

翻って目の前の絶世の美女はどうだ？　男の群れに放り込まれた絶世の美女などただの獣欲の犠牲になるだけなのに、目の前の女の声は毛ほども震えていない。微塵も自分達を恐れていない！

指揮官は反射的に腰の剣に手を伸ばし引き抜こうとした——だが、ローズメイにとって、そこは一挙動で踏み込める射程距離内。

このような手弱女《たおやめ》が荒事などできるわけがないとたかをくくった連中は、ローズメイを後ろ手に縛り上げてもおらず。彼女は遠慮なく敵の油断に付け込んだ。

裏拳を繰り出す。その一撃は剣柄を握り締め、鞘から刃を引き抜こうとした指揮官の手の甲を砕いた。

「ぎあっ⁉」

骨が砕ける感触に悲鳴を上げる指揮官——そして絶世の美女の拳が眼前に迫り。


ぐしゃり。

指揮官の騎士は不可解なことに、自分の周りにいる部下たちを、一回転して見回すことができた。

絶世の美女はそのまま指揮官の持っていた剣を奪う。

(裏拳で手甲に覆われた私の拳を砕いた⁉　いや、それは今はいい。女、なぜ私に背を向ける！　まだ生きているだろうがっ！)

指揮官はすぐさま予備の武器を手に取り、背を向けた女に切りかかろうとしたが——頸部より発生する異様な感触と激痛はいよいよ耐え難いほどに強さを増していき。地面が垂直の壁となって迫ってくる。

他の兵士達の浮かべる驚愕の視線が突き刺さる中——ああ、そういうことか、と納得した。

あの拳の一撃で——自分の首は三百六十度、致命的な回転をしたのだ。

(こいつだ。この絶世の美女が——あの三人を変えた求心力《カリスマ》の怪物に違いないっ！　なんという速度、なんという膂力、なんという美貌！　美神と軍神の双面神かこれは。……確かに跪きたくなる。奴らの気持ちが分かってしまう……)

指揮官が死の間際に考えたのは、部下でもなく主君である男爵のことでもなく。

(……ああ。残念だ。もう少し話してみることができたなら。戦う立場でなかったなら……。

私も、あの三人のような晴れがましい気持ちを味わえたのだろうか……)

ただひたすら、めぐり合わせの悪さを嘆く溜息であり。

意識を失うまでのほんの数秒——配下たちと切り結ぶその美貌を、冥途の土産と目に焼き付けるのだった。

かつてのローズメイにあり、今のローズメイに欠けているもの。

それは紛れもなく重量であった。

鎧兜を身に纏い、敵騎兵との激闘に際して当たり負けせぬように彼女は体を鍛え、筋骨隆々の体とその上から更に脂肪を纏い、生半《なまなか》な激突では屈さぬ巨体を手に入れた。

今は、その重量の利はない。

だが失った代わりに得たものがある。体の軽さ、素早さだ。

「ふむ」

ローズメイは拳の一撃で敵の指揮官らしき男の頸部を三百六十度回転させ、絶命に至らしめた後で奪った剣を検分した。

僅かな魔力の輝き。切れ味と頑丈さを増す魔術がかかっている。基礎的な強化魔術ではあるが、折れず曲がらずを重視したその作りは、優れた使い手の手中にあれば……恐るべき殺戮の大魔剣へと変貌する。

彼女は走った。一足の踏み込みで、指揮官を討たれたことが理解できず呆けた二人へと接近した。

「へっ？　はへっ？」「え、ええっ？」

未だ反応できないチンピラ二名。ローズメイは先ほど『今から村を皆殺しにする』『奴隷へと売り飛ばす』などとのたまった連中を生かしておくつもりなどない。

「村人を殺しておれを奴隷に売るのだろうっ⁉」

本当ならばローズメイは受けた侮辱に対して相応に痛い目にあわせる性格だ。余裕があったなら、目の前の二人は無残な最期を遂げさせられただろう。

が、今はとにかく数を減らすことを優先した。

繰り出すのは刺突、踏み込みと共に剣を繰り出す。肩、肘、手首へと力を伝播《でんぱ》し、剣を突き出す。切っ先を渦のように捻りながら放たれた突きは、チンピラの肋骨の隙間を縫うように滑り込み、大動脈の血管を軽く、引っかくように裂いた。そのまま抜き、もう一人の男へと横薙ぎに剣を払う。

一撃が狙うのは前頭葉。ローズメイの桁外れの膂力と切っ先に乗せた猛烈な遠心力、その双方が敵の頭蓋骨を砕き、脳髄に傷をつける。


ローズメイは、十年を練り上げ続けた強大な膂力と、重量という枷から解き放たれた『速さ』を手に入れている。

その恐るべき死の速度。一人目の男は胴体の衣服に血の染み一点をつけて絶命し。もう一人は頭髪に血を滲ませて息絶えていた。それでいて剣の引きがあまりにも迅速すぎるゆえか、切っ先に血糊はなく。人を刺しても血を見ない想像を絶する剣速をうかがわせる。

「好みは重い得物だが。無いなら武器が長持ちするように工夫もするっ」

「う、うおおぉぉ！」

一人の兵士が槍を構えて突っ込む。

狙いは足。顔を狙わなかったのはまだ彼女を捕らえて奴隷商人にでも売り飛ばし、大金を得る夢を捨てきれていないからだろうか。

ローズメイは笑った。赫怒《かくど》の笑顔である。目の前で指揮官を討たれ、仲間の命を二つ討たれながらも、なお心臓を狙わない相手に舐められたように感じたからだ。

ばっとその身を空中へと躍らせる。まるで蝶のように身を翻して足狙いの一撃に空を切らせ、敵の頭上で一回転しながら剣を振るい、石榴《ざくろ》の如く頭蓋を砕いた。

まるで軽業師《かるわざし》のような華麗な空中の動き。ここが舞台で彼女が演者であったなら拍手の一つでも浴びただろう。

しかしどれだけ華麗な動きであろうとも、それは確かに――殺法《さっぽう》の一種、殺しの手段であった。

その華麗な殺法を向けられる側からすれば、たまったものではなかった。

「……はっ？　ええええぇぇっ⁉」

騎士の一人がおたおたしながらも剣を抜く――が、その切っ先は揺らぎ、ぶれていて、人を殺す役には立ちそうにない。

彼らからすれば、そんなバカなと叫びたくなる。彼らは物見遊山の気分でここにきていた。善良な村人たちの血と犠牲をささげる物騒な殺戮のピクニックのはずだったのに――これでは血と犠牲をささげるのは自分達のほうだ。

今や絶世の美女の麗しい顔からは想像もできない、猛虎の笑みを浮かべながらローズメイは切っ先を向ける。

「殺《や》らんのか。それとも貴様らがやれるのは善良な人や女子供のみで……ああ、いや、そういえばおれも一応女子供の区分に入るのだった……」

自分の発言のおかしなところに気付いて、ローズメイは発言を中止する。

そして言い直した。

「おれのような普通の女子供さえにも勇気を奮えぬ臆病ものめ」

お前のような奴が普通の女子供であってたまるか――騎士たちは心の中でそう思ったが口に出せる勇気のあるものはいなかった。

「く、くそっ！　見張りの連中は……」

騎士の一人が苛立ったように叫んだ。

周囲には見張りに立っている連中が何人かいる。陣地のほうで乱戦が起こっているなら、こっちの異変に気付いて助けにくればいいものを――だが、そんな期待を裏切るように、乱入してくるのは……彼らの見張りではなく、見知らぬ連中。ローズメイに鞍替《くらが》えした家来衆たちだった。

「へへ、姐さんっ！　見張りの連中は片付けましたぜっ！」

「俺たちゃ背中は見せずに背後からが信条でさぁっ！」

「ローズメイさまっ！」

最後の言葉のみ……ローズメイ以外で唯一女性であるシディアの声が響く。

ローズメイはよし、と頷いた。

冷静に考えると……敵にはまだまだ四十名以上の兵士が残っており、全員合わせて八名でしかないローズメイ一党の実に五倍の数を有していた。

だが、彼女は戦いにおいて気力や勢いというものが侮り難い結果を生むと熟知している。

指揮官を討ち果たされ、今しがた三名を斬殺され、彼らは次に命を奪われるのは自分達ではないかと萎縮《いしゅく》している。

それに加え……領主の軍勢は、ここに来るまでの間、たった三名の兵士に十人近く殺害されており……新たにやってきた六名の家来衆もそれに匹敵する手練れではないかと勘違いしたのだ。

「シディア。どうだ、おれの演技もなかなかのものであったろう」

ローズメイは自慢げに笑いながら言うが——しかしシディアはその言葉に言い辛そうに目を背けた。

「ローズメイさま」

「おう」

「ローズメイさまは顔が良いから相手がそんなことさえ気付かないほど舞い上がっていただけです……」

「…………」

「顔しか見るところのない絵に描いたような大根役者でした……」

『……ヘタ』

そこにのそりと姿を現す狼龍シーラまでもが、大変大真面目な顔で意見を表明するので——ローズメイはかなりムッとした顔になった。

お前達の意見はどうよ？　と家来衆にじろりと視線を向けるが……彼らの意見も同様だったのだろう。無言のままで視線をそらした。

「お、おいっ！　狼龍だっ！　魔術師、やれっ！」

だが、そこにのそりと姿を現した狼龍シーラを見て、領主の軍勢は喜色を吹き返す。

魔術師……とそう呼ばれた男は、恐らくあからさまに魔術師然とした服を着て警戒した相手に真っ先に狙われることを恐れていたのだろう。雑兵のような適当な装備に身を包んでいたが、手印を切り、呪文を唱える姿は確かに魔術師としての風格があった。

ぎんっ、と脳裏に響くような音。

それは一同の鼓膜を強く打ち据える。まるで耳に錐《きり》を突きたてるようなどこか不愉快な異音に対して――もっとも腹を立てたのは狼龍シーラだった。

「ガアアアアァァァァァァ!!」

大顎を開き、獣の俊敏さで一気に魔術師へと迫る。

「話が違ぇ！　全然言うことを聞かないじゃやねぇか！」

「あー……これは凄い。薬物も呪詛も全て解呪されている。どうやったらこうも完全に影響を消せるんだ？」

狼龍シーラは邪魔だといわんばかりに魔術師との進路上にいた兵士を一薙ぎで殺すと、そのまま憎い相手を噛み殺しにかかる。

ローズメイは概ねの状況を把握していた。……恐らくあの魔術師が使ったのは狼龍シーラに意に沿わぬ服従を強いる魔術の一種なのだろう。だが気位の高い狼龍が、魔術と薬物で無理やり言うことを聞かされていたことは耐えがたい屈辱だったはず。

その屈辱を思い出させる魔術師が憎くて仕方なくなり、暴走めいた勢いで襲い掛かったのだ。勢いは激しく、巨大な軍馬が前面に装甲と刃で武装して全速力で体当たりを仕掛けるに等しい威力を持つ。

そのまま魔術師を轢き殺そうとした狼龍シーラは――鋭い爪の一撃が空を切るのを感じた。

「短距離を瞬間移動する瞬動《リープ》の魔術か、賢《さか》しい手を使いおる」

だがローズメイはシーラと違い、発動が速いが、それほど長距離を移動できない魔術の特性を熟知している。

その踏み込みの速度はまさに閃電。大上段に切っ先を掲げ、正面から渾身の力を込めて、魔術師を斬り殺す姿勢に移っている。

ローズメイはその一撃を魔術師に叩きつける。がちんっと奥歯を噛み締め膂力を振り絞り、斬撃を打ち込む。小細工なし、正面から堂々と防御を打ち破って命を奪う必殺の一撃は……しかし、意外なことに食い止められた。

「とはっ⁉　き、切っ先が我が腕に半ばまで食い込む⁉」

「受けた？　こんな貧弱な腕でおれの一撃をか。何か詐術があると見える」

受け太刀でもしようものなら、その刀勢のままに受け太刀ごと相手を両断する剛猛の一撃は――しかし、相手の掲げた腕に半ばまで切っ先を食い込ませるあたりで終わっている。

血が流れていない。ついでに言うなら目の前の魔術師とやらから漂うのは死臭であった。傷口から除く肌の色は死人であり、血の通う人間のものではない。

魔術師の腕が黒い霧のようなものを纏う――触れたものの生命力を剥奪する死の腕《デスタッチ》の魔術だろう。

本来ならば一旦距離を取り、刃の距離で戦うべきだろう――だがその必要はないと言うように、ローズメイは胸の奥底、かつて強力神に授かりし加護のあったところから、強烈な熱が全身の血管を駆け巡るような感覚をおぼえた。

体に刻まれた神威の残滓《ざんし》が、滅ぼすべき悪神の下僕を見つけ、猛りうねっているのだ。

その黄金に輝く腕で、死の腕《デスタッチ》の一撃を正面から受け止めてみせる。

「……その猛々しき武威、強大な神威の影、その馬鹿げた速さと力、強力神の使徒か!?」

魔術師が驚愕で目を見開く。

ローズメイは片眉をくい、と吊り上げた。身の中に走る強力神の神威が敵の存在を叫んでいる。

肉体と魂を病ませる悪しき力を正せと言っている。

「魂無きまま動くもの共の頭領、悪神の尖兵だな」

屍を操り、魂無き後も永遠の労務に就かせる邪悪なる酷使者《アビウス》を名乗る神の恩寵を授かったものか。

こんな悪神の使徒を配下として使うあたり、アンダルム男爵は相当に後ろ暗いことをやっているはずだ。だが、ローズメイは構うまいと考える。

「一つ聞きたい」

「なんです？」

「町に降りたおれの手下三名が帰ってこない。どうした？」

その魔術師は、ローズメイの言葉に、にたりと蛭のような笑顔を浮かべた。

「ああ。……あなたが首を捻じ曲げた騎士殿が荼毘に付すなど言わねば……いい労働力になったのですが。あとで骨に会わせてやりましょう」

「そういうお前は既に死んでいるようだが動けるのは悪神の使徒ゆえか？

いや、語らずともよい。どうせ殺す」

切っ先を相手に向け、凶暴な殺意と共に宣言する。

「貴様の生きてるのか死んでるのか良く分からん体は乱刀分屍にし、果たして五体を分割された後にも戦えるのか試してやる！」

手下にした時間は僅かな間だったものの……あの三名は彼女のもとで新しい人生をはじめようとしていた。

これまで悪漢として生きていた以上、どこかで罪を重ねてきたのだろう。シディアという娘をかどわかそうという悪事にだって平気で手を染めていた。

だが……ローズメイは彼らが元凶状持ちの悪漢であったと知っていたが、それでも一度は自分の部下として遇したのだ。

胸の奥底から熱気がせりあがる。肉体に溢れる激情が炎のように口蓋から噴出するような錯覚を覚える。

こいつは骨に会わせてやるといった。ならばあの三名の屍は既に、死者を酷使する悪神に使われているということか。死してなお死者を縛る外法に部下が辱められていると思うと、全身を激しい激怒が燃え上がる。

そして、ローズメイは激情を表現するかのごとき咆哮を張り上げようとして……だが、喉の奥底から熱の塊がせり上がる感覚を覚える。

熱い、とても熱い。喉がやけどするかのような高熱なのに不思議とひり付くやけどの痛みはなく──。


「ご、ごはっ⁉」

ローズメイはえずくような熱さと共に。


口から、炎を吐いた。


ローズメイは目を白黒させた。

彼女も戦歴は長いが、自分の口内から炎があふれ出てくるという状況は初めてで混乱する。

それにしても不可解な炎である。彼女のうちから溢れるそれは、火にしか見えないが、しかし唇を火傷するということもない。

「あ、姐さんっ！　だ、大丈夫なんですかいっ⁉」

家来衆たちもローズメイが突然口から火を吐いた様子にびっくり仰天といった様子で心配の声を上げた。

もちろん自分が火を吐いたことなどには驚いている。

しかし毒蛇が自分の毒で死ぬことがないのと同じように、我が身より発する炎が我が身を蝕むことはあるまいと判断すると、ローズメイは自分の口からでた燃える炎の件を後回しにした。

「口から火が出る？　それがどうした、些事である！」

いっそ見事と言いたくなるほどに素早い切り替えだ。

だが、それを見ていた眼前の魔術師は忌々しそうに目を細める。

「これはまた……身中に『龍を住まわせる』とはっ！　ダヴォス王子と同じく、英傑の定めに生まれたか、女ぁ！」

ローズメイはその言葉に思わず、これが、と自分の口蓋より溢れる炎を見つめる。

「ローズメイさまっ、お手伝いを！」

どうするのか、と思ったローズメイの前で、敵の騎士より分捕った剣の刀身が炎に包まれた。

炎の魔力を這わせるシディアの支援だろう。ローズメイは（……この炎に包まれた刀身は、肩に担いだら燃えそうだな）などと考えつつ魔術師を見た。視線を相手に固定したまま叫ぶ。

「これ以上の助太刀は無用、他の面倒を見てやれ！」

「はいっ！　ローズメイさまもご武運を！」

自分に絶対的な信頼を置いているのだろう。シディアは躊躇うことなく家来衆の援護に向かった。

「おお、怖い怖い。……確かに炎には我が酷使者《アビウス》の神の聖なる気を焼き払う天敵の属性がありますからね」

「お前が言う聖なる気、我々はそれを邪気と呼ぶ」

だが踏み込もうとしたローズメイの眼前で、魔術師を守るように……先ほど斬り殺した死体たちが起き上がった。

「……尋常な剣士ではありませんね。あなたは。一対一では命が幾つあっても足りますまい。まぁ、であれば。死体を再利用するだけのこと」

「お前が死んだ後も動き続けるのか？　試そう」

ローズメイは腹を立てた。死してからの安息を許されず、ただただ酷使される死者の運命に憤る。その彼女の激情を表現するかのごとく口蓋から溢れる炎は勢いを増し、ちろちろとその黄金の頭髪の毛先を炙った。

「死んだ後も動くかどうか？　可能ですねぇ。……あの生贄の娘さえ譲ってくれるなら」

「ふん？」

ローズメイは油断無く隙を窺いながら魔術師の言葉に返事する。

「シディアを欲してなんとする」

「あの娘、白子《アルビノ》でしょう？　あのような陽光に祝福されざる娘というのは、闇の力に対して親和性が高いものなんです」

「……たとえそうだとしても。あの娘は創造神である『水底に揺蕩《たゆた》う海と闇の女神』のお方に愛されたのだろう。

断じて貴様の信奉する酷使者《アビウス》の寵愛など受けてはおらぬさ」

「そう考えるのはあなたの勝手ですがね。闇の魔術への親和性の高さは、あなたが邪悪と断ずる悪神の力も増大してくれる。この程度の人数では収まらない。

食事もせず、休息もせず、文句も言わず、死した体が完全に壊れるまで働き続ける――そういう素晴らしい労働者を生み出す」

「その上前を掠め取るのが貴様とアンダルム男爵ということか」

ローズメイの言葉に相手は答えない。

魔術師が指揮するように手を振りかざせば、生きる屍となった先ほどのチンピラたちがローズメイに襲い掛かってくる。

「屍は、生者が無意識に抑え込んでいる脅力も出せる。ハハッ、組み付かれればおしまいだぞっ！」

飛び掛かってくる屍者に対し、ローズメイはふん、と鼻を鳴らした。

動く屍者という――この世にあってはならない不自然な存在を、彼女の中に宿りし強力神の威光は修正するべき病毒と見なした。その威光が彼女の五体に力を与える。

「首を断ち、両腕両足を断つ。そこの死人！　死して更に殺業を重ねることもあるまいっ！」

ローズメイの剣が五閃する。

頸部を飛ばし、両手首を切断。そのまま地を這う低い姿勢からふとももを諸共に両断せしめ、危害を加えることを死者に禁じた。

「ぐあああぁぁっ」

「臭いな……！」

その隙にもう一体の屍者が襲い掛かってくる。接近を許し、強烈な臭気が鼻腔を突き刺した。

ごぼっ、と、口の中から広がる炎がその臭いを焼くように溢れる。

ローズメイは相手のかみつきを避けるように鋭く膝立ちの姿勢に移りながら、咄嗟に握り締めた拳骨をカウンター気味に相手の胸板へと突き刺した。

その凄まじい膂力を受けた屍者が矢のような勢いで吹っ飛んでいく。自分を守る盾でもある屍者を失い魔術師はさすがに唖然とした顔をした。

「……容易に抗える膂力ではないでしょうに」

「単に数倍に増強された屍者の膂力より、おれの素の力のほうが上だっただけよ」

「でたらめでしょう。あなた。何者です?」

「ローズメイ。ただのローズメイよ」

その言葉に、魔術師は片眉を震わせる。

「……絶世の醜女の名を名乗る絶世の美女とは……おかしなことを仰せになる」

「親から授かった名をなんで捨てる必要がある」

すでに戦闘の趨勢は決しそうになっている。

ローズメイの周囲では、家来衆がチンピラや騎士たちを駆逐し、狼龍シーラの凶暴さにおそれをなした兵は皆四方へと逃亡をはじめていた。

ローズメイは切っ先を魔術師の首筋にあてがう。まったくの躊躇いもなしに、首を断った。

「……ハ、ハ、ひどいお方ダ。交渉する気もないと見えル」

だが、不気味なことに首を断たれたにもかかわらず、魔術師はけたけた笑いを浮かべた。首を完全に断たれたにもかかわらず――未だ反応する相手にローズメイは顔を顰める。恐らくはこの魔術師もまた本体である屍術師が遠隔で操作する使い魔のようなものだったのだろう。火を、と家来衆に命じれば彼らは敵の陣地の四方へ散って薪と松明《たいまつ》を持ってきた。屍者がうごめくというのなら、炎で焼き清めるほかあるまい。

「……ローズメイどノ、一つ提案をしたイ」

「一応聞こう。なんだ」

「主であるアンダルム男爵様ト話す気はありませんカ？」

ローズメイは不可解そうに目を細める。

「あのバディィス村ですガ、一つ村長に確かめるといイ。あそこは砂金が産出されルル。アンダルム男爵様はあの村の上流に位置する金鉱脈を隠し金山にするおつもりだっタ。会議ばかりで実際には何もできない『ガレリア諸王国連邦』の欲深な主君たちから国土を守る為にネ」

「……なるほど」

その言葉で、ローズメイは今回の事件のおおよその背景を察することができた。

隠し金山というのなら、その際に下流に位置する川は鉱毒で汚染される。……まっとうな君主であれば、鉱毒の害を防ぐ為に色々と手を尽くすだろうが……アンダルム男爵は発生する利権に群がるであろう『ガレリア諸王国連邦』の他の王達から金山を隠すつもりだ。

バディィス村はその犠牲の生贄。狼龍シーラがどの程度実戦で使えるか試験し、そのまま村からシディアを確保。

彼女を悪神の生贄へと捧げ、村人やあるいはこのチンピラたち全てを屍者として労働力に変えるつもりだったのだ。確かに秘密を守るためなら労働に従事する全てが死者というのは都合がいいかもしれない。鉱山採掘に際しては細い坑道を通るため体の小さい子供が良く使われるとも聞く。ある意味では恐怖も苦痛もない屍者を使うのは人道に沿うのかもしれない。


ローズメイは、家来衆から松明を受け取ると、それを魔術師の死体の周りに組まれた薪へと放り込んだ。

その行動に魔術師が仰天する。

「ばっ⁉　バカナ⁉　なぜ私に従わなイ⁉　その美貌、その剣腕、アンダルム男爵殿は話の分からぬ男ではなイ！　きっとあなたを重用してくださル！」

「生憎だがおれは元公爵でな。いまさら男爵風情に従う気になれんのだ」

はい追加ー、と言うように次々と家来衆は薪を放り込み、シディアは風の魔術を用いて更に火勢を煽っていく。

「あなたは分からないのカ!!　『ガレリア諸王国連邦』は烏合の衆、サンダミオン帝国に内通し、この隠し金山で得た武力で領土を富ませる男爵の考えは決して間違っていなイ!!　そのためならば……」

「そのためならば、村一つ全滅させても構わない？」

ローズメイは魔術師の言葉を先取りし、口より憤怒の炎を吐きながら言った。

切断された首を焼く炎の中で魔術師は叫ぶ。

「……そうダ！　一つの村を犠牲にすることデ、この男爵領は存続する！　少数の犠牲で大勢が助かるのダ‼」

その言葉にローズメイは静かに激怒した。

「ならば滅べ!!」

その凄まじい獅子吼《ししく》、激情と共に噴火するような勢いで炎を吐くローズメイの眼光に射竦められ、魔術師は絶句する。

「辺境の村で平穏に暮らしていたかよわい女子供を生贄に捧げ！　罪もない老若男女を殺害して！　その者らの屍を辱めて、永遠の労役を強制する!!　女子供は国家の支柱、それを害して存続する国家は、自らの足を食うに等しい愚行！　そんな手段を用いねば存在できない国など滅亡するが天命よ!!」

ローズメイは宣戦布告する。

「聞こえているか魔術師ぃ！　まだ意識が繋がっているならアンダルム男爵に伝えよ！　そのような外道下劣に身を落とすならば滅んで結構!!　アンダルム男爵家も滅んで結構!!　今から貴殿の首を頂きに参るための軍勢を起こすゆえ、お待ちあれ！　おれの名はローズメイ、貴殿の敵である!!」

魔術師の首は――信じがたいものを見る目で、炎のなかから黄金の女を見上げた。何もいえぬまま燃えていく。

ローズメイの言葉に返事をしなかったのは、遠隔で操作する魔術師の首がもう炎で清められつつあったからか。

あるいは。

たかが数名の手下と自分自身しか持たない、貴族からすれば取るに足らない小物が……こうも堂々と貴族の非を打ち鳴らし、真正面から宣戦布告する高貴なる姿に絶句したからだろうか。


ローズメイは、たった七名しかいない部下を見た。

前は十一騎で八千の兵と戦った。

今度は七名で男爵家の軍勢と戦うことになった。

どう考えても無茶無理無謀のはずである。

だが……彼女の武勇を知るものがいたならば。


「……おや。意外と楽？」


彼女の言葉を、決して笑いはしなかっただろう。

そして彼女に従うシディア、家来衆、狼龍シーラは——主君の言葉を笑いもせず、冷静に頷いた。

◇

アンダルム男爵は今年四十五歳ほどになる壮年の貴族であった。

若かりし日に貴族の指揮官として従軍し、支配者の責務として北方より迫るサンダミオン帝国の威力偵察部隊と遭遇戦をこなしたこともある武人肌の人間だ。

彼が帝国との戦いで感じ取ったのは有能かつ勇敢な敵に対する敬意の念と……前線の兵士に支給されるべき給金と補給物資を着服する味方のはずの高位貴族の中抜き行為であった。

戦場で一日に使用される矢玉の数は多い。アンダルム男爵はとにかく矢の本数は欠かしたくなかった。消耗品で命を購《あがな》えるのであれば十分安い買い物である。

そんな最前線から後方に矢のような補給の催促をしているにもかかわらず、後方は着服を行い、味方の鎧を薄くしてその金で遊興にふけるものも多かった。

かつての母国防衛の任務に燃える誠実な青年騎士が、失望から『ガレリア諸王国連邦』の離反を考えるようになるのも当然の帰結であった……。


バディス村の近くにある河から砂金が僅かずつ流出していることを、アンダルム男爵は昔から掴んでいた。

元々人を騙すことなど考えもしない素朴な村人たちには、たまの副業として砂金集めを許していた。完全な、善意ではない。

アンダルム男爵領はそれほど豊かな領地ではない。そして金鉱山を本格的に採掘しようとするなら、相応に出費がかかる。

だがそれ以上に……男爵より遥かに財力と権力を持つほかの貴族が強引な介入を行ってくることが目に見えていたからだ。

だから『ガレリア諸王国連邦』を脱退することにためらいはない。

サンダミオン帝国から派遣された魔術師と接触し、内通を行い。戦争の際には領地を切り取り次第自領に加える許可を得、また金鉱脈の免税を取り付け、有事の際には後方から『ガレリア諸王国連邦』を大いにかき乱す算段をつけていたのだ。

その予定だったのだが……。

「……今、なんと言った」

「……バディス村での作戦行動は完全失敗。麾下の騎士と傭兵、総勢八十名は完全に壊滅状態にあります」

それがどこをどうすれば、こんな無様な結果になるのだ⁉

アンダルム男爵は食事中にもたらされた屍術師の報告に、椅子を蹴り飛ばして怒鳴った。

「たかだか五十名も超えぬ寒村相手に、八十人の兵力と武器を持たせ、狼龍も与えた！

それが！

どうして！

壊滅というふざけた結果になる‼」

「こればかりは、男爵。あなたが不運だったとしか申しようがありません」

アンダルム男爵は苛立たしげに椅子に座りながら報告を促す。

「何があった」

「どうも……たまたま、偶然に、バディス村に『龍の棲む』ような稀代の英傑が逗留していたようなのです」

「……龍が棲む？　あの与太話か？」

「いいえ。事実、我がサンダミオン帝国のダヴォス殿下は『龍が棲む』傑物です」

『龍が棲む』という言葉がある。

ここで言う龍とは、怪物の姿をした巨大な蜥蜴《とかげ》、生きた災厄の化身の如き存在ではなく、もっと抽象的な――他者に対する敬意や、特に優れた相手に対する畏れ交じりの尊称を示す。

常人とは隔絶した物凄い人に対する評価、それが『あの人の中には龍が棲んでいるに違いない』『さながら人の中の龍』という意味となるのだ。

そして『龍』と讃えられるほどに優れた人物はそれぞれ異相を纏うこととなる。

例えばサンダミオン帝国のダヴォス＝サンダミオン王子は『龍が棲む』証として、縦長の瞳孔を有し。大勢の貴族の不審死という実績のみで語られる、龍爪の殺し屋がいると聞く。

古代にも『頭髪を突き出て角が生えていた傑物』という伝説もある。

つまるところ、それだ。

後に歴史に名を刻みつける英傑。運命と呼ばれるものに選ばれた傑物に現れる英雄の『相』なのだ。

「……強いのか」

「想像を絶する膂力と剣技、絶世の美貌。その美しさと強さが配下の兵士を恐るべき強兵へと変えるでしょう」

「なんでそんなのが、我が領土に湧いて出てくるのだ！」

だいたい強力神のせいであったが、ビルギー＝アンダルム男爵には分かろうはずもない。

なんにせよ、数少ない手持ちから戦力を出したのに、こんな無残な結果では笑えない。

「……懐柔はできそうか」

「男爵を殺すと、堂々と宣言されました」

アンダルム男爵は、自分を堂々殺すと宣言した敵の存在に、ぶるりと背筋を震わせ——屍術師を下がらせることにした。


「父上」

「セルディオ。試しに一つ聞きたい」

アンダルム男爵は……一番末の息子であるセルディオ＝アンダルムがいつもいる図書館に足を運んだ。

灰色の髪に、細く引き締まった肢体。顔立ちも悪くない上、頭脳の冴えでは設けた子の中で一番だろう。

だが……この末の息子は『水底に揺蕩う海と闇の女神』に目隠しをされたのだ。生まれつき、その瞳は光を映さず。幼い頃から付き人であるメイドに本を読ませ、それを糧に驚くほどの知識を得た俊才でもあった。

あるいは、女神に目隠しされた為に、それを哀れんだ神が優れた知性と観察力をおあたえになったのか。

それさえなければ、次男三男を差し置いて爵位を与える気になるほどの出来物だったのに。

付き人であるメイドに下がらせ、セルディオは不思議そうに尋ねる。

「父上はいつも面倒なことが起こった時だけ、私に相談に参りますね」

「……例えばだ」

ビルギー＝アンダルム男爵は、面倒なことが起こらない限り会いにこないという皮肉を込めた息子の言葉に顔を顰めた。

目が見えないが、この末息子は途方もなく頭が切れる。自分が密やかに進めている反乱計画も見抜かれているのではないかと時々不安になることがあった。それは見透かされたくない。ビルギー＝アンダルム男爵の非道な行為は一部のものだけに止め置かれており、息子はバディス村の一件を知らぬはずだ。

それは自分の子供に軽蔑されたくないという、ごく当たり前の心だった。

「物語に出るような超絶の戦士がいるとする」

「はい」

「お前ならどう戦う？」

セルディオはその言葉に少し考えこみ、質問をする。

「その敵は、空を飛べますか？」

「飛べるわけがなかろう」

「では、簡単です。

まずは大勢の歩兵を並べられるそれなりの広い場所で、その戦士を孤立させます」

「ふむ」

「次に機動力を奪うべきでしょう。泥の沼地、鎖、投網。なんでもいい、まず動きを封じます。

そして後は……弩《ボウガン》を持たせた兵士を用意してください。相手によりますが、五十名、あるいは百名。確実性を増すなら、更に矢に毒をぬりつけると良いでしょう。

それらを並べ立て、一斉に掃射。……まぁそういう理想的な状況に敵を動かせるかどうかが一番の問題かな、と」

アンダルム男爵は、息子の言葉に――しかし同意は返さなかった。

「それはまるで、大型の猛獣を相手にするような準備ではないか!?」

「ええ。伝説に謳われる超戦士が相手で、それを倒すなら同格の超戦士か、あるいは罠と数で潰すしかないでしょう」

息子の言葉に、しかし男爵は不満そうな顔を浮かべた。

「……もうよい。邪魔をしたな」

椅子の背に凭れかかりながら、セルディオはおずおずと近づいてくるメイドの足音と呼吸を察した。

「若様。あの、大丈夫ですか？」

「ああ。……まったく。父上も何かと困ったことがあると私に相談する癖はやめてほしいが」

セルディオは嘆息を溢す。

「味方に優秀な戦士がいるならともかく。凡骨《ぼんこつ》が英雄を倒すなら罠と知恵しかないだろうに。……しかしこんな質問をするとは。本当に単身で戦局を変えるような英傑が敵に現れたのか？」

記憶にある限りでは、そんな報告はなかったが。まるで未知の強豪が現れたのだろう。

「あの……若様。旦那様はどうして、若様の答えに不満そうな顔をなさっていたのでしょう」

「……私は確実に勝てる戦術を提案したつもりだけど。しかし父からすれば、罠と策で敵を嵌《は》めて倒すことは、まるで自分が弱者であると認めたような気持ちになるから嫌なんだろう。龍や獅子を相手にして、剣を持つことは卑怯にならんのと同じだとは思うんだが」

「え、ええと。でも難しいことは私には分かりませんが、きっと大丈夫ですよ！」

そう言いながらセルディオは立ち上がり、いつもの位置に立てかけている剣を手に取った。カタナと呼ばれる鋭利な刃であった。

ぷぅん……と蚊の不愉快な羽音を聞きつけ、彼は抜き打ちの一線を放つ。

銀光が蝋燭の光で妖しく煌き、刃が駆け抜けた。

空中を舞う蚊が、両断される。

「だって、若様。凄くお強いんですものっ!!　ましてや闇の中でなら、若様に勝てる人なんて絶対にいませんっ！」

「……ありがとう」

それは彼と付き人であるメイドしか知らない――光無きゆえに精緻に完成された剣技であった。

◇

「……ううっ」

ハリュは……頬をくすぐる草木の揺れと、硬い土の上で眠ったせいできしむ体の不具合の為に目を覚ました。

既に空を見上げてみれば夜も過ぎ。遠方からはなにやら松明で何かを燃やす音がする。

戦闘はどうなった!?

ハリュは体中の毛穴から冷や汗をふき出しながら跳ね起きた。騎士としての初仕事で眠り呆けて何もしなかったなど、大失態だ。こんなことをしてしまえば、今後出世の目などなくなるだろう。

寝ている間にあのチンピラたちに武器や防具を盗まれなかったかどうかを、体を叩いて確かめる。

文字通り身に纏う剣と防具が全財産にして商売道具。まだ身に着けていることに安堵の溜息を吐いた。

……そうだ、あのご婦人はどうなっただろう。ハリュは目覚めたとたんそのことが気になり始めた。

良心に従って逃げるように言ったが――そこから意識と記憶が断絶している。

胸がざわつきだした。あのような美しい女性に対して周りの悪漢たちが気付いたらきっとひどい目にあわせるだろう。自分の意識を刈り取った一撃が、他のチンピラや素行の悪い騎士であったかもしれない。

無事でいてくれ——そう思いながら、野営地に戻ろうとした騎士ハリュは……。

薪をくべて屍を燃やす火葬の炎と。

その周囲に佇む黄金の人を目にした。

◇

「ご。ご婦人、ご無事でしたかっ!!」

ローズメイは慌てた様子の声に首を傾げながら思わず振り向いた。

見れば、先ほど当て身を食らわせて気絶していた若年の騎士が、地面に滑り込む勢いでローズメイの足元に駆け寄った。

「ああ」

ローズメイの反応は淡白である。

ハリュは心の中で少しだけ抱いていた期待が萎んでいくのを感じた。若い青年が美しい女性を助けてそのことに感謝を捧げられるということを期待しても、無理はない。いやいや、そういう風に欲得ずくでご婦人を助けた訳ではない、見返りを求めるなど騎士道に反する——そんな葛藤に苦しみながら、誠実に振舞おうと意識し名乗る。

「お怪我はありませんでしたでしょうか。その、無事でよかった。あ、は、初めまして。自分、名前はハリュと申します」

「そうか。ローズメイという」

ローズメイは炎上を続ける火葬の炎をじっと見つめ続けていた。

彼女の頭の中では、これから先どうやってアンダルム男爵を追い詰めるかの筋道を立てている途中である。

ハリュは炎が横顔を照らし出すローズメイの美貌に陶然と見ほれていた。騎士として非道な命令に従う機会を逃し、これから先は破滅かもしれぬと恐怖していた気持ちは、余りにも美しい絶世の佳人の横顔を見ているだけで忘れ去ったようである。

「…………これは……ローズメイさまの見てくれに騙されたわね」

「ああ」

そんな……騎士ハリュの心情を、シディアと周りの家来衆は、かつての自分を見ているような懐かしむ眼差しでそっと見守った。

分かる。気持ちは痛いほど分かる。

美の化身か何かかと疑う美貌を見れば、真っ当な男児なら永遠の忠誠を捧げたくもなるだろう。

ただし……シディアは思う。ローズメイさまは生贄役に相応しい絶世の美貌と、生贄役にまったく相応しくない勇士の魂を併せ持った、矛盾の塊のような美女であった。

見惚れるような傾国の美女はその頭の中で、このアンダルム男爵領の支配体制を粉砕する算段をつけている。さすがは傾国の美女（物理）。

このままローズメイさまの真実のお姿に気付かぬまま、自分達から離れるのが彼にとって一番幸せではないかと思い、シディアは騎士ハリュに話しかけた。

「えーと。ハリュさん？」

「ん？　ああ、なんだろう。白子《アルビノ》のお嬢さん」

物腰は丁寧で、騎士ハリュの立ち振る舞いには自分達平民や、家来衆とは生まれの違いを感じさせる。

さて、どのように引導を渡すべきなのだろう？


「……ええ、つまり……自分が属していた騎士団は……」

「今燃えているか、逃げ出したかの二つに一つですねー」

シディアは、ハリュに彼が気絶した後の事情を事細かに説明していた。

今現在、遺体は炎に巻かれ、その後はそれぞれを穴を掘って埋葬していた。それ以外の家来衆は前職の無頼漢の血が騒ぐのか、『うえっへっへっへ』と楽しそうに笑いながら野営地から利用できるものを探っている。

ハリニも戦死者から物品を略奪するのは世の常であると諦めているので、それを非難する気は無い。

「……ありがとうと、言っておくよ」

彼は疲れたような顔だったが、確かに安堵を覚えていた。

指揮官の騎士や、数日同じ釜の飯を食った仲間が死んだことは悲しい。しかし自分達は殺されて当然の罪を犯そうとしたのだ。当然のなりゆきだ。

「しかし。信じられないことが一つある。……あの女性、ローズメイ殿は本当に……そんなに強いのか？」

シディアは、びしり、と空気が固まる音を聞いた。

彼女は余すことなく真実を伝えた。それこそ君主ローズメイさまは普通の娘の振りをして、指揮官の騎士の眼前まで移動して、倒したことも。屍術師の外法で動き出した死体を殴り倒すその膂力も。

だが——ハリュの気持ちも分からなくはなかった。

彼を気絶させたのはローズメイだが、騎士ハリュからすれば、それは相手がか弱い女性であるという油断があったからだ。

そして、彼は実に普通の常識を持って生まれてきた。確かにローズメイのその二の腕は細く強靭に引き締まっている。しかし膂力というものは、基本的に筋繊維の太さで決まる。で、あればああも細く美しい女性が男顔負けの豪腕を持っているのが信じられないのだろう。

常識で考えれば、まぁ間違っているとはいえまい。

しかし常識で測れないからこそ英傑なのだ。

ローズメイは未だに炎のほうを見つめたままだが、その美しい背中から、肉食獣のような獰猛な気配を発している。

正面のほうで寝そべっていた狼龍シーラが、主人であるローズメイより発せられる凶暴な気配にびくんっ！　とたてがみを逆立てて——その顔を見てしまい、おなかを見せてゴロゴロと転がった。明らかに降参と服従を意味するポーズである。

「つ、強いよっ!?　そうだよねっ!!　おっさんたち全員束になって掛かっても勝てないほどだよねっ！」

「「「「「お、おうっ!!」」」」」

家来衆は一斉に答えた。彼らにとってローズメイは無二の忠誠の対象であり。同時にひとたび荒れ狂えば制止不能の膂力の怪物でもある。

その機嫌を損ねることは絶対に避けたかった。

「……ああ、分かった。そういうことにしておくよ」

騎士ハリュは、しかしそれを素直に受け取りはしなかった。

自分達の仲間が倒されたのは、彼女に従う山賊めいた風貌の悪漢達が恐るべき手練揃いであり。主君であるローズメイに手柄を渡しているのだろう。そういう思い込みである。

しかし……言葉にはせずとも、そういった心情は言葉の端々に現れていたのだろう。

「騎士ハリュ」

「えっ」

いつの間に接近していたのか――ローズメイは笑いながらハリュの前に立っていた。

ぞくり……と、ハリュはその絶世の美貌を見上げ――違う、と実感した。美しいことは間違いない。しかしその美しさはどちらかというと、野生の肉食獣の美しさ。躍動する筋肉と、生死の境目で輝く生命力が燃えるように輝いているのだ。

間違っていた。一瞥一つで自分がどうしようもないほどに勘違いしていたと悟る。

殺される――。

絶世の美女ローズメイがその気になれば一合さえ持たずに斬殺されることを悟る。

ローズメイはにっこり笑った。どう考えても獲物を前に牙を剥く獣の笑顔にしか見えなかったが……一応これでも優しさをこめているつもりらしい。

そんなハリュの恐怖を見透かしたようにローズメイは笑った。

「安心せよ。おれは一度口にした言葉は翻さぬ。あなたはただの村娘と勘違いしたおれを、良心のまま救おうとしてくれた。あなたのような善良な性根の人を殺すのは天下の損失である。ただおれは侮りと誹《そし》りを受けるのは、我慢ならんのだ」

そして、近くにある木の棒を手に取り、言う。

「戦おう。

君が自分の発言の過ちを自覚するまで」

騎士ハリュは、空を飛びながら自分の失言を全力で後悔していた。

比喩ではない。ローズメイの打ち込みを受けるたび……鎧を着込んだ自分の体が吹き飛ばされ、放り投げられた鞠《まり》のように地面を転がされるのだ。

ゴロゴロと地面を独楽《こま》のように回転し。近くの木々の一本と衝突してようやく静止する。

げはっ、と喉奥から迫りあがるすっぱいものを自覚し、舌先で奥歯があるのかどうかを確かめる。

いざ鍔競り合いの稽古の時、奥歯があるかどうかで踏ん張りの効きが違うのだ。

まず、模擬稽古用の棒を捨て、深々と土下座をする。

「申し訳ありません、自分の勘違いでした！　あなたは途方もなくお強い……！　それと願わくば、一つ頼みが！」

「なんだ」

これは、違う。欺瞞《ぎまん》ではない、シディアも周りの家来衆も誰もが真実を言っていた。

腕に宿る筋繊維の生み出す膂力の次元が違う。それでいて、歴戦の勇者の如く狙いは迅速で正確。

雷撃のような一撃は自分を木っ端のように吹き飛ばしていくのだ。

「もう一本！　お願いいたします！」

「愛い奴め、来やれ」

また吹き飛ばされる。

一撃で自分の思い込みや勘違いを粉々に粉砕されると、ハリュは全身を駆け巡る高揚に震えた。

騎士の訓練で、一度も勝てないと思った教官達――をも、遙かに上回る膂力と速度と技量。全てが雲の頂に位置する絶世の美女。こんな素晴らしい剣士に稽古を付けてもらえる機会など一生に一度あるかないかである。

ローズメイは最初こそ機嫌が悪かったが、今では機嫌を直している。

もともと自分を鍛えようとする克己心溢れる人が大好きな性格であり、一撃で実力差を悟り、自分の失言を理解したにもかかわらず――これを奇貨として修練に励もうとする相手との稽古は、醜女将軍の時代を思い出させた。

相手の切っ先を撥ね除け、脇へと棒を通し、刀身を上へと撥ね上げる。もしこれが真剣ならば、そこから片腕を両断するところだが木の棒ゆえに騎士ハリュは空中へと持ち上げられ……そのまま地面へと叩きつけられる。

「こはっ……!?」

「ひとまず、これまでにするか」

十数回地面に叩きつけられながらも立ち上がり、克己心のまま挑んできたハリュであるが、どうやらここまでのようだ。

ローズメイは彼の額に棒の先端を突きつけながら、優しげに微笑み、模擬戦の終了を宣言する。

ハリュは、既に自分の全身が水を吸った綿のように重くなっていることを見抜かれていると悟ると、悔しそうに歯をかみ締めた。全精力を込めて力戦したにもかかわらず、絶世の美女にして絶世の剣士ローズメイは汗一つさえ浮かべていない。自分と彼女にある天と地ほどの実力差を悟り、嘆息を溢した。

「ま、まってくだせぇ!!」

「ん？」

と、そこでローズメイの剣の稽古（ただし一方的な）を見ていた家来衆が声を上げる。

「お、俺らにも稽古をつけてくれやせんかっ!?」

「ほぅ……お前たちも少しは克己心に目覚めたか。良し。来やれ」

ローズメイもこの元悪党どももようやく地力をつける気になったのか、と少し楽しげに笑った。

……と、彼女は思ったが、実際は少し違う。この麗しき黄金の女に微笑まれることは、木の棒でぼこぼこに叩きのめされ、骨身をきしませる激しい猛稽古を潜り抜けても、一度ぐらい向けられてみたいと思うほどに、麗しく艶やかだったのだ。

「わ、わたしもお願いしますっ！」

「む？　シディア、お前もか」

この黄金の女の笑顔を向けられてみたい。それはまだ娘と言っていい年齢のシディアも例外ではなく、その辺の棒を、むん、と見様見真似で構えてみせる。

ローズメイは少し困ったような顔になった。

彼女からすればシディアは生贄になったところを助け出した庇護対象。そんな彼女を猛稽古に付き合わせるのは気が引けたのだ。

「そうは言うが、お前はただの女子供であろう」

「ローズメイさまも女子供じゃないですかっ！」

「む？」

まぁ、それはそうだ。ローズメイは確かに、自分もただの剣を知らぬ女子供であった時期を思い出した。

最初はだれでも素人。確かに剣を習い始めようと思った時が吉日である。

「よし。分かった。それではシディア。少し打ち込んでくるがいい」

「はいっ！」

そして白子《アルビノ》の少女シディアは黄金の女ローズメイさまによくやった、と微笑みかけられることを努力の報酬として剣を学び、体力を作りはじめ。

このの ち。数週間後にうっすらとおへそ周りに腹筋が浮かび始める自分の姿に。

強さと引き換えに、女の子としてそれなりに重要な何かを手放したような気持ちになった。

◇

元見習いの騎士ハリュはこの一同と運命を共にする義理もない。ただし主君であるアンダルム男爵の目的を改めて聞かされて。その上で……素朴で穏やかなバディス村の村人たちに、貧しい中から食事を捻出してくれた彼らと触れ合ううちに、もう騎士というのがなんだか分からなくなり。

その上で、正しいことをしようというローズメイ一行についていくことにしたのだ。

「……やはり、こう。体の疲労が回復するのが早いように思える」

「そうなの？」

比較的年齢の近いもの同士であるシディアに、ハリュはこの数日、ローズメイに散々叩きのめされた体の……不可思議なほどの回復力に対する疑問を述べた。

ローズメイに信服する、この少数ながらも絶対の忠誠を捧げる集団で、正規の鍛錬を受けたのはローズメイを除けばハリュ一人である。

「君も、あの男衆も、分かってないと思う。ローズメイ殿のあの鍛錬を受ければ普通は三日ほど筋肉痛でもがき苦しむはずなんだが……」

「ふぅん？」

シディアはその言葉に生返事を返す。

とはいえ、言いたいことは分かる。彼女は今まで普通の村人で。魔術を使えはしたが、肉体的にそれほど強くはない。

毎朝河から水を汲み、炊事用で穀物を煮炊きしたり、飲料水として水甕《みずがめ》に水を運んだり。朝の仕事を済ませたら、足のふともももはいつも疲労を覚えていたものだ。

最近は、それがない。

むしろ彼女の体は、ただ若いだけでは説明の付かない強靭な活力を全身に漲らせている。今では、ローズメイと家来衆の木剣稽古に混ぜてもらってもただやられるだけではすまなくなりつつある。

むしろなんでもありで、魔術の使用さえ許されるなら、彼ら家来衆との稽古でも上位に立つだろう。

もっとも、木剣稽古と違い、魔術では手加減しようが無いため、実際に戦ったことはないが。

確かに今、シディアをはじめとするローズメイの手下たちは長足の進歩を遂げている。

剣を使ってみるのが楽しい。昨日成し遂げられなかった動きを、次の日にはモノにしている。紛れもなくそれは成長の快感と言うべきものであり。自分が何か強いものへと大きくなっていくような実感は、なんともたまらないものであった。

「そうかぁ……あたしも魔術の威力がなんだかめきめきと上がってる気がするの。もしかすると……アレなのかな」

「あれ？」

ハリュはシディアの言葉に首を傾げる。

シディアは、記憶の中をさらって、一つ気になることがあったのを思い出した。

「あんたには話したと思うけど。あんたたちの中にまぎれていた屍術師が、こういってたの」

「うん」

「ローズメイさまのほうを見て、『強力神の使徒か』って」

「それは……加護持ちということかっ⁉」

ハリュは驚きの言葉を上げる。

強力神は神の中でも、人の身から昇格したと言われる神であり、神々の中でも特に人に寄り添う善良な性質の持ち主だ。

しかし神が人に恩寵を与える例はそう多くはない。少なくとも――ある日突然、都合良く強大な力を与えてくれるような神は、その腹の中に邪悪な権謀術数を秘めており、安易に力を求めるもの達を操って世を混乱に陥れようとしているのだ。

強力神の使徒であるなら、ローズメイのあの常軌を逸した力も納得できる。

「……もしかすると……我々の体の回復が早いのも、ローズメイ殿を通して、強力神の加護の影響を受けているのかもな」

「そういうことって、よくあるの？」

「よく、というほどは無い。だがそれぐらいしか考えられないだろう」

己に付き従う配下たちに、鍛錬の効率を上げるという権能……それは使いようによっては恐ろしく強力なものではないだろうか。

◇

ローズメイは、村大工に頼んで一つのものを作らせていた。

足らないものは現在山ほどある。狼龍シーラに騎乗する際に必要な、あぶみと手綱。その剛力を十分に生かせる戦斧。十人張りの剛弓。

しかしそれら全てを設計するには、村大工には技量があまりにも足らない。付け加えるなら、アンダルム男爵が己の野望を打ち砕いたローズメイ一行をいつまでも放置するとは思えない。なるべく早めにこの村を出る準備が必要であった。

「ローズメイさま。何をおつくりになっているのですか？」

「ああ。……そうだな、なんに見える？」

シディアは村のはずれの小屋にいるローズメイに話しかけた。

ローズメイは顔を上げて小さく微笑む。傍では村大工が鑿《のみ》をふるって、幌《ほろ》無しの荷馬車を作っており、そのあまった木材で一つのものを削りだしていた。

傍にいたハリュが首を傾げる。

一見するとローズメイの手に握るそれは、靴べらのように見えなくもない。ある程度の長さを持つ木の棒の先端が、鉤《かぎ》のように婉曲しているだけのデザインだ。

ローズメイはそこに……以前、強力神によって転移した直後に自分で作りだした、猪の牙を先端にすえつけられた手製の槍と合わせて具合を確かめている。

「……まさか、アトラトルですか？」

「ほぅ、詳しいな」

（かつて普通の）村娘であったシディアはともかく、正式な教育を受けたハリュは、そのさりげない道具が――使い方によっては恐るべき補助武具となることを知っていた。

ローズメイは愉快そうに笑いながら二人を見る。

「それで二人とも。いったいおれになんの用件か？」

「ああ……いえ。一つ気になったことがありまして」

ローズメイは、シディアの記憶から発生したハリュの予想を聞き終えると……少しのあいだ、沈黙をした。

胸を押さえる。その奥底には、かつて強力神より拝領した、鍛錬の効果を増す加護が備わっており。今現在では肉体美なる加護が代わりに与えられている。

しかし、だとすると――かつて得た加護の残滓は今もなお家来衆やハリュ、シディアにも影響を与えていたのか。

（……いや、もっと――元からだったのではないか？）

かつて醜女将軍、ローズメイ＝ダークサントであったあの頃。

彼女配下の二万の兵士達は、大陸でも屈指の精鋭であった。その武威を支える骨子の一つが過酷な鍛錬だが……自分の加護が影響していたのでは？

確かに二人の懸念も分かる。

ローズメイのみたところ、家来衆とシディア、ハリュ、八名の身体能力の成長具合は彼女でも目を剥くほどである。

……ローズメイの加護が、二万の兵士を強化し続けてきたなら。今現在、その作用はたった八人に集中していることになる。

シディアとハリュをじっと見つめ、ローズメイは思った。

「あ。あの……どうしたんですか、ローズメイさまっ」

「……いや、そのうちそなたたちに影響を及ぼす加護の過剰な力で、シディアの肉体の内側から筋肉が膨張して破裂するやもしれぬと思ってしまった」

「どうしてそんな恐ろしいことを考えるんですかぁ〜⁉」

ローズメイの言葉に、シディアは涙目になりながら叫んだ。

無理もないが。

◇

バディス村では、砂金が取れる。

それは河の上流では金鉱脈が存在しているということの証明でもある。

アンダルム男爵はその秘密を守るためならば、何の罪もない善良な人々を殺戮することに躊躇いはない――が……ローズメイはその事実を、アンダルム男爵領を横切る際、あちこちで噂として流すつもりであった。

もしこれで――実際にアンダルム男爵がバディス村を滅ぼしたなら、噂は真実となって貴族に対する疑いの眼となるだろう。

貴族が民衆を『民草』と嘲ろうとも、しょせん貴族は生産者ではない。民衆にそっぽを向かれれば、彼らは生きていけないのだ。

「者共、出立の準備はいいなっ⁉」

「へいっ！」「準備万端でさぁっ、姐さんっ！」

元々生贄ちゃんことシディアをかどわかすはずだった悪漢達は、この数日間、狼龍シーラ、シディアと共同し野生の獣を狩りまくり――それらをなめし毛皮にして身に纏っている。立派な蛮族のいで立ちになった。

彼ら一行を率いるローズメイも、この地に転移してきた時、殴り殺した猪の皮を頭上に被り、腰には襲撃者達の指揮官が下げていた剣を差し、片手には猪牙の手槍を掲げていた。やはりこれも立派な蛮族の女王といった風貌である。

ただし蛮族は蛮族でもその美貌は諸国に冠絶するもの。

まさに己が威光に従う破壊の尖兵に号令をかけて村落や国家を滅亡させ、文明圏滅亡をもくろむ傾国の美女（物理）であった。

「…………」

「…………」

そんな、モノスゴク怪しい一団と連れ立って進み行くシディアとハリュの二人は、もういっそ自分達もなめした毛皮を纏い、蛮族ルックになって一緒にけたたましい雄たけびでも上げるべきなのだろうか、と思った。

「もがー！　もがが。もがががああ!!」

そして……シディアは懐かしい相手を見た。

……狼龍シーラが肩に縄をつけられ引っ張っていく荷馬車。

その中央には――神父服に身を包んだアンダルム男爵の長子である神父様を、舌をかまぬように猿轡を噛ませ、罪人のように縄をかけて、正座させていた。

まさしく異教の神を奉じる邪悪なる蛮族の女王に囚われた敬虔な神の信徒のよう。そんな神の子に縄目の恥を与え、衆目にさらして辱める野蛮人の如き一団だ。

まぁ……この神父は『子殺し』『親殺し』の二つの非道を重ねている犯罪者であり、別にさらし者にされようとも、首を刎ねられようとも因果応報であるのだが。


ローズメイの一団は、これより村々を回り、調査をするつもりである。

幾ら貴族が恐ろしかろうとも、人殺しは犯罪。その罪がただ貴族というだけで見逃されてきた証拠を突き付け続ければ、アンダルム男爵に対する不信の眼差しは強まろう。

その不安と不信に、ローズメイが付け入る隙がある。

ローズメイは八千の敵に十一騎で挑む猛者だが、あの状況ではああする以外に手がなかったからだ。そうでなければ、もう少し勝ち筋のある方法を取るのだ。

戦う前に勝算をなるべく増やすことは将家の常である。

そういう意味では――このアンダルム男爵の長男である殺人鬼は利用し甲斐があった。

それにローズメイは屍術師に対して「アンダルム男爵の首を取る」と公言している。例に漏れず一度口に出した言葉は必ずや実行するつもりだ。

(……少し前までどうやって討ち死にするかを考えていたおれが、変わったものよ。ふふ)

龍と一騎打ちの末に死ぬ……しかし今のローズメイは己が変わりつつあることを悟っていた。

アンダルム男爵の冷酷な振る舞いに対する怒りや村人への義侠心もある。

だがローズメイの心はそれとは別に明るい喜びを大いに感じていた。

なぜなら……この数日は他人から「美人だ」「麗しい」と何度も容色を褒められ続けていたからだ。今までローズメイのことを、愛らしい、可愛い、などと言ってくれたのはお優しい叔母上様ただ一人だけ。

物心ついた頃にはすでに醜女将軍と陰口を叩かれ続ける暗然とした青春を送った娘が、ようやく普通の娘のような幸せを甘受できるようになったのだ。

生きたいと思って何がおかしいだろうか？

あの……最後の戦いから強力神の手で転移し、その直後は華々しく戦って死ぬと決めていた。

今も勇戦の果てに死ぬならそれもよしと思っている。

けれども、今は生きてみたい。

ようやくわが世の春が来たのだ、前向きになって何が悪いものか。


「シディアや……」

「村長さん」

シディアは息を切らせながら走り寄ってくる村長に思わず首を傾げた。

「シディアや、村を……出るつもりなんだね」

「はい」

……一度、シディアは生贄にされた。

村人たちだってそれが間違っていると分かっていても、助かるために彼女を見殺しにした。

そのことを責めはすまい。しかしシディアと他の村人の間には、もう絶対に修復できない亀裂が出来上がってしまっていた。

見れば――遠巻きにシディアを見ている村人たちがいる。子供の頃、穏やかな日々を過ごした友達たちの姿だ。

「……こんなことを言えた義理じゃないのは分かっている。許せなど言えるはずがない。ただ……あの美しい人の傍にいるのは、きっととても大変なことだと思うよ。それでも、行くのかね？」

シディアは、懐かしい思い出を胸に、小さく笑った。

「村長さん……あたしね。生贄として捧げられた時、とても悔しかった。自分は凄く無力で、ただこのまま殺されて終わるんだと……」

そして、黄金の光が女の姿を取ったその人を見た。

「色々考えたの。あの後の真相は村長も聞いたよね」

「……ああ、村人全員は殺されるところだったと……」

村長の顔色は悪い。今まで貴族に逆らうこともなく、税も納め、大過なく過ごしてきたのに――

ある日突然、相手の都合で一方的に死を押し付けられそうになった。

「村長さん。あたしは悟った。

強い人の言うことを聞いて、あたしは生贄にされた。でも、言うことを聞いたとしても、命を見逃すという対価は支払われなかった。

強者の言いなりになって得た命や自由なんて、強者の都合や思惑一つであっさりと踏み躙られる」

シディアは、ローズメイを見た。

そのような理不尽な出来事を、己が身一つで捻じ伏せ、叩き潰した黄金の女。シディアの憧れの人。


「あたし。

あの人になりたいの」

「……想像を絶する険しい道だと思うよ。シディア」

「でも。あの生贄の輿の中で、こわいこわいと誰かの都合で踏み躙られることに震えるだけの人生より――きっと、ずっと。


胸がすく思いになれると思うのよ」

村長は、そうか――と微笑み、言う。

「シディア。その道行きに幸いあれ。

……ああ。ああ。本音を言うよ、シディア。わしはね、お前さんが羨ましいのだ……!!

あの、まるで物語の伝説が、肉と血を備えて目の前を歩いているような、黄金の女の道行きに加われるお前さんが、羨ましくてかなわんのだ……!!

ああ。無念だ、未練だ!! あと……二十年、いや、十年でもいい。……もっと早く、来てくださったらなぁ……!!」

「村長さん……」

村長は、涙を流して嘆いた。彼は老いている。そう長いこと生きられはすまい。過酷な旅路についていくこともできまいし。村長としての責務を放棄できるほど身勝手でも無責任でもなかった。

恐らくは、これが今生の別れであるとどちらも理解しながら――村長は少し下がり、手を振る。

「いっておいで、シディア。そしてできるなら……お前さんの噂と伝説を楽しみにしているよ。

さぁ……天下に名を轟かせて来いッ!!」

その声にこもる覇気は、村長が若かりし日に滾らせていた熱い血潮《ちしお》が、別れのひと時に蘇ったかのように熱く猛々しくて。

シディアは、その覇気に、じんと体が痺れるような高揚を覚えながら答えた。

「はいっ!!」

第三章　黄金の女

この時代の村人にとって、周辺諸国の情報……北方のサンダミオン帝国の情勢や、それに対する『ガレリア諸王国連邦』の行動など、情勢に関する情報は旅人や商人などが伝えることになる。

もちろんデマや噂など確度の低い情報だってある。

それらが正しいかどうか、真贋を見極める目のある人なら良いが、大抵は噂に流されたり、不安に駆られたりしながらも……『そんなひどいことがおこるはずがない』とどこか諦めたような、あるいは誤魔化すような笑みで目をそらしてばかりだ。

だから、現実にあった胸のすくような痛快な話や華々しい武勲伝は大勢が喜んで聞く。


「……口から火を噴く黄金の女のことを知っているか？」


それは最初、ただの噂話と思われた。

アンダルム男爵領の片隅から姿を現した絶世の美女が、悪相の男達と、白子《アルビノ》の娘、歳若い騎士を引きつれ、更には決して人に慣れぬはずの狼龍に跨って旅をする。その後ろの荷馬車には罪を犯した貴族の権力者がさらし者にされ、自分が戯れに殺した哀れな子供の墓の前で額ずかされていたという。

口から火を噴く黄金の女の噂を聞いたものは、しょせんただの噂だろうと嘯《うそぶ》いた。

どんなに美しかろうと、社会の頂点に立つのは貴族であり王族だ。いったいどこの誰が貴族の縁者をさらし者にして、兵を差し向けられないでいられれようか。ましてやそんな絶世の美女であるならば、きっとどこかの貴族か奴隷商にでも目をつけられ、首に値札をつけられ高値で売りさばかれるだろうよ、と。

ああ。だけど。

もし本当に、ただ踏み躙られるだけのモノたちの、悲憤の代弁者のような英雄が本当にいてくれるなら。

◇

アンダルム男爵領における物流の動脈の一つ、クロストの町で一つの喧騒が起こりつつあった。

一方はクロストの町における揉め事の仲介や法の遵守を請け負う警邏《けいら》たち。

そして一方は、野人めいた格好をした蛮族の一団と見まごう連中であった。

群集の視線は――しかし自分たち民衆を守る側の警邏たちではなく……その蛮族達に注がれている。だが無理もない――それこそ一生に一度お目にかかれるかどうかの絶世の美女が堂々とした立ち姿で、狼龍の頭の上に尻を乗せていた。

ああ。噂など当てにならぬ。あの美しさは見なければ分からない。どんな語彙も、どんな旋律もこの絶世を言葉では言い表せない堂々とした美女が、王者の尊厳を持って警邏たちを見据えていた。

警邏たちは三十名だが、彼女の美しさに魂を飛ばしたように何もできぬまま動けないでいる。

それでもやるべきことを思い出した警邏たちの指揮官が前に進み出た。

「謀反人、ローズメイとは、き……きさまか!!」

まるで皇帝と謁見した敵国の使者のように、目の前の美貌の女を呼び捨てにする。

黄金の女、ローズメイは笑った。まるで親が子供の悪戯を笑って見逃すような鷹揚な笑みである。

「謀反とは異なことを。おれはこの後ろの神父を……ああ。なんて名前だったか。……なんとか＝アンダルム神父の償いの旅に出ているだけであるぞ？」

「もが――！　もがががか――！」

ここで警邏たちが頑張れば、自由になれるかも知れないと考える神父は身を捻り、大声を上げるが、生憎とそれは警邏たちの仕事ではない。

アンダルム男爵は既に、長男のことを切り捨てている。

「だ、だが罪人の捕獲、刑罰は領主であるアンダルム男爵の仕事である！」

「そのアンダルム男爵の下す法が、正しく執行されていないから、おれはこやつを贖罪の為に引き回している！

話によれば、この男は既に数件の子殺しを成し、果てには親殺しを成した。その墓の前に額ずかせることの何が反逆であるか！

子殺しを数件！　果てには親殺し！　死刑以外の判決を下すならばそれはアンダルム男爵が肉親

の情に目が眩み、正しく法を運用していないことの証明ではないか！」

その声と共にローズメイの唇から炎がぼぅぼぅと燃えた。

ローズメイは、アンダルム男爵を追い詰めるための兵を挙げる当てがない。

しかし……アンダルム男爵の不正の証拠をたまたま手中に収めていた。彼の長男である。

そしてローズメイはどれほど強大な戦力を有していようが、正義や大義のない暴力は決して人々の支持を得られないことを知っていた。


「義者ローズメイ！」「火を噴く黄金の女！」


そして、領主であるアンダルム男爵と黄金の女ローズメイのいさかいを遠くから見世物のように観戦するもの達は、囃《はや》すような声をあげる。

いつの時代でも人々は立場が弱いもののほうに味方したがる。それが目も眩むほどに美しい絶世の美女ともなれば、それが貴族の権力で揉み潰された罪を弾劾する行為であれば、応援の声には一層の熱がこもっていた。

「あ、アンダルム男爵様に逆らう謀反人……ほ、捕縛せよ！」

警邏隊の隊長の命令に従い、兵士達は殴打用の棒を手に突進してくる。

ローズメイは配下に下知を飛ばす。

「警邏の方々はこちらに剣は使わぬ配慮を見せてくださった。

徒手にて応対せよ。よいか、殺しはご法度だ」

「はっ!!」

家来衆は歯を剥き出しにして笑った。

このアンダルム男爵領を進む一ヶ月の中、ハリュやシディア、家来衆たちはその実力をめきめきと伸ばしている。

今や隆起した筋骨を誇示するように腕を振り、叫んだ。

「あんとき俺たちゃ!!」

「「「「ただのチンピラ!!」」」」

「今じゃ少しは!!」

「「「「ドラゴンかもよ!!」」」」

ハリュとシディアが聞いても意味の分からない謎の掛け声と共に家来衆たちは真正面から警邏たちに突撃していく。

本来警邏たちは圧倒的な人数にものを言わせ、複数人でさすまたを用いて犯罪者を捕らえるのが常であった。しかしハリュを含め、七名の成人男子が横一列に隊列を組み、突進してくる場合はさすまたの威力は半減する。

それでも彼らは数で勝る。相手が剣を使わないなら殴って言うことを聞かせる——そのつもりであった。

「真正面からだー!」

「おおぉぉー!!」

しかし家来衆は、宣言どおり、複数集団へと頭から突っ込んだ。両手で脳天を守り、そのまま練り上げ続けた脚力で以て自ら弾丸のように突っ込んだ。

「お、押せぇ！　押し返せぇ!!」

警邏の指揮官が口角から泡を飛ばして命令する。しかし今や自らを小龍の群れと少しは胸を張れるようになった元悪漢は警邏たちを有り余る膂力で押し出していく。

それを見ている民衆たちからは驚愕と賛嘆の声が上がった。

三十名近くの警邏たちは別に貧弱な体格と言うわけではない。しかし姿勢を低くして押し出していく彼らに抗する術はない。棒を頭上から打ち下ろしはするが、家来衆の体を包む獣の外套は意外と打撃に対する優秀な防具でもあったし……顔と違って、背中は肉体の中でも特に痛みに強い部位である。

足を踏み込む。小指を、まるで地面に杭を打ち込むように力を込め、両足から膂力を絞り出す。

憧れのあの黄金の女の前で無様な姿はさらせぬと意地を見せる。この数週間で人生の変わった幸運を胸に、変化した自分たちの鍛錬の成果を試すように力を込める。

「こ……こいつらっ、嘘だろっ!?」

そのまま六対三十という、人数に差のありすぎる力比べに——家来衆は勝利して見せた。

今まで人数差で対抗していた力の均衡が崩れ去れば、これはもう勝てぬと警邏たちも列を乱して去っていく。

「修練にお付き合いくださり恐悦至極！　お手柔らかにしてくださりありがとう！　お怪我はありませんか⁉」

そしてローズメイは逃げ散っていく警邏たちの背中へと声を掛ける。

「ローズメイさま、お疲れ様ですっ！」

「……シディア、流石にそれは彼らに言ってやるべきであろう」

ローズメイの横に控えていたシディアはキラキラした目で話しかけるが、さすがにローズメイも呆れたような目で見つめ返した。

「それにしても、彼らも懲りないですね。警邏程度の戦力じゃローズメイさまやみんなを止められはしないのに」

「負けると分かっていても意地があるのだろうよ」

ローズメイは満足げに自分の周囲へと集まり固める家来衆に『おう』とか『うむ』とか返事しながら考え込んだ。

ローズメイの一団は、町での補給を済ませるとすぐさま次の目的地へと進んでいた。

鍛え抜かれた古強者《ふるつわもの》の風格を漂わせ始めているこの一団は、町の住人ともいさかいを起こさぬようによく厳命されていたし、事実ローズメイは不当な暴力で略奪を行った場合、首を刎ねると言明していた。

「さて。今回の小競り合いで何回目だったかな」

……既に、こういった警邏との小競り合いは、町を移動中に何度も行っている。

アンダルム男爵は既に報告を受け取っているから……ローズメイとその一党が既に六十名から七十名程度の戦力を真正面から叩き潰したことも把握しているだろう。

チンピラ混じりとはいえ、中には正規の騎士だっていた。これを確実に仕留めるとなると、もっと数がいる。

しかし……戦力を集める間、アンダルム男爵の不正を暴くかのごとく行動するローズメイ一党に何もしないというのも沽券に関わるのだろう。

だからこそ、面子を保つ為にこうして警邏を動かし、民衆に対するポーズとして彼らに喧嘩まがいの戦いをさせているのだ。

「ハリュ。騎士ハリュ」

「御用はなんでしょう、ローズメイ殿」

ローズメイにとってこの歳若い青年の存在はなかなか得がたい希少なものであった。

家来衆や村娘だったシディアと違い、このアンダルム男爵領で騎士階級であった彼は、近隣の情勢などに通暁しており、案内役として重宝していた。

「……この後ろでもがもがと言っている神父の母御のご生家まで、あとどれぐらいだ？」

「アンダルム男爵と隣接する領主、ケラー子爵のご領地は、早馬ならば一日と半。無理のない行軍速度を維持するなら三日は欲しいですね」

ローズメイは頷いた。

ハリュから見せられた地図を記憶の中から引っ張り出して考え込む。

……ローズメイは顔が良いとはお得であるなぁ、と考えている。

今や黄金の女の噂は、このアンダルム男爵領はおろか、周辺の領主たちにも聞こえ始めているだろう。同時に、その目的が残忍に殺された孤児たちの鎮魂の旅であるとも。

確かに……殺された孤児たちの死を隠すことは貴族の権力を用いれば容易かろう。

しかし、相手が貴族であったなら？


ケラー子爵は真相を知らせぬままにしたアンダルム男爵に、烈火のごとく怒るのではないか？

アンダルム男爵も不幸なことだ。かわいそうと思われるのが気持ち良い性分の長男が、常人には理解し難い理由で殺人を繰り返す――そんなひどい醜聞が広まるより真実を隠したほうがいいと感じたのだろう。

だからこそ、付け入る隙がある。

ケラー子爵の前で神父に真実を吐かせれば、ある程度の信頼は得られよう。

その後で、アンダルム男爵の目論見を明かせば戦力を貸してもらえるかもしれない。

だから――アンダルム男爵が、ケラー子爵との合流を恐れて、ローズメイを殺すために攻めてくるならば……そろそろのはずだ。

背筋に雷光の如く走る危機感。

ローズメイの研ぎ澄まされた聴覚は、矢の羽音を聞きつけた瞬間にカッと見開き、帯に下げた剣を鋭く一閃していた。

不意を突くように放たれた矢を断ち切り、落としてみせる。

「も、もがあああ～!!!!」

「神父狙いか、よく分かっているな」

「次、矢、防ぎますっ!!」

シディアが両手を掲げて起風の魔術を紡げば、強烈な突風が巻き起こり、矢の軌道をそらしてみせた。

ローズメイは森の中より射撃を行った敵の位置を見定める。森の中であっても武装特有の、鈍い鉄の輝きは隠しきれない。

そのままローズメイは剣を一閃させ、狼龍シーラと荷馬車を繋いでいた紐を切断する。

「シディア、ハリュ。神父を頼む。ケラー子爵の協力を仰ぐ為になるべく生かしておきたい」

「ローズメイ殿はっ⁉」

「潰してくる」

そのままローズメイは荷馬車の縁を掴むと……みしみしと筋骨をきしませて――荷馬車を持ち上げていく。

『……お、おおおおぉ⁉』

遠方から目を剥くような驚愕の声が聞こえる。ローズメイの美しさは目で見て知っても、その細く麗しい外見から発せられる超絶の強力は実際に目で見ても容易に信じられるものではなかった。

そのまま勢いをつけ、横倒しにして遮蔽物にする。これで遠間からの弓の射撃で殺されることはなくなった。

強力な魔術師がいたら、この荷馬車ごと吹き飛ばされることもあるかもしれないが……ローズメイが長い戦歴の中で培った戦士の直感は、敵中に警戒するほど強大な軍氣《ぐんき》の持ち主はいないと告げている。

そのまま、ひらりと狼龍シーラの背に乗った。とっとっと、と足音を立てて歩む狼龍シーラの隣で、家来衆がなめした革を貼り付けた盾を構える。彼らにローズメイは言葉を投げる。

「姐さんっ！　どうしやすかねっ!!　敵は森の左右から！」

「お前たち六名で力を合わせ、森から出てくる右の連中を迎え撃て！」

「姐さんはっ？」

ローズメイは左の敵陣を、切っ先で示した。

「おれは左だっ！」

「ごあぁぁぁぁぁぁぁ!!」

そのまま狼龍シーラの腹を軽く蹴れば、主人の意図を汲んだかのように咆哮を張り上げながら狼龍シーラは疾走を始める。

ローズメイは、手に道具を持った。バディス村にいた時自作していた、靴べらのようなものに猪牙の手槍を宛がい――肩に抱えるような位置へ構える。

その道具の名はアトラトル。

またの名を投槍器《スピアスロアラー》と言った。

◇

狼龍シーラはまず大陸でも類を見ない名騎であった。

その速力も馬力も素晴らしいものだが……同時に、狼龍は敵の軍馬に対しても極めて有効な戦力だ。

……馬というものは本来臆病である。その臆病な馬を調教師が丁寧に訓練を施して、ようやく大勢の人間が乱戦する戦場でもまともに運用できるように育てるのだ。

だがそれにも限度というものがある。

狼龍シーラは龍種という絶対的な捕食獣《プレデター》であり、馬はどう鍛えても草食獣だ。

その血に刻まれた食うもの食われるものという関係性は、人間がよほど丁寧に訓練を施しても容易に覆せるものではない。

ビルギー＝アンダルム男爵はそのことを踏まえ――百五十名というたった九人を殺すにしてはあまりにも大仰な兵数を歩兵で統一していた。

狼龍が敵であるなら、騎兵を用意しても意味はあるまい。何より、ただの歩兵より騎兵のほうが育成に時間が掛かるのだ。

サンダミオン帝国が本格侵攻するあかつきには、隠し金山の財力と密かに鍛え上げた兵士を揃え、近隣の領土を侵略する。ここにいるのはその野心と欲望を叶えるための精兵であった。


「て、敵の女が、一人で来ますっ！」

「うろたえるなっ！　……馬鹿か？　狼龍が相手だろうとこの八十名を相手に何ができるものか……槍兵、構えぇー!!」

アンダルム男爵に仕える騎士が命令を下せば、長槍を構えた歩兵が整然と隊列を組む。

それを遠目に見るローズメイは、ほぅ、と感嘆の溜息をこぼした。その歩兵の動きは、地方領主のものとは思えないほどに整っていたからだ。

そして、アンダルム男爵が、己が領土より出た金銭と時間を掛けて丁寧に整えた兵士を倒すことに、ほんの、ほんとうにほんのちょっと、罪悪感が疼いた。

アンダルム男爵の兵士は定石どおりに動いた。

すなわち接敵前の、槍兵の背後に控える弓兵による一斉射撃である。

「構えぇー！」

彼らが慢心していたなどと言うのはおかど違いだろう。

たった一騎で突進してくる敵などもはや弓の良い的であり、槍衾の良い標的でしかない。そも、何でたった九名に対して百五十名も出すのだろうか。そういう不満が彼らにはあった。

もう一つだけ不満があるなら……遠目でも輝くほどに麗しい絶世の美女をむざむざ殺さなければならないことに、少しばかり残念な気持ちになった程度である。

だが、ローズメイはそんな敵の前線指揮官の考えなど露知らず——激しく揺れる馬上にて、投槍器を肩に掛けた。腕は肩の高さ、投槍器を後ろに構え、槍投げの姿勢。

……投槍器は大昔、弓矢が出現する前まで存在していた道具だ。

投擲武器を、靴べらの曲線部のような部分に引っ掛けてより力を正確に伝播させる道具は、単純な投げ槍《ジャベリン》の威力と精度を恐ろしく向上させる。

本来ならば、矢の本数だけ放てる弓矢のほうが射撃武器としては優秀ではあった。しかしローズメイは今回自分の膂力に耐えうる剛弓を得ることはできず、弓よりもずっと構造が単純で、弦が切れるという故障のない投げ槍のほうを選んだ。

強力神の膂力で発せられる投槍の一撃は、ほとんど一直線に飛んでくる黒い影のようにしか見えなかっただろう。

「放……!?」

射撃命令を発そうとした指揮官は何か熱いものを感じ、口蓋を強烈な異物感と灼熱感に貫かれた。

既に口に飛び込み、脊椎を砕いた一撃により、一瞬の後に絶命し崩れ落ちる。

「へ、へっ⁉　し、指揮官殿っ⁉」

指揮官が討たれた――それも、あの遠方から前方で槍を構える槍兵の人垣を潜り抜け、指揮官の大きく開いた口内に投槍の切っ先を叩き込む。

それこそその気になれば、この場にいる全員の口の中に槍を放り込める技量の持ち主なのだ――今回ばかりは指揮官でなくてよかった、と弓兵は安堵し――ついで、今自分達を殺そうと、絶世の美女が一人で突撃を掛けていることを思い出す。

「う、撃てぇ！」

指揮官の次に偉い兵士が号令する。

きりきりと引き絞られた弓から一斉に矢が飛び立った。

それはまるで飛蝗《ばった》の如く空中を矢で染め、放物線状を描いて降り注いでいく。

……もし、この場でアンダルム男爵の盲目の末子、セルディオが飛ぶ矢音を聞きつけたなら、一言『薄い』と評したであろう。

何より弓兵の一斉射撃というものは、空中へと放たれ、そののち重力にしたがって落下してくる。その勢いは人間を容易に射殺せしめるが……一つだけ、射撃を避けうる活路があった。

ひたむきな前進である。

「ハッ‼」

「グァアァァァ‼」

ローズメイは太ももで狼龍シーラの胴を締め付けて走る。

鐙《あぶみ》と轡《くつわ》があったほうがいいのは確かだが、ローズメイは凄まじい脚力で疾走する狼龍シーラに蛭の如く強烈にしがみつく筋力があり、そして狼龍シーラには轡を用いて騎手の意志を知らせずとも理解してくれる類稀な知性があった。

ローズメイが狼龍シーラのおなかを足で軽く数度蹴る。それを合図に、騎龍はさらに疾走する速度を上げた。

これまでの騎速はおおよそ六割の力で。そしてローズメイの合図に、狼龍シーラは全速を引き出した。

地面を耕すかのような強烈な踏み込みで、満天を埋める矢の黒い影を——遅いわ、阿呆め、とローズメイは笑って駆け抜けた。矢玉の全ては地面に空しく突き立ち、ただの一人さえも絶命させえぬ無駄打ちに終わる。

しかし矢の雨という死地を潜り抜けたローズメイに、更に槍衾という新たな死地が待ち受ける。弓での一斉射撃を潜りぬけた相手を迎えるべく、穂先に刃のきらめきを有した槍が、一斉に先端を構える。槍兵の二段構え。騎兵突撃の天敵の如き迎撃姿勢にローズメイは笑った。

「龍を馬と同じに見たか、阿呆」

「グァアアァァ！」

背に負う騎手の言葉に『その通りだ』と同意するような咆哮と共に、狼龍シーラは――その爆発的な脚力を蓄積するかのように深く身を屈め、その身に乗った勢いのまま空中へと跳躍した。悠々と切っ先の群れを飛び越え、そのまま敵兵を爪にかけながら着地する。

隙間無く組み立てられた槍衾が騎兵突撃の天敵だとしても――しょせん、馬を倒す戦術。空駆ける龍を殺すには至らぬのだ。

「ガアァァァッ！」

「ひっ。ひぇえぇっ！」

「む、無理だ、こんなのとまともにっ！」

「馬鹿、逃げるな、たたかえっ!!」

彼ら歩兵にとって狼龍と白兵戦を演じるなど冗談ではない。事実、戦えと叫んでいた勇敢な兵士が真っ先に吹き飛ばされて死んだ。

狼龍の身に纏う鱗と隆起する筋肉の逞しさ。その爪の一撃は一撫でで兵士の肉体に四列の爪痕を臓腑へと刻みつけ、絶命へと至らしめる。その長大な尾は容易く骨肉を粉砕する筋肉の鞭となる。

サンダミオン帝国の属領州のもの達が、最高峰の戦闘獣として期待をかけたのも無理はない。

まるで殺戮の渦。狼龍がその四肢をのたくるたびに血肉が爆ぜ、モノも言えずに即死するか、苦痛と絶望に塗れて苦しみ緩慢に死ぬかの二つに一つな残酷が振舞われる。

「だ、駄目だ、に。にげっ！」

兵士はそう叫びながらも……頭の中で何か重大なことを忘れていることに気付いた。

あの狼龍の騎手はどこに消えたのだろう？　だが、死より遠ざかることのみに専念し、ひたすら走ろうとしたその兵士は……一つの死から遠ざかるあまり、もう一つの死に接近していることに気付かなかった。

はひ、はひ、と息を吐き散らしながら逃げようとした兵士は――……剣を振るい、槍兵の間合いに踏み込み、散々に陣地をかき回す黄金の女を見た。

ひどく恐ろしく残酷に死を振りまいているはずなのに、なぜか美しいという気持ちが湧き上がる。

血濡れた刃が旋回するたびに、槍の内側にもぐりこまれた兵士が切っ先を腹に打ち込まれて。刃を真上に撥ね上げ、胸骨を砕き、恐らくは心臓を破ったのだろう……一際強烈な鮮血が傷口から噴き上がり、返り血になって黄金の髪をぬらす。

破れかぶれに近い絶叫と共に繰り出される刃――数人が申し合わせて一斉に振り下ろされる斬撃を、刃の根元、もっとも頑丈な部分で受け止め、成人男子数名の膂力を、たった一人、女の細腕一本で押し返していく。

返しざまに振るわれる刃。

水晶の塊が破砕されたかのような、澄んだ美しい音と共に剣がへし折られ、続けての一閃で首がまとめて舞う。

極彩色の地獄であった。

その兵士は逃げることも戦うこともできずに、ぺたん、とへたり込む。あまりにも美しく、あまりにも容易く人が死ぬ異様な光景すぎて、現実味が失われていた。

その兵士の茫然自失の行動は、生きることを目的とする生物としては間違っている。

しかし……命を捨ててでも、その目を離せないほどに強烈な何かというものは存在する。絶世の美貌とその手が奪う地獄の如き殺戮の様相。

そんな命の危機の光景に対して見惚れたように動けないならば、やはりそれは『魅入られた』というに相応しく。


ローズメイのその姿は『魔性』の誇りを受けても仕方のないような、一種異様な魅力を有していた。

◇

アンダルム男爵の末子、セルディオはケラー子爵への事情説明から帰還する最中であった。

それほど名が売れているわけではないが、諸国の本を通読し、諸事に通じた彼の名は知る人ぞ知る、と言ったところだろう。義理の母の実家ともあって何度か足を運び、蔵書を読ませてもらったこともある。もっとも彼の場合は側仕えのメイドに読んで聞かせてもらってだが。

ゆえに、セルディオはケラー子爵とも顔見知りで親しい関係である。

だからこそ父、ビルギー＝アンダルム男爵の使者として送られた。

『国境付近にて軍事演習の予定あり。そちらへの侵攻の意図なし』

伝えた内容は、簡単に言えばそんなところだ。

ケラー子爵もその話は信じただろう。アンダルム男爵の兵は少ないながらも精強ではあるが……それでもアンダルム男爵より大きな領土を持つケラー子爵の兵達を倒せるほどではない。ケラー子爵側は、軍事演習の話も怪しいなー、なんでこの時期に、と思わなくもないだろう。

それは、セルディオ自身の疑問でもある。

最近、父は怪しげな魔術師――それも、どこか死の穢れを感じさせる臭いを、頭から爪先まで漂わせるような――を引きこんでいる。

以前にも、伝説に謳われるような超戦士を倒すにはどうすればいいのかさえ聞いたりしてきた。

セルディオ自身の能力は、指導者として十分なものだと思えるが、しかし世にはただ闇の女神に目を隠されたというだけで相手を一段下に見下すものもいる。貴族として権力を持つなどセルディオには無理だったし、何より本人が無位無官を望んでいた。

それほど大きくはない所領で、ただ本を読み、剣術を研ぎ、雨粒の音を聞きつけながら思索に耽る――セルディオは、自分のことを幸運だと思っていた。

「軍事演習の場所はこの方面で正しかったかな」

「ええ、そうです、若様……」

さて。

別に目が見えなくても自分のことは並み以上にこなせるセルディオであったけども、流石に先導無しで旅をすることはできない。

大人しい気性の馬の鞍の上に跨り、手綱のほうは前を歩く従者に手を取ってもらう。傍には旅装を纏った忠実なメイドを控えさせている。

名をリーシャと言った。

商家出身の娘で文字と数字に明るくまた大変に記憶力が優れている、という長所を持っており、現在では領地統治のいくらかを任されているセルディオ付きの私的秘書のような役割に収まっている。というのも、彼女自身がそういった仕事に就きたいと思っても、女の身ではそういう仕事に就ける例は少なかったからだ。

……セルディオは、特に何も問題はないと思っていた。

父であるビルギー＝アンダルム男爵は、ケラー子爵との領土付近で軍事演習を行うのは、彼らの警戒心を煽らないか？　というセルディオの疑問にも『単に百五十もの兵を十分に動かせる場所が無いため』と言っていた。

その軍事演習が終われば、男爵家の人間として、汗水流して訓練に励む兵士達に慰労の言葉を投げかけてやってくれ――と、そう言われていただけだった。

……ビルギー＝アンダルム男爵の、その思い込みをあさはかと嘲るわけにはいかないだろう。

彼が抹殺しようとしているのは、十名を超えない一団。そこに百五十名の兵士を投入したのだ。

狼龍が敵についていることは警戒すべきだが、方陣を組んだ兵士には無力とさえ思っていた。

セルディオが用件を終わらせた後、悠々と領地に帰還する頃には反乱者の抹殺は完了し、意気軒昂とした兵士達と面会するのだと思っていた。

だから、その見通しの甘さゆえに、セルディオは――遠方から聞こえてくる、鋼と鋼がぶつかり合い、血飛沫が舞い、人が苦悶のうちに死んでいく地獄の如き様相を、まず耳で感じることになった。


「……全員下馬っ！」

セルディオの下知に、彼に従う護衛たちは訝しげな顔をしたものの、一斉に馬を降りる。

「リーシャ、身を隠しつつ周囲の様子を確認できる高所は？」

「右前方に、歩数にして百三十ほどの距離にございます」

メイドのリーシャはこういう時、主人の意思をいち早く汲んで答えた。

「半分は馬を隠すために森へ。残りは私に付いて周囲の確認を」

「……若様。何があるんです？」

「……人が死んでいる」

びくり、とリーシャが肩を震わせた。

距離にしてそろそろアンダルム男爵領へと帰還する位置。ならば、男爵家の軍勢が何者かと戦闘を行っているのだろうか？

その予想はセルディオもしているが……彼はもう一つ感じているものがあった。

（……いる。何かとんでもない化け物がいるぞ。万里の彼方からでも存在を感じることのできるような強烈な軍氣の塊だ）

それは盲目でありながらも凡百の剣士よりずっと精緻に剣を操ることのできる、武人の端くれゆえに感じることのできた直感であった。

リーシャに手を引かれつつ、セルディオは茂みの中を進んでいく。金属製の武具は外させ、光を反射せぬように。身を屈め、まず位置を気取られぬようにせよ。その下知に従う兵士達と共に進み……セルディオは、鼻腔に突き刺す死の臭いに顔を顰めた。

恐怖によって発せられる高揚《アドレナリン》の臭い、鮮血の臭い、死の臭い。

「……うっ、うわっ⁉」

「リーシャ。落ち着いて。大変ひどいことになっているんだね」

光に愛されないセルディオは、リーシャが見ているであろう戦場の光景を見ずに済んである意味幸せなのかもしれない。

セルディオは同時に首を傾げる。百五十名の正規軍を倒せる勢力となると……これはもう山賊や野盗の集団風情ができる所業ではない。しかし近隣諸国が何か怪しい行動をしていたという話は聞かない。百五十名の兵士と戦う相手はいったいどの勢力だ？

「旗印は見えるか？」

「あ、ありませんっ……」

セルディオは更に首を捻る。

ということは近隣の正規軍が所属を隠したまま不意打ちじみた攻撃を仕掛けてきたのか？

「敵の数は⁉」

「……分かりませんっ、遠方からじゃ――え、でも。……少ない、とても少ないですっ。遠くからだとうちの兵士達に姿が隠れるぐらいに……とても少ないですっ！　あ、あんな……有り得ないっ!!」

百五十の兵士をごく少数の兵士で圧倒する？　セルディオは自分の両の眼で確認できないことにもどかしさを感じた。

だが……耳を澄ませてみれば確かに聞こえてくる。近くより聞こえてくるのは戦を愉しむような哄笑《こうしょう》がごく僅かで、それ以外の全てがほぼ、悲鳴と恐怖に彩られている。

圧倒的寡兵が、圧倒的多数を圧倒している？　セルディオは頭の中で浮かべた結論を、言葉遊びか、と思った。

少なくとも起こっているのは異常事態だろう。

「戦況は？」

「こ……殺されています。ウチの兵士達が……向こう側で暴れてるのは陸龍か何かで……そんな。ああっ――きれいな、きれいな黄金のひとがっ」

リーシャの声にはありありと、畏怖と恐怖が刻まれていたが……ふいに何かに気づいたかのような響きを帯びた。

彼女の視線は遠方の、己とシーラの二人で八十名の兵士を殺戮して回る悪鬼じみた怪物を視覚に捉えていて――そんな恐ろしい死の光景を築き上げている怪物を見たにもかかわらず、まるで魅入られたかのような陶然とした色を帯びた。

「きれい？　国色天香のお人でもいたのかい？」

きれい、という、戦場にはあまり似つかわしくないリーシャの声に、セルディオは思わず怪訝そうに尋ね返す。

「ええ、若様。……とても恐ろしいのに目が離せないんです……」

セルディオはその言葉に、なんとも言い表せないほどの危機感を覚えた。

自分たちの仲間や同胞を殺戮している敵に対して、憎悪や殺意よりもまず美しさへの称賛を感じさせる絶世の美貌。

それはこの世に存在するどれだけ優れた魔術よりも、ある意味恐るべき力ではないだろうか。

自分たちの警護役である兵士達も——その遠方に見えるという美しき殺戮者に対して、声から溢れるのは美しさに対する嘆息。


それが、恐ろしい。


セルディオは、その遠方で戦うのが魅了の力を持つ吸血鬼などの化外の民であってくれ、とさえ思った。

だが、今は天頂に日が照っているのが、肌を焼く日の光で察せられる。

ならば素の美しさと力で、見るものに恐怖と畏敬を覚えさせているのだろう。

（……父上の相談事とは、これかっ……!!）

ぶるりと背筋を震わせる。

今もなお百五十名の兵士達が力戦しているにもかかわらず――まるで人数差が逆転したとしか思えない悲惨な声が聞こえてくる。

その圧倒的な数量差を覆す絶対的な武と、殺戮を繰り広げているにもかかわらず、見たものを魅了する美。


これほどに恐ろしいものが存在しようものか。


セルディオは考える。

この相手がアンダルム男爵家に仇なす恐ろしい敵であることは間違いない。

それになにより……アンダルム男爵家にとっても百五十名という兵士が討ち減らされることは看過しえない強烈な打撃となるだろう。百五十でもダメならもっと多数の兵を繰り出すのが常道だが……恐らく、男爵家には余力が残らない。

そして生存者たちの中から、敵の凶悪さは伝え広がるだろう。

（倒す……だが、どうやって？　遠方からでも肌を刺すような闘氣を感じる怪物だ。あらゆる状況をこちらに有利になるように考えねばならない。

いや、いや。とにかく相手のことを掴まねば。

まず、相手を知ることだが）

「……あ。あれ？　ハリュ？」

「どうしたんだ？　リーシャ」

「いえ……敵の中に未帰還者として聞いていたウチの家の騎士がひとり、見えます」

未帰還者の騎士が、アンダルム家の敵として行動している？

そこから何か掴めるかもしれない。

「……父上にこのことを馬で知らせよう。リーシャ。その騎士ハリュと繋ぎはできるかい？

……戦うにせよ、和睦にせよ、相手の情報が欲しい」

◇

異界の言葉に、撃墜比《キルレシオ》という言葉がある。

空中戦における自軍と敵軍が、一機が死ぬ間に何機の敵を倒せたか、という意味を表す。

その方式に当てはめるのであればアンダルム男爵とローズメイ一党の戦いは『零対五十』であった。

百五十名の兵士を動員し、その結果としてただの一人の敵さえ撃つことさえできず。無残に屍を野に晒すこととなった兵士の気持ちはいかばかりのものか。

戦争において三割に迫る兵数の壊滅は大変に手痛い被害といえる。

この報告を受け取ったアンダルム男爵は目を覆いたくなる惨状に悲鳴をあげるだろう。

まぁ、でも敵だったし、とローズメイは一人思った。

敵将の苦衷を思うと、かつて戦争指揮官として戦っていた醜女将軍としては同情とお悔やみの言葉を発したくなるが、アンダルム男爵からすれば元凶に同情されたくもないだろう。

ケラー子爵の領地へと入ることはそう難しくなかった。

近場の水場で血糊を拭い、返り血を浴びた外套がわりの獣の皮を外し、荷物にまとめておく。これで外見が『獣の毛皮を身に纏う蛮族』から『身奇麗にした九人ほどの小隊』に見えるだろう。まぁ神父は相変わらず喋れないようにふんじばられていたし、調べようと思えば幾らでも調べられたが。

狼龍シーラは、流石に街中には連れて行けない。

ケラー子爵の領土はアンダルム男爵領より豊かではあるが、それでも国境近くの片田舎となると、あんまり大差は無かった。

狼龍シーラを綱から外し、森の中で一夜を過ごすように命令する。

そのまま旅籠《はたご》へと足を運び、ローズメイとシディアは女性用の二人部屋へ。

家来衆と騎士ハリュは男同士の雑魚寝部屋へと押し込まれることとなった。

もちろん、せっかく温かい食事と酒にありつける好機である。

家来衆もハリュも、酒場へと繰り出した。

食事を続け、安酒を流し込むように飲み続け。

……騎士ハリュが、一旦先に帰る、と言って席を外しても、誰も気に留めはしなかったのである。

夜の中、村の少しはずれの茂みの中で、動き易い衣服に身を包んだ使用人――リーシャは帯剣したままのハリュに軽く目を細めた。

「……あんたが男爵様の敵に回るなんてね」

騎士ハリュは、この村に辿り着く途中で……見知った顔とすれ違ったことに目を剥いた。

セルディオ様お付きのメイドである彼女と若年の騎士見習いであったハリュは時折顔を合わせて話す間柄だ。

これは騎士ハリュの母親が……アンダルム男爵家に仕えるメイド長のような立ち位置にあり、リーシャはハリュの母親に色々と使用人のいろはを学んだ仲であったからだ。

騎士ハリュの父親は元々アンダルム男爵に仕える騎士であったが、しかし先の戦争の最中で勇戦して戦死。生計の成り立たなくなったハリュの母を哀れんで男爵は自分の家で面倒を見ることにしたのである。

もっとも、その母親も一人でハリュを育て上げ、騎士として生計を立てていく目処がついたあたりで緊張の糸が解けたのか……ある日、眠るように往生していた。

「こちらにも……男爵様に愛想を尽かす相応の理由はあったんだ。自分が薄情かどうかはそれを聞いてからにしてくれ」

騎士ハリュは、薄情とは程遠い。正直世渡りの下手な善人で、リーシャは彼の亡き母に代わり色々と心配をしたこともあった。

その彼が、色々と恩義のある男爵を裏切るというのが、リーシャには信じがたかった。正直、あの黄金の女が魔術を用いて言うことを聞かせているといったほうが信じられるかもしれない。

いや、あの美貌を考えれば、ヘタに魔術など使わなくても言うことを聞かせられるか。

そんな疑念を受けていることを感じたのだろう。ハリュは首を振って、さて、どこから話し始めたものかと考え――あ、そうだ、と一言を付け加える。

「セルディオ様はどこにいらっしゃる？　……そんな顔するなよ、若様お付きの君が一人でいるとは思えない」

「……や、これは参ったな」

「若様っ！」

暗中に向けて発した言葉ではあったが、リーシャの指示に従い大人しく闇の中に身を潜めていたセルディオは姿を見せる。

ハリュは内心そう思った。

（……遠いなぁ）

幼い頃から目の不自由なセルディオだが、その聴覚の鋭敏さは舌を巻くほどだと聞いている。騎士たちの噂話では、彼を煙たがった兄達が差し向けた刺客を独力で斬って捨てたという話だってある。恐らくこの距離からであろうとも、二人の会話を正確に聞き取ることのできる聴覚の持ち主なのだろう。

実際、ハリュはこの光に恵まれなかった若君の身ごなしが、自衛の域を越えた研ぎ澄まされたものだと察している。もちろん新たな主と仰いだローズメイの暴風のような武威には抗えまいが……少なくとも、自分では勝てる気がしなかった。ローズメイの加護を受け、肉体の能力が大いに向上していると自覚した今でさえもだ。

「まず最初にお話しておきますが。あの黄金のひとの不利になるようなことは申し上げられません。そこはご了承ください」

その言葉に噛み付くようにムッとした目をするのはリーシャ。

「あんたは、アンダルム男爵様の恩義を忘れたの？」

「……自分が騎士になったのは食うため、というのはあるが。それでも受け入れがたいことはあるよ」


ハリュは、自分が体験したこと、ローズメイとその一党と行動を共にすることによって知りえたこと、その全てを話した。

途中、ハリュは自分が大体知ることの全てを敵の立場である相手に話したことに裏切ったような違和感を覚え……次いで納得する。ローズメイ、あの黄金の女は、こと他人に話して後ろめたさを感じるようなことを何一つ行っていないのだ。指導者としてなかなか稀有なことである。

次いで、あらましも語った。

バディス村を襲った狼龍とそれを操る元チンピラ、悪漢どもの振る舞い。その後でバディス村の川上にある砂金と金鉱脈の存在を隠蔽する為に発された殺戮のための軍隊。その後で屍者を奴隷の如く労苦にこき使おうとする、亡くなった人への尊厳の冒涜。付け加えて、アンダルム男爵の長男とその長年に渡る連続殺人と、それに対して正しく罰さなかった貴族の病理の如き傲慢さと怠慢さ。

どれも、許されるべきことではない。

「……話を聞くと、その黄金の女。ローズメイ殿は一人で十人を斬ったとか？」

「今回の戦いで数えている暇はないとのことでしたが。まず間違いないかと……」

ハリュは、主筋であるセルディオの言葉に素直に首肯する。

そして……セルディオは――リーシャが初めてみるような、心の底から楽しそうな笑みを見せていた。

「若様……どうなさったのですか？　微笑むようなことが？」

「……ああ、いや。笑っていたか、私は」

セルディオは忠実な侍女の言葉にようやく自分の顔面筋の変化を知ったかのごとく頬を撫でた。

リーシャは主人の微笑みにいぶかしむような視線を向ける。彼女が長年付き従っている若様は、民衆に対して無意識な傲慢さを見せる男爵様と違い、とてもお優しい。この若様の気性を考えるならば、父親が裏で行っていた陰険無比の策略に激昂し、今すぐ男爵領に取って返して物事の理非を突き付け、父と正面対決する道が相応しかろうと思っていた。

騎士ハリュも、事情を話したことが黄金の女ローズメイに対する裏切りという意識はない。

セルディオ若様は物事の理非を弁えた人物でこの後、彼はローズメイの味方になっても敵にはなるまいという考えがあった。

ハリュとリーシャの考えは正しい。

セルディオは父の振舞いに大いに落胆していたものの、これは必ずや正さねばならないと思っている。

だが――彼の心には、正義をなさねばならないという気持ちを凌駕《りょうが》するもう一つの鬱屈があった。

セルディオは、目が見えない。

これを悲しんだことはなかった。実際のところをいうと、彼は別に側仕えのものがいなくても十分一人で生活することができただろう。指を鳴らして音を立てたり、自分が乗った馬の蹄が鳴らす音だったり……自分の身近より発された音が反射する反応を耳で捉え、脳内で実像として再現する、異能と呼ぶに相応しい超感覚を有していた。

その気になれば、使用人の手助けなどなくとも自由に馬を走らせる能力があったのだ。

……己の才能に気付いたのは今よりいくらか昔。

上の兄達が、父のアンダルム男爵から末っ子の優れたセルディオに地位を譲られることを恐れて暗殺者を差し向けたことがある。

己の中に潜む剣の才能に気付いたのは、暗殺者を唐竹割りに両断してのけた時だった。

セルディオは剣を使うことの面白さに目覚めた。

南方へと留学した。本を読んだ、本を読んだ。そして夜な夜な野試合めいたことを体験もした。

体を動かすことを、周囲のものは健康のためだと信じ込んだ。

暗殺者を両断してのけた剣腕を、大勢の者たちは『偶然だろう』と笑って過ごした。

（……目が開いているのに真実も見抜けない連中め。お前たちの両眼は光を映しながらも、なに一つ見えていない）

目が見えないことを不利と思ったことは無い。

音は光より遥かに多くの事柄を教えてくれる。ただ感覚が違うだけだ。

なのに。自分の周りの連中は、ただ目が見えないことに対して親切そうな声をあげてくる。


私を、哀れむんじゃない。


自分に忠実に仕えてくれるリーシャにでさえ、セルディオは時折どうしようもない憤懣をぶちまけてしまいたくなる衝動を飼っていた。

そうしないのは、彼女が、自分に対して悪意で接しているのではないと分かっていたからだ。セルディオは長年そういった鬱屈した本心を理性と自制で雁字搦《がんじがら》めに縛り付けてきた。

自分は哀れまれるような人間ではないと声高に叫んでも、誰も彼も自分のことを『目が見えないのに、周りに心配を掛けまいとする立派な人』という色眼鏡でしか見ない。


だが。

たった一人で、五十余名を戮殺してのける恐るべき黄金の怪物を。

もし自分がたった一人で討ち果たしてみせたなら。

両眼に光を映しながら何一つ見えていない盆暗共《ぼんくらども》に、はっきりと一つの真実を突きつけてやれるのではないか。

私は、強いのだと――人生最高の晴れがましさで叫ぶことができるのではないか？　と。

その想像は、善悪を超越してセルディオを魅了してやまなかった。

◇

夜半。窓の外側から淡い月光が差し込んでくる。

ローズメイはぱちくりと目を覚ました。

元々騎士として従軍していた身。寝起きはいい。

逆に自国領内の屋敷など、ある程度神経に緊張を強いる状況でないなら、たとえ耳元で突撃ラッパが吹き鳴らされようとも目を覚ますことはない。

そういう意味では、ローズメイはこの数日の間、完全な精神の弛緩を自らに許してはいなかった。

とはいえ、無理もないだろう。

故国防衛のため最後の決戦に赴き。そこからわけの分からない力でまったく別の場所に飛ばされる。ローズメイの剛毅さと無尽蔵にさえ思える体力が無ければ、体を壊していたとしても仕方ない状況の急変だ。

「……」

ローズメイは同室のシディアが寝入っていることを確かめると、寝間着――という贅沢なものはないので実質下着――の上から服を着て、腰に剣帯をつるし、帯剣する。

松脂《まつやに》を染み込ませた布を巻いた松明に火をつけて光源を確保すると……誰にも言わずに旅籠の外に出た。

視線を感じる。

いや、視線というのは違う。何者かが自分に対して強烈な意識を向けている。

害意や憎悪ではない。強いていうなら……自分に崇拝の念を抱きながら、『お願いしますっ！』と模擬剣片手に叫ぶハリュを思い出させる。

ローズメイは進む。

なんとなくこれが罠の類、相手の思惑通りに動いているという自覚があった。しかし警戒よりも相手が何を目論み、自分と相対する為に何をしようとしているのか、興味のほうが勝った。

悪癖であるな、とローズメイは自覚をしているが、森の中へと足を踏み入れる。

「……お待ちしていました」

「おれを見ていたのは貴様か」

松明の光に映る敵の姿にローズメイは目を細める。

端麗な容姿の青年だ。その丁寧な口調と物腰から平民ではないな、と察しをつける。恐らく貴種の生まれであろう。

気になるのは、先ほどから目を始終閉じ続けていること。そして腕に杖を一本携えていること。腰に刀を下げていることであろう。

恐らく彼の両眼は光より、より濃い闇のほうに愛されていたのだろう。

だがそれにも増して……彼の立ち姿には隙がない。

この近隣でこれほどの使い手がいたことに軽く驚きを覚えていた。

(……この世でもっとも恐ろしいのは満天下に名の知れた英雄ではなく。未だ世に名の知られざる、まるで無名の達人であったと、モウラの奴は言っていたな)

父に仕えた部下であり、ローズメイ=ダークサントとしての最後の戦いに赴いた十人の近衛の一人の名を思い出し、ローズメイは相手を見た。

「隠す気もなくおれに意を発したな。下手な誘い方だ」

「……それはお恥ずかしい。こんな風に女性を誘うのは初めてなので」

「で。おれはどこで貴様の敵意を買った?」

ローズメイは首を捻った。

彼女も武人である。いまさら人を殺したことで気に病む真っ当な精神性とは無縁であったし、自分の意識せぬところで誰かの恨みを買っていることも覚悟していた。全ての戦いは自衛のつもりであったが、親類や家族を殺された人の心は理屈では納得できないことも分かっている。

だが、ローズメイの言葉に、その青年は首を横に振る。

「憎悪ではありません」

「ほぅ」

「……あなたに勝ちたいのです」

「うん？　……生憎だが今のおれはただの女だぞ」

ローズメイは首を捻った。

今の自分は故国にいた頃よりも地位も名声も遙かに劣る。

このアンダルム男爵領では、神父をさらし者にして貴族の非を打ち鳴らす『黄金の女』としてそこそこ知られつつあるが——大したものではないという認識であった。

「ご謙遜を」

盲目の青年の言葉を、ローズメイ配下の一党が聞けば一も二もなく頷いたであろう。

「逆に問う。物腰といい、振る舞いといい、貴種であろう。それがなぜ一介の剣士として戦いたいと望む」

「……少しお恥ずかしいことを申し上げます」

「申せ」

盲目の青年、セルディオは貴族であるはずの自分が、一介の剣士である黄金の女に対して自然と敬語を使っていることに気付いた。

自然と頭を下げているような威。それも権力で無理やり相手に頭を垂れさせるような重圧ではない。その声から漲る強大な自負に自然と敬服しているような感覚だ。

セルディオは自分の半生の中で経験してきた、鬱屈とした感情を暴露していた。

そうしながらも……ああ、確かに。これは従いたくもなる、と騎士ハリュの心情を理解する。

この生来の威に加えて、リーシャやハリュの言葉を信じるならば絶世の美貌を有しているのだという。これは確かに、英傑だ。天運が味方すれば大陸全土を手中にできると誰にも思わせる恐るべき器だ。

その黄金の女を前に、セルディオは戦意を高める。

今自分の両目が見えないことに感謝した。これほどの大器を自分のわがままで殺《あや》めようとするのだから。

だが……餓鬼《がき》のような我侭《わがまま》、癇癪《かんしゃく》と嘲るならば、笑わば笑え。

賢い行動ではない。愚かな振る舞いでしかあるまい。非は己に、理は彼女にある。

それでも、セルディオにとっては意味のあることなのだ。

命を賭けられる程度には。

「貴様の望みは理解した。……それが、命を失う結果になろうとも悔いはないな？」

「ええ。ありがとうございます」

「よかろう。……遊んでやる」

身勝手な矜持によって挑まれたのに、心も広く受けてくれた。

セルディオは頷き。

その音のみで構成された彼の知覚にも、目の前の黄金の女が頷いたのを感じ取り。


瞬時に両名は動いた。


ローズメイは腰に下げた剣を抜き打ちざまに斬り付けようとして――見た。

目の前の盲目の青年は、その腰に下げる刀ではなく――支えとしての棒……の内部に隠された仕込み刀を即座に抜刀する姿勢であったのだ。

「ちっ！」

正面から堂々たる奇襲の一撃である。

だがそれを視認したローズメイの反応は閃電の如しである、迎撃には一瞬だが足りない。ならばと後方へと身を仰け反らせ――避けようとした。

その目論見自体は成功する。

なぜなら……仕込み刀による奇襲の一撃の狙いは、最初からローズメイではなく……。

彼女の持つ、松明。

視界を確保するための光源であった。

仕込み刀の一撃が松明の炎を斬るように横に切断し。

セルディオは自分の一撃が望み通りの結果を拾ったことを悟った。

（……よし！）

最初から目の見えない彼にとっては、闇は常にそこにあるもの。

そして光源を失ったローズメイは、視界を封じられ、月光の僅かな光で相手を視認しなければいけない。

上には森の木々。足元は不確かな木の根が這い回る悪環境。

十重二十重に罠を張り、この黄金の女に全力を出させずに封殺する――!!

その次の瞬間、セルディオは黄金の女ローズメイが、鞭のような鋭さで横殴りに蹴りを放った音を聞く。

反射的に守りに入った。セルディオは腕を上げ、人体でもっとも硬い部位の一つである肘での守りを選択する。生半な蹴りであれば逆に粉砕するような一撃。カウンタ一気味の守りと反撃を兼ね備えたセルディオの判断は――そんな浅はかさをあざ笑うような桁外れの膂力で正面から粉砕された。

「ごあっ……!?」

セルディオは自分の肘とローズメイの肉体が激突すると同時に、己《おの》が五体が空中を飛ぶ音を聞いた。

両足が地面から離れた失調感。空を舞うという一瞬の初体験の後に訪れたのは——周囲に乱立する木々に、背中から激突したことへの激しい衝撃と、内臓をかき回すような苦痛であった。

まるで己の人体が鞠のように叩き付けられ。激痛に悶えて呻き声を上げる。

「はっ……がっ……!!」

「光源を断ったままではいい。おれの不利も認めよう。しかし……一瞬見せた、『勝った』という笑みはよくない。そのたぐいの笑顔はおれの死体にのみ向けるべきだ」

ローズメイの冷静な指摘と共に、足音がこちらへと近づく音がする。

セルディオは自分の心に生じた一瞬の慢心を正面から叩き潰され、ぜぇぜぇと荒い息を繰り返した。

(馬鹿め、セルディオの馬鹿め！　彼女が想像を絶する化け物であると承知していたはずなのに、一手奇襲が成功しただけで何を舞い上がっていた！

この一撃は私の増上慢を諌める懲罰の一撃だ……くそっ！　くそっ！　さきほどの『遊んでやる』という言葉はそのままの意味か!!　あの女にはまだ私は敵として見てもらえていないのか！)

その壮絶な蹴撃。黄金の女の持つ大腿の脚力を思えば、木に叩き付けられた自分に追いすがり、トドメを刺すことも簡単だったはず。

それをしない意味など分かりきっている。

光源を断たれ、闇の中という不利な状況であっても——なお、相手に脅威を感じていないという意味の裏返しであった。

(目を剥かせてやる、一泡吹かせてやるっ！　命を奪ってやるっ！

（……くそっ、この黄金の女、いけないな、気を抜くと好きになりそうだっ！）

セルディオは今の眼の覚めるような一撃を受け。猛烈に精製されるアドレナリンによるものか、とんでもなく頭の中が冴える感覚のまま笑った。

あまりにも一方的で、我侭な理由で勝負を挑んだ自分に対して、相手にとってはなんの利益もないまま命を賭けた勝負を受け入れ。

そして今の一撃で、困ったことにセルディオは目が見えないという理由で自分のことを哀れんでいた連中よりも、この剛毅な黄金の女のほうにこそ認められたいという気持ちが芽吹いていることを自覚した。

膝が震える。一撃を受けた肘はなんか変な感じだ。

しかしまだ戦える。地力においては自分は圧倒的に彼女の下だが暗闇の有利が失われたわけではない。

まだだ、まだ何一つ見せてはいない。闘志を燃やすセルディオに対して、ローズメイは愉快そうな声を発した。

「闘志を燃やし、渾身の力を尽くし、考えうる限りの手札を切れ」

剣を構える。

「さすれば即死のみはまぬがれるであろう」

一声、敵にアドバイスめいた言葉をかけた直後には、ローズメイの動きに躊躇いや手心の類は消えうせていた。

蹴り飛ばした相手の大まかな位置は把握しており、そこ目掛けて突進する。視界は悪く、足場もよくない。全力疾走すれば、木々の根や地面の凹凸に足を取られて横転しても無理はない悪路だが、疾走する馬上にて必中の射法を心得ているローズメイの平衡感覚は研ぎ澄まされている。僅かなりと姿勢を崩しそうになれば、その筋骨がすぐさま補正し、横転を防いだ。

（……足元が見えているのかっ！）

セルディオは相手が暗闇の不利などまるで意に解さぬまま、突進してくる疾走音に声を出さぬまま呻いた。

既に相手と自分の間には絶対に埋められない膂力の差があることを実感している。

セルディオの有利な点とは、暗闇の中でも相手の位置や地形を正確に把握できること。

そして敵手ローズメイの利点は、その身体能力がセルディオを遙かに凌駕していることと……恐ろしく戦いなれている点だ。

もしセルディオが負けん気を起こしてローズメイの一撃を受け太刀でもしようものなら……その切っ先はカタナごと彼の頭蓋をかち割るだろう。

「ふっ！」

ローズメイの声が間近に聞こえる。暗闇の中でもこうまで接近すれば、闇の中でも僅かな月光を頼りに未だ衝撃から回復しきらぬセルディオの姿を捉えられるだろう。

地面に踏み込み、突きの構えを取っていることを風切り音で把握。セルディオは反射的に彼女の諸手突きを避けるため、横に動く。

どすり、とローズメイの剣の切っ先が、木の肌に突き刺さる音を聞いた。

その剣勢からして、恐らくは刃が根元まで埋まっている。

（その膂力が仇になったな、勝機ッ！）

セルディオは深く身をたわめた姿勢から切っ先を繰り出す。

刃を木に搦め捕られた状態では避け得まい。そう思いながら仕掛ける。周囲の木々に突き刺さらぬように繰り出される平突きの一撃。剣は木に刺さり守りには使えない。ならば剣を捨てて避けるならばそれも良し、そのままローズメイを武器から遠ざけるように立ち回る。相手が武器を失ったならそれはセルディオにとって優位に働くだろう。

だが、ローズメイの取った回避はセルディオの予想を超えていた。

彼女はそのまま木々に埋まった剣の柄を足場に、軽やかに空中へと飛び上がったのである。

（上、飛んだかっ！　だがっ！）

だがこんなもの、ただの悪あがきでしかない。

既にローズメイは空中から落下する状態にある。近くに木があるから、木を蹴って落下軌道を変えられるかもしれないが――それだけだ。セルディオの刃から逃れられはしないだろう。そのまま呼気と共に刃を繰り出そうとして……。

「ごっ……ふっ⁉」

セルディオは――突如己の口へと飛び込み、喉奥を強打する球体の存在に目を白黒させた。
皮膚とは違い、柔らかく繊細な口内粘膜の一番奥。そのまま食道へと通じるそこを打撃する丸い何か。喉に飛び込んできた何かを体外に吐き出そうと激しくえずき、げほげほとむせる。そんな肉体の反射のまま、口から吐き出したものが……このあたりの、木々に成る木の実であることに気付いた時――セルディオは既に致命的な隙を晒したことを悟った。

ローズメイの足が翻り、剣を蹴り飛ばされる。

続けて頬に、やわらかく暖かい幸せな感触が触れたと思った瞬間――自分の頭蓋に弾力あるもの……恐らくは腕が巻きつくのを感じた。

最初に感じたのが、黄金の女ローズメイの乳房の感触であり……次に、自分の頭部に巻きついたそれが彼女の強靭な腕であることを悟る。

「ぎ、あああぁぁぁぁぁ!?」

次の瞬間、セルディオは今までの人生で感じたことのない強烈な圧迫感に悲鳴をあげる。

頭蓋骨を腕で絞めつけられ、ローズメイの恐るべき剛力が、セルディオの頭蓋骨を胡桃《くるみ》のように粉砕しようと圧迫する。

激しい激痛と、強烈な狭苦《せまくる》しさで人生最大の生命の危機に陥りながらセルディオの頭脳は、圧壊のカウントダウンの中で先ほどまでの状況を悟りつつあった。

(……あ、くそっ！　罠に嵌められた、この上なくっ……)

空中へと飛び上がってしまえば、姿勢を変えることも避けることも不可能に近くなる。

その状況でならば勝てると血気に逸《はや》ったのだ。

だがローズメイはそんな自分の心理さえも逆手に取り、剣の柄を土台にして空中に飛び上がり
――木の枝に生えていた木の実を指弾《しだん》の弾丸として弾き飛ばし、自分の口の中へとぶち込んでくれたのだ。

もしセルディオの眼が見えていたならば、ローズメイが空中で木の実を掴む意図に気付けただろう。

(ち、地の理、天の理を配し、私にとって優勢な戦場で戦ったつもりだった!!

だが彼女は私よりもたくみに環境を利用して、その上を行った！　……く、くそっ……強いが、それ以上に……上手いなっ……)

ローズメイは言う。

「おれにとって……暗闇の中で命を狙う相手と二人きりの状況を長引かせるのは、精神の消耗が激しく、なるべく避けたい展開だった。

貴様は闇の中でもおれを把握できるが、おれはそうではない。罠を張り、速攻で決める必要があった。

もう少し卑屈に、卑怯に、真っ向から戦わぬ選択をするべきだったな、小僧」

みしみし、とセルディオは顔面蒼白になりながら、自分の頭より発される異音に震えた。

ヘッドロック。あるいは頭蓋骨固め。腕で相手の頭部を絞めつけるだけの単純な技ではあるが
――それが超絶の剛力を備えた剛勇ローズメイの手に掛かれば、敵の命を容易く奪う恐怖の殺人万

力となる。

ローズメイの胸の感触が頬に触れるが、それ以上に締め付けの激痛と頭蓋骨圧壊による死の恐怖が遙かに上回る。

じたばたと最後の足掻きのように両手を振り回すが、ローズメイの体躯はまるで地面に根を張ったかのように微動だにしない。死を覚悟した瞬間――セルディオは自分の頭蓋の締め付けが解け――地面に激しく叩きつけられる衝撃を浴びた。

「がはぁっ……!!」

「ま、悪くはなかった」

ローズメイはセルディオを地面にたたきつけた後、木に深く突き刺した自分の剣を折らないように慎重に引き抜くと、苦痛に悶絶し、苦しげに転がりのたうつ相手を見下ろした。

手心を加えられたことは分かったのだろう、セルディオは命が助かった安堵と、なぜ殺さなかったのだろうか、という疑問を込めて言う。

「……命を狙って。あなたに挑みました。殺されて当然と思いましたが……なぜ?」

「最初に言った。遊んでやると」

ぐ、とセルディオは無念と屈辱に言葉を呑んだ。

遊びではない。こちらは命を賭けて本気で挑んだ――と言いたいところであったが、まさしくいいようにあしらわれたとしか言えない戦いの内容を思い起こせば、彼女の『遊んでやる』という言葉は傲慢とは言えない。相手にとっては生死の懸かった戦いではなく、稽古をつけてやっただけの感覚なのだろう。

「悔しいか。そう思えるうちはいい。力を研ぐにはその悔しさはバネになる」

セルディオは拳を握り締め、震える。光が見えずとも自分は強いと思っていたが、この黄金の女が相手だと、光が見えようが見えないが――この世の大抵の戦士は雑魚に区分されるであろう。

「……ご指導、ありがとうございました」

「うむ」

命を奪うつもりで挑みかかったが……ローズメイにとってはセルディオの言葉など、力の差を弁えない子供をあしらう程度の感覚だったのだ。

実力の差を痛感させられれば、もはや争う気にもならない。ただただ言いようのない戦力差を実感し、無力感に苛まれるのみであった。

そうして自分を一瞥もせずに去っていく黄金の女の足取りを耳にしながら、知恵を絞る。

勝てる気がしない。馬鹿力も剣術の冴えも一級であり、同時に空恐ろしいほどに実戦慣れしている。

「……いや、そもそも、もう無理か」

セルディオは苦笑した。

アンダルム男爵家は既に危険である。元々家中でも、軍備と練兵に力を注ぐ父のことを危険視する動きもあった。それでも父は政務においては優秀だったし……騎士団という暴力機構を有していたため、統治に異常は発生しなかった。

だが……父の虎の子の騎士団は、ローズメイ一党に叩きのめされた。まだ父には生還した兵が大勢いるからすぐに権力を失う訳ではないが……それでも発言力は弱まるだろう。

「…………」

セルディオは頭蓋の割れるような痛みの残滓が鎮まるのを待ちながら考える。どうせ血が昂って眠れそうにない。

騎士ハリュに教えられたことを思い出す。……狼龍シーラ。それはサンダミオン帝国から支援された凶悪な戦闘獣。帝国の目的は、『ガレリア諸王国連邦』の内部をかく乱させるため。

だが、あいにくと父の野心は、あの黄金の女ローズメイに粉砕されつつある。

バディス村の事件も、そして父が野心の尖兵として鍛えた騎士団も、全てあの黄金の女がどうにかしてしまった。


これはもう、敗戦に等しい。

セルディオは考える。どうにかしてあの黄金の女と和平を結び、アンダルム男爵領の存続の為に行動せねば。

それにはまず、サンダミオン帝国の影響力をどうにか排除しなければ——。


セルディオは、この時。

氷の塊が背中を這い回るような恐怖を覚えた。

もう、父であるビルギー＝アンダルム男爵は詰みである。

だが、サンダミオン帝国には、まだ打つ手が一つ残っている。

そしてこの予想が正しければ。

自領に走らせた早馬は騎士団の大損害を知らせているはずだし。

それを知った、サンダミオン帝国の走狗である屍術師は、目端が利くならもう行動を開始しているはず。


セルディオは歯を噛み締めた。

彼は脳内で敵の繰り出す一手をおおよそ予想していたが、もうすでに止めに入れる距離ではない。

「……父上」

セルディオは小さな声で溜息を洩らし……おそらく。父の訃報か亡骸に対面することを覚悟する。

彼は後に、アンダルム男爵領の死者の軍勢の一員となった父の屍と対面することとなる。

◇

百五十の騎士団が敗走する。

我が子であるセルディオの走らせた早馬の凶報にビルギー＝アンダルム男爵は……あまりのことに言葉を失い、がっくりと力なく項垂《うなだ》れた。

「事此処《ことここ》に至っては……もはや我が望みを神がお許しにならなかったということだろう」

美しく恐るべき黄金の女一人に、彼の策謀の全てはご破算となったと言ってもよいだろう。

コツコツと、地道に、猫の額ほどの所領を豊かにせんと東奔西走し、金をかき集め、雄飛する機会をうかがい続けていたアンダルム男爵。

美丈夫と言っていい容姿は力なく項垂れ、もはや十も二十も年老いたかのような気落ちした様子であった。

なぜこんなことになったのだ、と思う。自分の策略は完璧とは言わずとも、まず間違いなく成功するように準備を整えていたのに。しかもその理由が、たまたま山奥に天下を揺るがすような英傑がたまたま通りがかっただけ、というのが泣けてくる。

あるいは……自分の野心を察した何者かが、我が身一つで一国を揺るがす英傑を差し向けたのかとも思った。

「いずれにせよ、我が野心は永遠に封じ込まれた……こうなっては仕方ない。満天下に奸物として名を知らしめることもなく、ただの地方領主の男爵として行動するより他あるまい」

無念であったが、もう打つ手がない。持ちうる戦力の全てを注いでも勝てなかったのだ。あるいはセルディオの最初の提案のように、怪物を殺すつもりで仕掛ければ少しは違ったのか。

……アンダルム男爵は、溜息を漏らしながら――己とサンダミオン帝国のつなぎである屍術師を呼んだ。

兵達の敗走を聞きつけた時、屍術師もまた驚愕した。

ローズメイを恐るべき力量の女と思ってはいた。しかし百五十の兵達を正面から粉砕する化け物じみた武威の持ち主とも思っていなかった。

この事態は、アンダルム男爵を支援し、ガレリア諸王国連邦を内側からかく乱させるというサンダミオン帝国の戦略が頓挫してしまう。……これ以上は屍術師の判断が許されている範疇を明らかに越えていた。

屍術師は人目を避けるように、薄暗い部屋の中へと足を踏み入れ、誰も入れぬように錠をかける。

……彼の為に用意された暗室の中、屍術師は恭しく跪いた。これより使用する魔術は緊急事態にのみ許された、万里を越えた場所に、光と言葉を繋ぐ魔術であった。

「……殿下。ベリル殿下。屍術師にございます」

『……緊急事態、か。言え』

魔方陣の四方に配された石から光が伸び、それらが空中で繋がって小さな人の形を作る。

その先にいるのは、椅子に腰掛けてじとりと屍術師を見下ろす矮躯《わいく》の男性であった。

ぎょろりと大きくいびつな眼球は左右で微妙に大きさが違っている。仕立てのいい服を着てはいるが、まるで子供のような小さな体に大人の顔立ちが乗っている。足は曲がっており、どうしても歩くときにはひょこひょこと、不自由そうな形になってしまうだろう。

……そして、両眼からはそんな風に不自由に生まれ付いた体を嘲る世の人々全てへの、憎悪と憤懣が溶岩のように煮え滾っている。

生まれついての矮躯の為に心ない視線と陰口を浴び続けた、サンダミオン帝国、『毒猿《ぶすざる》』王子ことベリル第六王子が彼の名であった。

頭の回転は速いが、母の命と引き換えに生を享けた子であり、父である皇帝も、大抵の兄弟たちも醜怪な容姿の彼を嫌っている。数少ない例外は、兄の一人である『龍の棲む』ダヴォス王子ぐらいだろう。

彼の仕事とは人を欺き、陥れ、罠に嵌める策謀を張り巡らせること。

すべての人間を平等に憎悪する彼は、職務に対する恐るべき熱心さと残酷さを併せ持つ、無慈悲な策謀家、陰謀屋であり……獄中で死を待つばかりだった屍術師を利用する為に拾い上げた強大な権力者でもある。

屍術師は言う。

「……アンダルム男爵領の一件、完全失敗でございます」

『完全、と来たか。策を暴かれた、のか？　どこから漏れたか調べねばなるまい』

「いえ。その……」

屍術師は言いよどんだ。

前準備も完璧。情報の隠蔽も万全。どう考えても成功して当然の策だったにもかかわらずに完全失敗してしまったことをどう説明すればよいのか。

「たまたまバディス村に訪れた黄金の光のような女一人に、全て力ずくでひっくり返されました」

謀将ベリルは、怪訝そうな顔をした。

だが、それでも彼はまず否定することはない。ただ詳細を黙って聞き、黙って頷いて。

そして尋ねた。

『その黄金の女の名、は』

「ローズメイを名乗っております」

その言葉に……ぴくり、と謀将ベリルは杯に伸ばした手を止めた。

それは……大勢の人間を言葉一つで翻弄し、破滅させてきた謀将ベリルに――予想外の敗北を味わわせた女と同じ名前であったからだ。

「……殿下？　その名が、なにか」

『……大嫌いな、名だ』

この人間全てを憎悪するような謀将ベリルが、更に『大嫌い』と付け加えるのだ。これは生半な嫌い様ではない。

だが、個人的な感情を切り離し、彼は言う。

『よし……分かった。アンダルム男爵には長いことガレリア諸王国連邦の獅子身中の虫となってもらうつもりだったが。

もう利用しようもない。屍術師よ』

「はい」

『禁を解く。後先考えず、全力で、アンダルム男爵領に地獄の如き様相を引き起こせ』

屍術師は口角を吊り上げる。

「よろしいので？　私は酷使者《アビウス》に仕える身、現世の権益を求めるあなた方にとっては、死者のあふれる世界は都合が悪いのでは？」

『そこは、ガレリア諸王国連邦の、連中の手腕に期待しよう。なに、地獄の如き状況に陥るのは我々ではない』

「では……承知しました」

『ああ』


万里の彼方でひとつの村を、少領を地獄に落とす決断を済ませると——王宮の中で、謀将ベリルは書簡を記す。

簡単なことだ。

『アンダルム男爵、ガレリア諸王国連邦に叛意《はんい》あり。国内に有望な金山を有する彼は、自領の権益を守る為、邪教徒である酷使者《アビウス》の信奉者と手を組んでいる』

全て事実である。

謀将ベリルはこれまでに行った策謀の詳細を、ガレリア諸王国連邦に流せばいい。

お互いに足の引っ張り合いに終始する彼らが、小さな男爵領の持つ山に金山があると知れば貪欲さを隠そうともせずに兵を味方であるはずの男爵領に送りつけるだろう。

ましてや大義名分である『邪教徒の撲滅』というお題目もあるのだ。彼らは飢狼の群れの如く殺到し、金山という甘い蜜を独占しようと戦い——本来の敵国であるサンダミオン帝国との戦いを始める前から勝手に戦力をすり減らしてくれるだろう。

謀将ベリルはこれでよし……と陰謀の指示を出し終えて——ふと、心の中に不安が湧いていることに気付いた。

「ローズメイ、ローズメイか。嫌な名前だ」

彼は肉体には恵まれなかった。

矮人症と呼ばれる、骨格や体格に恵まれない彼は知性を磨くより他無く。だからこそ、知は武に勝ると信じていた。

ローズメイの故国、ルフェンビア王国での策謀は完璧だった。

兄であり、勇将でもあるダヴォス王子は東の戦線でこちらに回れず。ゆえに不穏分子を扇動し、愚かな王子を手玉に取り——あの『醜女将軍』の性格を読み切り、必殺の罠に追い込んでみせたのだ。

だが、誰が予想できる？

たった十一騎で、八千の兵に殴りこみをかけ必殺の罠を食い破り勝利するという——知が、武に、敗れるということなど。

有り得るはずがないと思った。

同時に、その醜女将軍に強烈な羨望と嫉妬も抱いた。体が不自由であるゆえに彼には武で身を立てる未来はない。

けれども、憧れない訳ではなかった。

それも――普通なら女に戦士が務まるか、と言われる身でありながら将軍となり、これほど空前の大功を立てたのだ。


その『醜女将軍』と同じ名前の女。


謀将ベリルは嫌な感覚が背中に這い上がってくるのを感じた。

ローズメイ＝ダークサントの遺体は結局確認されないままで捜索は打ち切られ、生存は絶望視されてはいたが……しかし、確実に死亡が確認された訳ではない。

彼は自分の体に走る嫌な予感を否定するべく、ベルを鳴らす。


……その鈴の音と共に、一人の女が姿を現す。


「殿下、お呼びでしょうか」

「ああ。……一つ偵察を任せたい」

「はい」

「場所はガレリア諸王国連邦、アンダルム男爵領」

黒装束に身を包み、部屋の隅で頭を下げたまま視線を向けずに下知に従う。工作員の女は頷く。

「その地にいるという――ローズメイを名乗る女を探れ」

「ッ……!?」

その言葉に、感情を抑制する術を深く学んだはずの、工作員の女はびくりと身を震わせた。

意外な反応に、謀将ベリルは面白そうに笑った。

「報告を聞けば、目玉の潰れるほどに美しい女と聞いている。別人ではあるだろう、が。……少しだけ。気に入らん。ギスカー王子の腕の中で見た、かの『醜女将軍』と、そのアンダルム男爵領に姿を現した黄金の女との関連性を探れ」

「はい。あの、殿下。一つお頼みしたいことがあります」

「ああ？　なんだ」

その工作員の女は、自分たちに命令を下す謀将を見つめながら、頬を高揚に染めて、言った。

「その任務中のみ――もう一度。シーラ＝メディアスと名乗るお許しを」

『毒猿《ぶすざる》』王子の手は、非道ではあったが、最適と言ってよかった。だが……のちにこの時の決断を悔いることになる。

彼が引き起こそうとしたのは、『ガレリア諸王国連邦』の内部分裂であり、金山という甘い蜜をめぐって諸侯が相食む混沌、弱肉強食の状況であった。

だが時に暴風の如き破壊とは、これまで存在していた様々な既得権益のしがらみを一掃するとい

う一面もある。

そして地位や権力よりもただ強さのみが正しい弱肉強食、戦乱は、一介の平民であろうと天下に名を轟かせる好機の面も持つ。

『毒猿《ぶすざる》』王子の、毒悪なる一手こそが……ローズメイの雄飛を後押しする結果となるなど、この時点では彼は夢にも思っていなかった。

間章　挙兵

『ガレリア諸王国連邦』という名称はなかなか的を射ているな、とローズメイは思うときがある。

すなわち、王を名乗るに相応しいものが乱立している。

この竜骨山脈に接する国は、元々一つの大国であり、それがかつてガレリアと呼ばれていた。

しかし長い年月の間、大国ガレリアの王であった一族は内戦やら陰謀やらですっかりと力を失い、南方の少領の王として存続を許されるのみであった。

別に彼らが傑物であった訳ではない。かつての大国ガレリアで隆盛を誇っていた侯爵たちによってガレリアはほぼ三つに割れた。

北、中央、南の三つだ。

そんな状況ではあるが、かつての国王一族は現在、小競り合いや戦争の仲介役としての存続を許されている。

北にサンダミオン帝国という強大な敵を抱えて一致団結をせねば、という状況であっても、三名の侯爵は時折仲たがいを起こして戦争をする。その際、かつての王の面子を立てて、という形であるなら、しぶしぶ講和するという形に持っていけるのだ。

ケラー子爵領は、『北寄りの中央』ということになる。

このあたりの貴族たちは、北の貴族たちと婚姻することもあり、彼らを助ける為に出兵した経験もある。

サンダミオン帝国の脅威を肌で感じ取ることのできている人々であった。


「……噂の黄金の女にお会いできて光栄だ。お初にお目にかかる。私がドミウス＝ケラー、だ。子爵位を承っている。

見ての通り足が不自由で、このままで失礼いたす」

「はじめまして、ケラー子爵様。ローズメイと申します」

ローズメイは立ち上がって会釈する。

ドミウス＝ケラー子爵は、額に向こう傷を残す老人であった。

老いで髪は白く、片足は過去の戦傷で失ったのだろう。枯れ枝のような手足の老いた人物。家来に車椅子を押させている。

ただしまだ両眼からは爛々《らんらん》とした眼光を発しており、体の自由は利かずともまだ頭の中身ははっきりとしていることが窺えた。

今や絶世の美女となったローズメイをはじめて見れば、大抵の人間は感嘆と賞賛を溜息と言葉で言い表すものだが、ケラー子爵はそれを見せることはない。

「貴殿の家来衆も今現在は寛いでいるだろう。このたびは……我が孫が大変な粗相をして申し訳ない」

「いえ。彼も立派な成人の男児であり貴族。もう親が尻拭いをする年齢でもなし。正しい法の裁きが下されることと期待しております」

椅子を勧められ、ローズメイは腰を下ろし、鷹揚にうなずいた。

アンダルム男爵領で、神父は殺した孤児たちの墓の前で額ずかされ続け、ようやく生母の墓の前で罪を明かされ、後に罰を受ける予定であった。

もっとも、ローズメイ自身も言っているが、地位や権力による裁判結果の捻じ曲げさえなければ『一番軽くて死刑』なのは間違いない。

なお、ローズメイは一応騎士ハリュや、シディアたちに神父の本名を聞かされていたりするのだが、生憎とローズメイからすれば、覚える価値も無く、またいずれ処刑されるであろう人間の名前に記憶力を割く必要を覚えなかったため、教えられてもすぐ忘れるのが常であった。

そんなわけで彼女は余裕の風を装っているが、神父の名前を聞かれたらどう誤魔化そうか、実は内心ドキドキしていたりする。

「……それにしても、頭の痛い問題揃いですな……」

ケラー子爵は嘆息した。

アンダルム男爵のことは買っていたし、だからこそ娘の一人を嫁としてあてがいもした。かつてのサンダミオン帝国の侵攻に対して共に轡を並べて戦ったし、彼の槍働きに窮地を救われたこともある。

だが、そこでアンダルム男爵は……ガレリア諸王国連邦に対して絶望したのだろう。

ケラー子爵とアンダルム男爵の差は一つ。

ケラー子爵は、その当時から連邦を変えるために新しいことを始められるほどの若さは無く。

当時まだ若かったアンダルム男爵は、帝国に蹂躙される未来から、せめて自領のみを守るために行動したのだろう。

「だが……おかげで状況は掴めた。こうなった以上、膿《うみ》は出し切らねばなるまい」

「ええ」

ローズメイは頷いた。

ケラー子爵は、アンダルム男爵に対して出兵しても角の立たない大義名分がある。

表向きは、長年長男の殺人事件を隠蔽、隠匿し、そのうえケラー子爵の娘である実母にさえ手をかけた息子を庇い立てした彼の責を問うという形で。

そこまでは予想通りである。

しかし、その次の言葉は珍しくローズメイにとって予想外のことであった。

「そこでローズメイどの。あなたには一軍を率いる将として参戦していただきたい」

「……意外なお申し出だ」

ローズメイは首を捻った。

彼女はアンダルム男爵を殺すつもりである。しかしそれはそれとして神父の不義を正さねばならないと考えていた。

要は、順番だ。

彼女は順番どおり先に神父の不義を正したのち、自分と、自分に付き従う酔狂者共を連れてアンダルム男爵を殺しにいくつもりであった。

そして恐るべきことに……ローズメイは自分と手下たち、アンダルム男爵の兵士達の彼我戦力を計算して、十分正面から殴りこんで勝ち目があると見ていたりする。

「おれは噂どおり漂泊の身。思わぬところで忠誠を誓うもの達を得ましたが、一介の武人です。指揮官としての能力を実証した訳ではない」

「……はは。まぁ、確かにそうですが、十分あなたを指揮官に据える価値はあるのですよ。

あなたはアンダルム男爵の不義を訴えて領内を歩き回ったことで顔が売れている。正義の御旗を掲げるには必要。

加えて、アンダルム男爵の兵はそれほど数を残してはいない。せいぜい百も超えぬ程度でしょう。

それにローズメイどのは狼龍を従えるお方。あなたの愛騎が一声叫べば残った敵など一撃で粉砕できますとも」

「では。動員数はいかほど?」

「即座にとはいきませんが、兵を集めて、五百。それを二分し、男爵領を慰撫《いぶ》しながら、ビルギー＝アンダルム男爵の身柄を捕らえます」

ふむ、とローズメイは感心したように頷いた。

アンダルム男爵にはもはや百以下の兵しかいない。そこに対し五百名の兵士を投入するのは実に正しい。兵を二分割したところで敵戦力の総数を上回っているのだから。

それに、ここまで数に差が開ければ、相手が戦わぬまま白旗を上げる可能性も十分にある。

ローズメイは頷いた。

「承知しました。微力ながら全力を尽くさせていただきます」


「……なんであんなのが在野におるのだ」

ケラー子爵は……ローズメイが去った後、なんとも言えない表情で椅子に深く身を預けた。こうまで緊張したのは戦場での窮地か、あるいは『王』の血統のご尊顔を拝した時以来か。

呟きは心からの本心である。

彼も貴族の身、時折、意識もせぬまま頭を垂れたくなる『威』を持つものと遭遇したことがある。生まれながら他者が傅《かしず》くことに慣れたものが発する気配。生来の高貴さと、生きるうちに培った威厳が合わされば、ああいう女ができるものなのか。

会話をする時だって苦労したのだ。

相手が何者であれ……あのローズメイという絶世の美女は、今やただの平民でしかない。貴族である自分がへりくだるような発言をすれば、威厳が損なわれる。

だがそれでも、会話の後半では気付けば丁寧な言葉を使っていた。心の中ではあの黄金の女が上位者であると認めてしまっているのだ。

「傑物を探すなら、まず名馬に学べ、か」

大陸に伝わる慣用句を思い出し、ケラー子爵は立ち上がった。

そのまま……屋敷の中、錠の設けられた一室に赴く。

左右には鎧兜を身に纏った完全武装の兵士が立ち、ケラー子爵の姿を認めて敬礼する。

「彼の様子は？」

「はい、我儘を仰ることもなく。いつものようにお静かな御様子です。

いつものように……メイドのリーシャ殿に本を読ませていらっしゃいます」

「うむ」

ケラー子爵はそのまま鍵の掛かった室内に入る。

……窓は鉄格子がかけられ、外部へと脱出することはできず。外側から掛けられた鍵と、質素ながらも整った室内は、そこが貴人用の牢獄であると知らしめていた。

「セルディオ。不自由はないかね」

「……ありがとうございます。ケラー子爵様」

セルディオは目を閉じたまま立ち上がり、丁寧に一礼する。メイドのリーシャも頭を下げ、主人達の会話を遮らぬように移動する。

「よいよい、家族同然の君のことだ。そんなに堅苦しくせずとも。……君の言う、黄金の女に会ってみた」

「目が眩むほどに美しいと聞いていています」

「ああ。……彼女が単騎で、平気で何十人も斬り殺す怪物めいた武威の持ち主など容易には信じられぬ。信じられぬが……セルディオ。君がそういう意味のない嘘をつく男でないとも知っているつもりだ」

……先日、夜。セルディオはローズメイに挑み。そしてメイドのリーシャに泣きながら怒られた後で自分の行動をいたく反省した。

父の傍で生活しながらも、結局はその罪と野心に気付くこともなく。止められる位置にいながら何もできなかった。盲目でありながら、戦士としての名声を欲して無意味にローズメイに挑み、殺す価値もないかのごとく一蹴された。

その後で、一つ、最悪の事態に思い至り——そのままケラー子爵の下に身を寄せている。

だが、この後でケラー子爵はアンダルム男爵領へと兵を出す予定だ。そこに敵大将の子息であるセルディオを自由にしておくわけにはいかず……こうして軟禁の状態にしていた。

「それで、セルディオ。……君が考える最悪の状況とは？」

「……父の目的は、サンダミオン帝国の侵攻後でも自領の独立を維持することと、更なる発展。サンダミオン帝国の目的はガレリア諸王国連邦の中に獅子身中の虫を住まわせること。ですが、今や父はローズメイ殿に散々兵を潰されました。父にはもう男爵領を維持することしかできないでしょう。なら。最後に帝国がやることは一つ。

金鉱山の存在を周囲に知らせ、屍術師の存在をほのめかし、アンダルム男爵領を中心に戦争状態を招くことと推測します」

「……最悪の予想にならずにすめば良いがの」

サンダミオン帝国からすれば、屍術師によって男爵領に蠢く死者の軍勢を呼び起こしたところで……戦略的な意味は持たない。

せいぜい今まで策謀に費やした元を取ろう――程度の感覚だろう。

だが、それで滅ぼされる国や大いに迷惑をこうむる隣国の人々からすればたまったものではない。

この時点で彼らにできるのは、未だ世に知られざる無名の英傑にできる限りの戦力を割いてやること程度であった。

幕間　この恋は、あの空の月に投げ捨てていく

騎士団を動かすのは大変なことである。

ケラー子爵家はこの近隣では余裕のある貴族であったが、常備軍を養えるほどではない。戦力の中核となる少数の騎士団を擁するものの、やはり戦争では数がものを言う。それに十分な兵力を率いるならば、それは示威にもなる。アンダルム男爵の兵士はローズメイとその家来衆によって理不尽なまでの打撃を受けており、十分な数を準備できれば恐れをなしてあっさり降伏するかも……という期待も持てた。

指導者の経験もあるからローズメイも兵を集める理をよく分かっている。

アンダルム男爵家に攻め込む。だがそれならなるべく被害を少なくしたいと考えるケラー子爵の行動は至極もっともだった。

ただ常備軍と違い、領主が各地に伝令を出して集める徴兵した民兵が集まるまではどうしても時間がかかる。

「致し方ないとはいえ、ちと暇だな」

この時、ローズメイはしばしの休息期間を得ていた。

勝つためには練兵が必要だが、彼女が率いる兵士はまだ集まっておらず。

悪相の家来衆やハリュを相手に骨身をきしませるような荒稽古は続けているが、さすがに休みなしとはいかない。

繰り返してしまうが、暇である。

ケラー子爵の家になる蔵書もなかなかの量なので読んでみたものの……実家であるダークサント公爵家ほどでもなく、興味の湧くものはだいたい目を通した後だった。

さて。もういっそ荒稽古の後の体を休ませることに専念中の家来衆と同じく寝て過ごそうか、と思った頃であった。


「ローズメイ様、流れの劇団が来てるそうですよっ」

「ふむ?」

ケラー子爵家の使用人たちと、持ち前の行動力で仲を深めたシディアは、主君であるローズメイに朗報を持ってきた。

今は子爵家の客分であるローズメイ。それにあの絶世の美貌を見たならば『どこかやんごとなき家の姫君』と噂も立つ。だからわざわざ町民向けの劇団など見るはずもないと教えなかった。

しかしすっかり使用人に溶け込んでいるシディアは、そういう話をばっちりと集めてきた。

「観劇か……」

貴族の姫君ならば好むだろう。

しかしあいにくローズメイは自分がとても普通の姫君ではないという程度の自覚はあった。好む演目も軍記ものや英雄譚。

それに——よくある題材の王子と姫君のラブロマンスは……実際に経験してみたがひどい結末を迎えたので、正直もうこりごりであった。

まぁそれでもシディアが目を輝かせて勧めてくれたのだ。半ば義務感交じりに尋ねてみる。

「題材はなんだ？」

んーと、とシディアは手元のチラシに視線を落として言う。

「王子と姫の愛」

ローズメイはへなへなと興味がしおれていくのを感じ、面倒そうに背を向け。

「副題は『醜女将軍の災いを乗り越えて』だ、そうですよ」

その一言で、先ほどまでしおれていた興味がむくむくと湧きあがるのを感じても、致し方なかっただろう。


こんな遠く離れた異郷の地で、再び己の過去に足首を掴まれたような気持ちだった。

ローズメイは歩く。そのそばをシディアは気づかわしげに付いていく。周りには悪相の家来衆達。

『王子と姫の恋物語』で悪党として即刻成敗されそうな外見の彼らは、生贄ちゃんことシディアとひそひそ言葉を交わしている。

「なぁ……生贄ちゃんよぉ、黄金の姐さんどうしちゃったわけ？」

「そんなのあたしが聞きたいよ！」

彼ら一党の総大将、黄金の姐さんことローズメイは破格の大人物だと周りから信じられているし、実際そうであった。

理不尽に怒鳴りつけることもない。たまに怒りをあらわにする時は相手が道理に合わぬ理不尽なふるまいをしているからだ。それは、相手がどれほど強大な権力者であろうとも曲げることがない。

感情は豊かで怒りもするし笑いもする。そんな笑顔の美しさは彼らの生涯で一番華やか。

そんな彼女が今ではなんとも言い難い、悩み深そうな顔をしている。気になって仕方なかった。

家来衆がざわざわと騒いでいるものの、ローズメイには気遣う余裕がない。

(……民心を味方にするためおれを悪者にする。まぁ当然の対処だろうな)

今頃故国はどうなっているだろうか。

ローズメイという軍事における一番巨大な支柱を失ってしまったのだ。恐らく戦争継続は困難、なるべく有利に降伏する道を模索しているはずだ。

問題は、こんなにも離れた場所で、自分を演目にした舞台が行われていること。

帝国は相当大規模にこういった演劇を広めているのだろう……王国の降伏に対する民衆の反抗意識を削ぐために。

今まで帝国と対抗していたローズメイの故国、ルフェンビア王国にとって帝国は侵略者。なるべく民心を味方につけるためローズメイを悪玉に仕立てようとしている。

うまくいく可能性は高い。

……ローズメイは実家であるダークサント公爵家では人気がある。だが王都や他の領土ではそうでもない。

彼ら民衆にとって、平和は特に何もせず得られるもの。その平和を維持するため侵略者と血戦する騎士たちの労苦など朧気《おぼろげ》にしか想像できまい。民衆に分かってくれと願うのも難しいはずだ。

（……少し寂しいな）

うわの空で会場に向かうローズメイだったが、不意に前を進んでいたシディアが自分に向き直っているのに気づいた。

「あの。ローズメイ様、帽子をかぶっていただけます？」

「うん？　なぜだ」

いわれたものの、理由が想像できない。首を捻るローズメイにシディアは周りへと注意を向けた。

まだそこまで観客が訪れている訳ではない。話を聞いたローズメイがどうも落ち着かず、開演の予定時刻よりだいぶ早めに向かったためだ。だが、それでもシディアの不安通りちょくちょくとローズメイに視線を向ける人がいる。

「ローズメイさまは美人ですよね……」

「らしいな」

シディアは自分の主君の、美貌への無頓着さに眩暈がした。

普通、こんなにも人目を惹きつける容姿の持ち主なら美貌の威力に多少は理解を示しそうだが、彼女はそうではない。まるでほんの少し前にこの絶世の美貌を神にでも授けられたようだ。

「ローズメイさまみたいにとんでもない美人さんが客席にいたら、観客はみんな客席にくぎ付けになってしまいますっ」

「ははは、まさか」

この演劇もそれなりにお金を取る。娯楽が少ない下層階級の人々にとってはこういった舞台の鑑賞は貴重な楽しみなのだ。

だから客席に注目するなどあり得ない。

……そのはずなのだが、シディアがあまりにも真剣な面持ちなのでローズメイは周りの家来衆に目を向けた。彼ら全員、無言で頷いている。その様子にもしかして自分の認識が間違っているのでは、と不安になり尋ねてみた。

「……多数決を取ろう。

今のシディアの言葉が正しいと思うものは？」

これで賛成が多数なら帽子をかぶるべきというシディアの忠告に従おう——そう考え。

満場一致でシディアの正しさが証明されたので、ローズメイは不思議そうに首を捻りながらも帽子を被った。

……なお、悪相の家来衆は人相が悪く他の観客を怖がらせるかもしれないという理由でローズメイが自主的に帰らせた。人相が悪いなら顔を隠して観劇したいというやつもいたが、怪しさが増すのでやめさせた。捨てられた子犬のような顔をしたが、仕方ないのだ。ローズメイは心を鬼にして……という訳でもなくいつものように連中の尻を叩いて帰らせた。

シディアは、ちょっとかわいそうだな、と思った。思っただけだったが。


ローズメイのことを深く知ればその魂に魅了される。

だが、まず初対面の相手が引き付けられるのは外見と美声になる。

頭髪は黄金の太陽を頭上の冠として戴くように、陽光を浴びて燦然《さんぜん》と輝いている。生まれながら王冠を授かったかのようだった。

そして、そのよく通る美声はまるで彼女が隣にたって耳元にささやきかけているようだ。古来の軍学書で、名将の条件に『万軍の兵士に届く透き通った声』が加えられるのも納得である。

なので……ローズメイが他者を惹き付けるとっかかりになる、髪と声を隠せば……席を埋める観客達もこっちには視線を向けなかった。

舞台では演者が主役。ローズメイも自分がでしゃばって演者より目立つのは本意ではない。大人しくしておく。

それより彼女の興味はそろそろ開演を迎えた演劇に向いていた。

「今宵この席にお集まりいただきありがとうございます。

これはある王国の王子と帝国の姫君、その間を邪魔する醜女将軍のもたらす苦難を乗り越えた愛の物語――本当にあった出来事なのです」

うそつけ、とローズメイはぼやいた。

「それでは……――どうかお楽しみくださいっ！」

座長の言葉と共に明かりは会場の周りのみになり、自然と視線も舞台に集まる。

ローズメイは息を潜めて演目を見守ることにした。

王子と姫君だけなら、それがギスカー王子とサンダミオン帝国の姫君を題材にしていると、普通ならば気づきはしないだろう。

だが皮肉なことに物語で悪役として描かれるのは醜女将軍だ。その異名ひとつで視聴する人々は皆『ああ、あの国のお話か』と気づけてしまうのだ。

（おれの異名が……おれを辱めるために使われるとはなぁ）

剛力の持ち主で、容貌は怪異。それでいて王子と美しい姫君との婚姻を祝福などせず、両国間の平和の礎となるべき二人の結婚を妨害するような、心も体も醜い女なのだそうだ。

ローズメイは頬杖を突きながら演劇を黙って鑑賞していた。

物語としては面白いのだろう。ただ悪役として自分が描かれるさまは、私情が入って面白くはなかった。一番許せないのは醜女将軍を演じる役者が裏声を作った男だったことだ。

それでも、中盤にさしかかった頃には気持ちも入れ込んでくる。

『おのれぇ、よくもこのおれから王子を奪ってくれた……死ぬ覚悟はできておろうか！』

『将軍よ、どうして我々の愛を祝福してくれないい！』

『この婚姻で二つの国のいさかいは終わり、平和の時代がくるのですよ？　それなのに……どうして』

『ええいだまれぇ！　このおれの容姿を見るがいい……この醜い顔を！

戦働きにおいては古今無双のこのおれだが、戦場さえも奪われればあとには何が残る！

姫よ、地位と政略でかろうじて繋ぎとめていた王子の妻の座はすでにおまえに奪われた！　この醜い顔ではいまさら恋人など夢のまた夢！　戦場しか……おれは戦争でしか必要とされなかったのだ！　お前たちの愛の成就は、おれすべての否定なのだ！』

これまで愛し合う恋人たちの障害、理不尽な暴虐として描かれていた邪悪な醜女将軍。

しかしここで初めてその女としての悲哀が描かれ……観客からも、ああ、と溜息が零れる。

ローズメイもその舞台の上の自分の姿似に入れ込むようになっていた。

（捨ててしまえ……そんな男など捨ててしまえばいい。

おれとの婚約さえ無視し、見目麗しい娘にうつつを抜かした男などに未練を残してどうする……）

しかし、こうしてみればだんだんと醜女将軍に腹も立ってくる。

両国間の和平の象徴としての結婚。王子と姫がその美名に隠れてやっていることは、どんなに言いつくろってもただの浮気でしかない。

なのに、こんな最低最悪の裏切りを行った王子に未だ恋々として執着する舞台の醜女将軍は……どこか憐れみと苛立ちを誘うのだ。

その両腕にみなぎる剣腕は国一番。その気になれば王子と姫、姦夫姦婦をまとめて一刀のもと四つに両断するほどの力があるのに、どうしてさっさとぶち殺してしまわないのだろう、と。

ローズメイはふと舞台を鑑賞しながらも——その心は自分自身への問いかけへと集中していった。

(いや、この演劇の醜女将軍はおれに似ているな。こうして他者の目から顧みればとうぜんの疑問も湧く。

おれは……ギスカー王子などという、到底感心できない男に愛を捧げていたのだから)

ギスカー王子。

数多くの将軍を排出してきた武の名門であるダークサント公爵家の娘、ローズメイと婚姻が結ばれたのは子供の時分だ。

大人になるにつれ、愚昧の度合いを増す王子ではあったが、子供の頃は権力の毒も知らず、誠実で穏やかな人だった。

ローズメイが一族の正当な血筋として騎士をこころざした時は、君のような子が剣を握らなくても……と言ってくれた。だがその頃はローズメイの父、歳の離れた本来の跡継ぎの兄も相次いで戦死し国内は騒然としていた。

将軍として最前線に赴任する頃には……ローズメイとギスカー王子の関係は悪化していた。

愛していた、はずだ。

ローズメイが強力神との契約の果てに、歴史の流れさえ力ずくで捻じ曲げる膂力を得たのはあの人との愛のため。彼の未来が明るいものであってほしいと願ったためだ。

美しさを失いつつも、武を磨き、膂力を練り上げ――その果てにあるのが捨てられる結末であるのも受け入れた、はずだ。

ここでローズメイが生きているのは、神によるただの奇跡でしかない。

（……メイ、メイ。ちいさなメイよ、過ぎ去った少女の頃よ。どうしておれは……いずれおのれを裏切る男のためにここまで必死だったのだ？）

ローズメイは母親代わりだった叔母が自分を呼ぶように、強力の神に宣誓した思い出の自分に呼び掛けた。

（醜くて愛されるはずがない。捨てられると分かっていた。果てには命さえ失ったのに、どうしておれは、あの方のために？）

……昔はそんなに悪い人じゃなかったのよ、おおきなローズメイ――そう心の中で答える。

それに強力の神に強くなることを宣誓した時は、彼への愛情だけが理由ではなかった。

父と兄はルフェンビア王国の平穏のために戦う騎士だった。

年がら年中最前線に詰めていたから、ずっと一緒だったわけではないけれども。たまに会う時は抱きしめてくれた。愛されていると微塵も疑わないぐらいには大事にされていた。最前線からでも暇を見つけて手紙を欠かさず送ってくれた。

だから、愛してくれた父と兄のやり残した仕事を自分が引き継がなければ、という気持ちもあった。

国を愛していた。

誠実な叔父に委ねてきたからダークサント公爵家は今も平穏なままだろう。

山に連なる段々畑。視界一杯に広がる田畑、泥のにおい。作物を植える時の農民たちの苗差し歌。

青々とした雑草。邪魔になるからと切り払った後の青臭い草のにおい。

風に吹かれ、重々しく頭を垂れる穂のさらさらと揺れる様。収穫を終え、今年の冬は死人が少なくて済みそうだと安心する笑顔。

人々の営み、そのすべてに触れた訳ではない。

しかしそのすべてを守るのが我らの使命だと笑っていた父と兄の笑顔。

そのすべてが……巨大化を続けるサンダミオン帝国を前に、崩れ去るかもしれないという恐怖が忘れられないのだ。


ローズメイは思いだす。

当時は美しく愛されることが当たり前だった、ただの娘だった自分はギスカー王子にその不安を吐き出したのだ。

『心配性だな、ローズメイは……』

彼は、それだけを答えた。

婚約者の不安に寄りそう訳でもなく。励ましの言葉をかけるでもなく。

あの時、ローズメイに代わって自分がこの国を支えるから大丈夫だ、と声をかけてもらえたなら。国家安泰の重責を、我が身一つで支えずとも良いと言ってもらえたなら。あんなにも醜い姿にならずに済んだのか。

だが、そんな疑問を感じたローズメイの耳朶《じだ》を……演者の扮する王子の言葉が突き刺した。

『すまない……将軍……だが、だが……きみは……。あまりにも……みにくすぎる……どう頑張っても……愛せないのだ……』

「は」

ローズメイは、小さく笑った。

あまりにも身も蓋もない王子の言葉。

だが、だからこそ真実に近い言葉を、演者が叫んでいる。

きっと演者のその台詞こそ、ギスカー王子の本心だ。

ローズメイの頬を涙が伝う。

演劇の内容に感動したのではない。いまさらながらギスカー王子の本心というべきものの想像がつき、心に錐のような悲しみが突き刺さったからだ。

ギスカー王子も、最初からローズメイを嫌っていた訳ではなかったのだ。

最初の頃に穏やかで優しく接してくださった。ローズメイが彼に恋を抱いたのはその頃だろう。

けれども……あの優しくて温厚で、ちいさなメイが好いた優しい王子は——ゆっくりと変わっていったのだ。

成長するにつれて奸臣佞臣《かんしんねいしん》に取り囲まれ、功臣のローズメイに前線を任せた。醜悪な婚約者を目の届かないところに遠ざけようとした。

最後には正当な手続きを経ることもなく、ただ婚約者を辱めるためにわざわざ前線から呼びつけた。武名を極めた婚約者と比べられ、陰口を叩かれたのはつらかったかもしれないが、もっと辛いのはローズメイのほうだ。あんな行為の言い訳にはならない。

ちいさなメイの好いた王子は、ゆっくりと腐っていったのだ。

ローズメイが冷酷な王子の振舞いに、それでも裏切らなかったのは……戦う理由が、もう王子だけではなかったからだ。

戦死した父と兄の遺志を継ぐため。故郷の山河に住まう人々を守るため。

……もう、ローズメイの心の中にしか住んでいない、優しかった王子を守るため。

それらすべてをないまぜにした心を……ローズメイはきっと、変わってしまった王子への恋と思い込んで生きてきたのだろう。

「ふ、ふふ……」

「ローズメイさま？」

含み笑いをこぼすローズメイにシディアは心配げに尋ねるが、ローズメイは案ずるな、と彼女の目を見て笑った。

ギスカー王子と最後の別れの際、「あなたを愛しておりました」などと言っていたが、思えば汗顔の至りである。あれはギスカー王子への愛というより……これまで積み重ねてきた家族愛、郷土愛、そして思い出の中のギスカー王子への愛を、今の彼への気持ちだと勘違いしていただけだ。

現在のギスカー王子に対する愛は残骸しか残されていなかった。

これだと婚約破棄されても仕方ないではないか……彼の幼い頃の虚像に恋をしていたも同然なのだから。


『おめでとう。

もはや和平の成ったこの国におれの居場所などどこにもない。

王子、姫よ！　……祝福いたしますぞ！　いざ、さらば！』

演目の最後は……帝国に甚大な被害を与え続けた醜女将軍の首を欲した連中に、孤剣一つで突撃するローズメイの似姿を映し出し……そして、王子と姫は幸せな婚姻をした。

最後には将軍の墓へと参る二人の姿——共に幕が落ちる。

「面白かったですね、ローズメイさま！」

「……ああ」

正直な話、ローズメイは退屈な物語で終わるものだと考えていた。

国を滅ぼした帝国への民心を少しでも引き寄せるための、退屈な宣伝戦《プロパガンダ》の演目。

なのに悪役だと思っていた醜女将軍の心理にもそれなりに尺を取っており、醜く生まれ、愛されず、愛されたいと思う彼女の視点からみれば憐れみも感じた。演目の中では彼女の討ち死にを思わせる最後には溜息が零れる。

悲しみの紅涙を絞ったローズメイは、服の袖で涙のつたう頬を拭うと立ち上がった。

それぞれ観客が感想を述べあう中、歩む足取りはまっすぐである。傍に寄るシディアが尋ねる。

「ローズメイ様、どうするんですか？」

「ああ。少し演者や脚本家の顔を見てみたい」

そして面白かった、の一言と共に自分の名誉を取り戻してくれた演者たちに少し多めにおひねりをやりたくなったのだ。


外に出て「関係者以外立ち入り禁止」の立て札を堂々と無視する。

シディアが「……いいのかな？」と言いたげな視線を向けてくるがローズメイは気にしなかった。

貴族とはそういうものかもしれない。

演劇が終わり、役者や裏方たちが舞台道具をそれぞれの場所に仕舞っている。その中をローズメイは堂々と進み、不法侵入者の分際でまったく臆しもせずに質問までする始末だ。

「そこの裏方の男よ」

「は、はぁ……はいぃ!!」

裏方の男は、このクソ忙しい時になんだよ……と不平不満が滲む返答を漏らしたが、ローズメイのその美貌を間近に見てしまったのだ。緊張と感動で生きの良い海老のように跳ねながらこたえる。

「舞台の脚本家殿はいずこか」

「あ、座長でしたら裏手で話してます！　呼んできますか？」

「いや、結構。おれのほうから赴こう」

どんな分野でも優れたものには敬意を払うべきだ。ローズメイは舞台の裏手のほうへと回り込み……そこで二人の男が言い争っているのに気づいた。

「座長！　どうしてあんな内容に挿げ替えたのだ！」

「え、えー。それはですねぇ……その、なんと申しますかぁ」

見れば身なりのいい貴族らしい男と、がりがりに痩せた眼鏡の座長らしい男がいた。

口角から唾をとばして怒鳴りつける貴族の男をどうやって誤魔化し、だまくらかして帰そうか……座長の目からはそんな気持ちがありありと伝わってくる。

一方的に座長へと罵声を浴びせていた貴族だが、目に剣呑な色を浮かべた。

「我々は貧乏な一座のお前たちに金を払って行く先々で渡した台本をやれと命じたのだ。契約不履行は命で贖ってもらうぞ」

「い、いやいやいや。それはさすがに早急ですから！」

思わぬところに巻き込まれたな、とローズメイはしばし壁に隠れて聞き耳を立てる。傍ではシディアも興味ありげに黙って聞く。

ふむ、とローズメイはむしろ納得の表情を顔に浮かべた。

この演劇が、ローズメイの名声を貶めてルフェンビア王国の降伏に反発する民意をなだめるためのものであると察しはついていた。帝国がそれなりの金銭を用いて、劇団にそういう演劇をさせているのも納得できる。

だが……今日見た演劇は、悪役として配されたはずの醜女将軍を悪党一辺倒ではなく、醜女の悲哀もしっかりと書いたために深みも増していた。

演劇としては文句なし。しかし宣伝戦《プロパガンダ》としては失敗だろう。

「俺はこれの通りにやれといったぞ！」

苛立たし気な貴族が手に持った台本を掴んで放り投げる。

それがたまたま物陰に隠れて聞き耳を立てていたローズメイのほうに飛んできたのはちょっとした天命を感じる。

ローズメイとシディアは肩を寄せ合って元の台本を読み始めた。その間も会話は続いている。

「俺の背後には帝国がいるのだぞ……その命に背いたのだ。命が惜しくば……」

「そ、そうは仰るんですけどねぇ……」

座長は困り果てながらも……愛想笑いの下に剣でも隠し持っているような表情を浮かべていた。

ああいう顔はローズメイも心当たりがある。地位と権力で下々《しもじも》に無理難題を押し付ける貴族に、『現実が見えていないのかこのバカ』と憤懣を覚えている顔だ。

投げ出された台本をざっと流し読むとローズメイはすっくと立ちあがり……その本を貴族の顔のすぐそばにぶん投げた。

「ひぇっ⁉　だ、だだ、誰だぁ！」

ここで話題の醜女将軍参上よ、と答えてやったら少しは爽快だろうな、などと考えながらローズメイはその美貌に猛虎の如き猛々しい笑みを浮かべる。

「観客だ。台本を書いた脚本家に口頭で『面白かった』と伝えに来た」

「お、おおぉ！　おおおおぉ！　そいつぁ本当にありがたい！　客の喜びの言葉は生きる糧でございます！」

ローズメイは関係者以外立ち入り禁止の区画に無断で入り込んできた部外者だが、やはり物書きの性分か、書いた物語が面白いと言ってくれる相手は拝みたくなるのだろう。満面の笑みを浮かべている。

「貴殿」

「……な、なんだっ」

貴族の男ははっきりローズメイの威厳と美貌に気圧されている。

「サンダミオン帝国の使い走りとお見受けするが。

あの帝国が一介の脚本家ごときにいちいち目くじらを立てるはずがない。もし本当にあの帝国が行動に移したなら脚本家が生きているはずがない。小遣い稼ぎにしても、こんな片田舎の劇団相手にゆすりたかりをした程度では、たかが知れているだろう？」

ぐむ、と貴族の男は悔し気に顔を歪める。

これが宣伝戦《プロパガンダ》としても、一介の脚本家が大幅に内容を改変した程度で帝国が動くわけがない。こいつは帝国の威光を笠にきて儲けたいだけなのだ。

だが、ローズメイは——懐から金貨を一枚彼の足元に放り投げた。金貨の光に男の卑近な欲望が両目に満ち溢れる。

「それで脅しや文句などは無しにせよ。……座長、次来た時は全員で囲んでやればいい」

こういう強請《ゆす》りやたかりに金を払うのは面白くない。しかしここで暴力に訴えれば、後ろにいる帝国が事実調査をするかもしれない。ローズメイ自身は元敵国の斥候が自分を嗅ぎまわろうとも気にしないが、この面白い台本を書いた脚本家に危害が加わるかもと思うと、剣で解決する気にはならなかった。

男は泥棒さながらの手際の良さで金貨を拾い上げると、脱兎の勢いで走り去っていく。

身の危険が去っていったのを知ると、脚本家の座長はローズメイに膝を突いて頭を下げる。

「どこのお嬢様かは存じ上げませんが……みどもの代わりに危機を遠ざけていただきありがとうございます！」

「かまわん。ただ……少し対価がわりに質問があるが、いいか？」

ローズメイの言葉に脚本家はぺこぺこと頷いた。

「ええ！　あなたは命の恩人なうえ、その花のかんばせを見上げるだけで怒涛の修飾語が湧き上がってくるような美貌のおかた！　なんでもお答えしますとも！」

「お。おう」

その勢いにローズメイは少し引き気味に尋ねた。

「……では、質問だが。あれの渡した台本通りにどうして演目をやらなかったのだ？」

指さす先には、先ほど彼女がぶん投げた台本がある。

ローズメイは不思議だった。この時代、お貴族様が民衆を目障りだと手打ちにしてもほとんど誰も気にしない。にも拘わらず、お貴族様の命じる台本通りの演目ではなく、危険を冒してまで改変したものを演じたのか。

その脚本家は……顔を見上げ、ローズメイに対して思いを込めて叫んだ。

「あのお貴族様の送った台本は……くそつまらんのです！」

「ん？」

その叫びは、先ほど詰《なじ》られていた脚本家がずっと腹の中でため込んでいた不満だったのだろう。

予想外の台詞にローズメイはぽかんとした。

「私もお貴族様に目を付けられるのは怖いんで、最初はあの台本通りに演じさせましたがね。中身は王子と姫様が結婚する、その邪魔をする悪い醜女将軍をやっつけよう……総じて幼稚！山も谷もない！　演じている役者がやる気をなくす！　行く先々で演目を出してもウチの一座はつまらんと罵声を浴びる始末！

……それで、どうにか面白くしようと必死に改稿を繰り返したのが今日の演目なんです」

「ふ……ふふ」

「ローズメイさま?」

隣にいたシディアが思わず声をかけるが、ローズメイは……腹の底から湧き上がってくる笑いの衝動に耐えきれなくなってきた。

「はは、はははっあはははははっ」

相手がいきなり大声で笑い始めれば、シディアも脚本家も驚き訝しむところなのだろうが……この絶世の美女の大笑いは、なんともいえぬほどに華があった。思わず陶然と見ほれるほどに美しい。


ローズメイは愉快痛快の中にあった。

自分を罠に嵌め、母国を軍門に下した強大な帝国。彼らはルフェンビア王国の民心を引き寄せるためにローズメイを悪者にした演目を広めた。

その大帝国の策謀の一つが……演劇に真摯な脚本家によってものの見事に台無しにされた。

彼らからすれば足元を這う野鼠にも等しい小物のひと噛みだろう。だが面白さを追求する小物の意地によって彼らの策謀が一つ、たった一つだが打ち砕かれたのだ。面白くて仕方ない。

「ははは、ははっ……いや、笑ってばかりで申し訳ないな。愉快にしてくれた礼だ。少額だが、取ってくれ」

「あ、はい。ありが……ええっ⁉」

ローズメイが財布から放り投げたのは金貨三枚。これは醜女将軍だったころから懐にいれていたものの残りだ。

「本当は財布ごと放り投げてやりたかったが。今は手持ちがない。許せ」

「い、いいえっ、いいえ！　許すなど！　こんな大金なら衣装道具を手入れして飯を一品増やしてやれます！」

そうして思わぬ収入の金貨三枚をいそいそと懐にしまい込み、ローズメイへと深々頭を下げる。

「お名前を伺っていいでしょうか」

……脚本家は金貨三枚の重みを知っている。

平民が分不相応にこんな大金を抱え込んでいたら、どこから盗み出したものだと役人にきつく折檻を受けるだろう。これからこの金貨三枚を、裏市場で銀貨に両替してくれる口の堅い両替屋を探さねばならないが、このお嬢様にそれを伝えることはなかった。おひねりをもらえるだけで有難い。

万事において傑物のローズメイだが、やはり出自は貴族。金貨を持っただけで罪に問われる人がいるなどは、想像できなかった。

ローズメイは頷いて堂々と本名を名乗る。

「ローズメイと言う」

「え？」

「驚くだろうが、こう見えて醜女将軍どのと同じ名前だ、ふふ」

面白そうにローズメイは笑った。だが脚本家も笑おうとして……ふいに、何かに気づいたように固まる。その反応が予想外だったのか、ローズメイは首を傾げ、シディアも不思議そうにする。

「……え、いや。いや。まさか……」

「おや、なんだ。醜女将軍と会ったことでも？」

「いえ、いえいえいえ。お貴族様にお会いすることなど。ただ……一度、遠目に兜を脱いでいらっしゃるご尊影を仰ぎ見たことはございます」

脚本家がローズメイの名乗りを受けて『まさか』と直感を感じたのもそれが理由であった。

現在のローズメイは、醜女将軍だった頃とは似ても似つかない。

ただ……光を孕んで王冠のごとく輝く頭髪の美しさのみは昔と何一つ変わっていない。

「いや、まさか。お姿が違いすぎている……だが、遺体はどこを捜しても見つからなかった……」

「他人の空似だが……貴殿、醜女将軍どのに思い入れでもあるのか？」

脚本家は首を横に振った。……これは現実だ。英雄に相応しい醜女将軍が絶世の美女になって、故郷から離れた地で再起しているなどできすぎている。疑念を振り払って頷いた。

「お嬢様、私はあちらこちらを流れて旅をしてまいりました。その道中で……盗賊にまったく出くわさないなんてのはまずありません。

……その稀な例外が、ダークサント公爵領だったんです」

正確にはダークサント公爵領はローズメイではなく信頼できる叔父に託しているのだが。そう言おうとしたが、脚本家が続ける。

「道路周りの木々を伐採して、悪党が待ち伏せする場所をなくす。騎士様が巡回して目を光らせる。それもこれも……帝国の侵略を食い止めて民衆に戦火が飛び火せぬようにしてくださっているおかげでさ」

自分たち騎士が前線で戦うことの意義をちゃんと知っているものは知っているのだな、とローズメイは穏やかに笑い。

「ああ……それにしてもあのクソ王子め、どうしてあんなことを……」

遠く離れたルフェンビア王国のことを思いだすうちにギスカー王子のやったことに腹を立てたのだろう。脚本家は次第に醜女将軍を死に追いやった暗愚の王子への憤懣をいいはじめ。

「……うむ、所用を思い出した。これで失礼する」

ローズメイはそこから適当に言葉を残して、足早に舞台裏を後にしたのだった。


シディアは不思議だった。共に横を歩くローズメイ様をちらちらと盗み見ながら宿舎への道を行く。

このお美しいローズメイさまが、醜女将軍に対して特別な思い入れがあるのは察しがついた。

ならば醜女将軍を戦死に追いやったギスカー王子に対して怒りを覚えていそうなのに……なぜか彼女は悲しそうな表情を見せている。

「シディア」

「はいっ。ローズメイさま」

「一つ昔話を聞いてくれ」

ふー、とローズメイは深く呼吸をしてから言う。

「むかし。ある貴族の娘がいた。

その娘は王子と婚約していたが……ある時不幸に見舞われた。

彼女の父親と兄がまとめて戦争で戦死してしまったのだ」

ローズメイは空を見上げる。もうすでに時間は夜中、星空が広がる時刻だ。

二人の訃報を聞いた時も、こんな夜だっただろうか。

「幸いだったのは、彼女には叔父がいた。

気弱な性格で押しも弱く、いつもおどおどしていたが性情は温厚篤実。父と兄を失った娘もこの叔父までもが裏切ったならば、天が自分を滅ぼそうとしているのだと思うほどに善良なお人だった。

叔母上はお優しく、その娘のことをいつも「ちいさなメイ」と呼んでばかりで……娘が自分より大きく成長してもずっと小さな子供扱いをしてくれる人だった。

お二人には子供がいて、あーうえあーうえと舌足らずに名を呼んでくれた。あねうえとうまく言えないのが可愛らしかった」

シディアは黙って聞いている。

たぶんこの会話がローズメイ自身の昔話だと察しはしたが口にはしなかった。

「しかしな……父と兄、国内でも有数の大貴族が死に、国王のご指名で叔父夫妻が領主代行を務めることになったのだが。それに不平不満を覚える輩がいた。

大貴族の巨大な所領を受け継ぐのは幼い娘のみ。その娘さえ死ねば継ぐのはわたしだ……そう考える底抜けのバカがいた」

シディアはちょっと黙った。

「王様からご指名を受けたんですよね、その叔父様」

「うむ」

「その叔父様を殺害してどうして所領を継げると思ったんですか？」

「……うん。どうしてだろう？」

ローズメイは真剣な顔で答えた。すでに十年以上昔の話だが、今思い返しても理解不能である。

「だが当時の彼女や叔父上は、バカだからこそ想像を絶するバカをやらかす可能性に思い至っていなかった。彼女が喪主を、進行は叔父が務める中……バカは葬儀の最中に一族郎党を全滅させようと剣を持ち込んできたのだ」

「さ……最低最悪じゃないですか！」

冠婚葬祭を剣を以て血で穢す行為はこの時代でも最悪の蛮行だ。実際にその襲撃を成功させたとしても、絶対に思い通りにはならない。そんな馬鹿をする奴がいるはずがないからこそ、ローズメイも叔父も警備はほどほどにすませていたし……だからこそ虚を突かれた。

「味方は少数。敵は多数。絶体絶命かと思いきや、そこには婚約者だった王子がいた。父と兄を亡くして泣いてばかりだった彼女を心配し、ひそかに訪れていたのだ」

ローズメイは言う。

自分や一族を守るために命を張ってくれたギスカー王子のふるまいに、あの時、ローズメイは確かに恋をしたのだ。過去のことを語るうち自分のことだと白状していたが、本人も、傍で聞くシディアも気にしなかった。

「王子は王家にのみ許された紋章を掲げ、青褪め、震えながらも短剣を首に押し当てて叫んだ。

『ここで僕が死ねば王位継承者を殺害した大逆罪になる、一族郎党、妻、息子、娘、孫のすべてに至るまで族滅される覚悟があるならやるがいい!!』と叫んで無法者を制したのだ」

「か、かっこいい!!」

自らの命を盾にしてローズメイや他の一族を守ったのだ。その堂々たるふるまいは賞賛に値する。

ローズメイは小さく笑った。過去の美しい思い出に思いを馳せ、照れくさくてほほ笑む。

あんなにも堂々としたふるまいを見せ、自分を救ってくれた王子に恋をした。

命懸けで守ってくれたのだ。好いて当然だろう?


なのに。

あんなにも美しいふるまいをした人でさえ……権力の毒に侵され、大衆の面前で婚約破棄などという非道をしてしまった。


シディアは感動のまま言う。

「それなら……彼女と王子様は幸せに結婚をしたんですか?」

ローズメイは悲し気に微笑んだ。

あんなに好きだったのに。今はもうそうではない。

ローズメイの心にあるのは……幼い頃、すべてをなげうって王子への恋に殉じたちいさなメイの思いが報われないまま終わったことへの悲しみだ。

強力神との契約で美しさを失った。けれども信じる気持ちもあった。ギスカーさまは醜くなっても自分を嫌うなんてありえない、と。

けれど、醜いものを忌み嫌い、遠ざけようとする人間の本能はちいさなメイのそんな縋りつくような気持ちさえ顧みなかった。

「王子様と彼女は……そのまま道が分かたれたのだ」

ローズメイの心に……今のギスカー王子に対する恋や未練はない。

あるのはちいさなメイだった頃の思いの残滓のみ。

あの勇敢だった王子への幼い慕情《ぼじょう》に、なつかしさと暖かさを思い出し……そっと幸せそうに笑うのみであった。


「ローズメイさま。とてもお優しいかおをなさるんですね」

シディアは目の前で温かく柔らかに微笑むローズメイを見て、見惚れながら口を開いた。

彼女だって、ローズメイが例えとして口にした姫が彼女自身を差していると察していた。

けれどもシディアはそこから推論を働かせようとは思わない。演劇の醜女将軍が、姫と王子がローズメイと深いかかわりのある存在と想像はついたが調べる気はなかった。彼女が言わないからだ。

だからシディアは主君である彼女を見て。見たままを思いのままに言ったのだ。

「その方たちのことを想う時は……乙女に戻れるんですね」

「うん？　……そうか」

そうだったのか。

ローズメイは自分の唇に触れ、静かに微笑んでいることに気づいた。

強靭な肉体と精神を手に入れた。国家の為と乙女だった自分をかなぐり捨てて強くなることに邁進した。

けれど……ギスカーさまのことを想いだす時だけは、肉体と精神を武で覆う前の心……ちいさなメイだった頃に戻れるのだ。

(そうか……おれは、ギスカーさまのことを想う時だけは。

こうなるまえ、愛し愛されることが当たり前だと信じていた、ちいさなメイだった頃に、戻ることができたのか)

だから、あんな非道な裏切り者などさっさと忘れてしまえばいいのに……と理性が囁いても忘れることができなかったのだろう。

頬が緩む。懐かしい気持ちのままローズメイは空を見上げた。

(ちいさなメイ、おれの中の幼心の君よ。

あの頃の恋は叶わないまま終わりを告げた……苦しくはない。ほんの少し寂しいだけだ……)

微笑にわずかな苦みを浮かべ、目を悲しみに伏せる。

(もういいだろう、ちいさなメイ。

おれの初恋はあの空の月に投げ捨てていく。

——さようなら、ギスカーさま。おれ……わたくし、あなたのことが好きでしたのよ……)

何かを脱ぎ捨てたような晴れがましい微笑みと共に、ローズメイはシディアに視線を移した。

「さ、シディア。……そろそろ皆も待っている。帰ろう」

「あ、はいっ。ローズメイさま。何かありましたか？」

主君であるこの女傑は、今まで見せたことのない、穏やかで優しくて……そして寂しさを感じさせる不思議な微笑を浮かべていた。

思えば今日演劇に連れてきてから彼女はずっといつもと違う表情ばかりで、何か宸襟《しんきん》を騒がすようなことをしてしまったのかと考える。

そんな気持ちを察したか、ローズメイは言う。

「いや。素晴らしい演劇と、ある大切な気づきを得たのだ。ありがとう、シディア」

「へ？　いえ、何もしてません、けど？」

シディアは不思議そうな顔をしているが……彼女の言葉がなければ自分の心に気づけないままだっただろう。

少女の頃の、心の寄る辺と静かな決別を遂げ、ローズメイはゆっくりと歩き出す。

別れを経て、新しい出会いをした。

ローズメイは失恋を経て、新しい人生を進んでいく。

この恋もいつかは傷跡となるだろう。

そうしていつかは、この失恋を思い出として誰かに語ったりするだろう。

できれば新しい恋をして結婚をして、子供を産んで。

我が子に、母はむかしおうじさまにすてきな恋をしたのだぞ……そう語ってやればいい。

今は楽しい考えを胸に寝床に戻ることにしよう。

明日からは、戦いの日々が待っているのだから。

終章　暗君ギスカー

「馬鹿な真似をしたな、ギスカー……」

「……申し開きようもございません、父上……」

ルフェンビア王国の王宮の一室。国王が横たわる寝室でギスカーは父王と面会していた。

国家存亡の危機は、どうにか去っている。

メディアス男爵率いる八千の兵はローズメイとその麾下十一騎によって総大将であるメディアス男爵その人を討たれ、すでに敗走していた。

だが、ローズメイはやはり生還できなかった。

彼女の麾下にいた、たった二人の生存者はすでに騎士勲章を返上し、応援に駆けつけた騎士団を『役立たずのごく潰しの王子の手先』と罵倒してそのまま失踪したらしい。

王家に対する明確な罵倒であったが、ギスカーは特に怒りもしなかった。

あの時、自ら微笑んで死地に赴くローズメイの笑顔を見て……なんと清らかなのだと……あの醜女を前に心の底から思ったのだ。

そしてあの清らかな女を死地に送ったのは紛れもなく、自分の愚行なのだ。

「ローズメイから頼まれておった……お前が望むなら、婚約を解消してほしい、と」

「……はい」

だが、少し前までのギスカーはそれが認められまい、と思ってもいた。

ダークサント公爵家は、ルフェンビア王国の中でも尚武の名門。ローズメイの父も兄も常に戦場にあり……そして死んだ。

彼女を王族として迎え入れることは王家からの侘びであり、名誉として報いる手段の一つでもあり、強大な軍事力を持つ彼女を王家に引きこむ手段の一つでもあった。


その全てが、無駄になったが。


しかも不慮の事故ではなく、ギスカー王子の短慮によるものだ。

父王は息子に対して責める言葉も発さず、ただ淡々と悲しみを込めて見つめるのみ。

ギスカー王子の顔色ははっきりと悪い。

いまさらながらにして自分のしでかしたことが王家にとって最悪の決断であったと理解していた。

「お前のしたことは……愚の骨頂だ」

「……はい。国外追放でも、終身刑でも、鉱山の終身労働でも、処刑でも。

どの重罰であろうとも謹んでお受けいたします」

ただ、ギスカーは自分のした罪深さを自覚はしている。父王がたとえ乱刀分屍の残虐な処刑法を命じようとも粛々とそれを受け入れただろう。

「たわけ」

だが、父王の冷厳なる返答は、ギスカー王子のどの予想とも違っていた。

父王は病状の身を起こし、その瞳に――かつて我が娘と呼ぶはずだった勇者の死を悲しむ色と、彼女を死に追いやったわが子への激烈な憤怒と……わが子の辿る、過酷な生を思う、複雑な感情を浮かべていた。

「そのような、楽な終わりができるなどと思うな」

「父上ッ、未だ立つには……」

「出立する……馬車の用意を命じよ」

父王はこの数日前に昏倒状態から回復したばかり。

病に侵され体力を失った王の玉体は骨と皮が目立っている。

だが、さすがは国家安泰の重責を担う国主。

活力を失った痩身を支えるのは、王としての激烈な使命感であった。

「ダークサント公爵家、代々の墓地にて謝しに参る」

「ですが父上。お体が……」

「それでも行かねばならぬ」

父王の容態は悪い。

その病身に鞭打ってでも、じかに詫びに行く必要がある。そう判断したのだ。ギスカーは何も言えずに俯く。尻拭いさせることになり、罪悪感がありありと浮かんだ。

「ギスカーよ……」

「はい」

「父にできるのは――ここまでだ」

それはどういう意味なのだ。

物言いたげな息子の視線に、父王は何も言わず万感の思いを込めて彼を見つめ。

ただ、黙って息子を抱擁し。

近習のもの達に支えられながら、馬車へともぐりこむ。


それが親子の最後の別れとなった。

◇

ダークサント公爵家代々の霊廟《れいびょう》は、王都より一日を馬で駆けた一族の領地にある。

すでに公爵家のものには、公爵家直系がとうとう死に絶えたという悲報が届いているだろう。

十年以上も前に、ローズメイの父である当主と、本来の跡継ぎだった兄を失い……たった十年で最後の直系さえも失った。

ギスカーの脳裏によぎるのはローズメイと共に一生を生きるのだと無邪気に信じていた幼少期だった。

父である国王にとっても、当時の当主と跡継ぎを失ったのは痛恨事。

ダークサント公爵家の姫だったローズメイをギスカーの妻に収めて味方に付ける。帝国の圧力に抗するために当時はそれ以外に選択肢がなく、そのせいで入り婿をもらって家を継ぐはずだったローズメイをそのままギスカーの婚約者に据え置いた。

ギスカーとローズメイの間には、子供は二人、必要だった。王国を継ぐギスカーの次の国王、そしてダークサント公爵家を継ぐ次代の公爵。当然ながら公爵家の地位が転がり込んでくることを期待した親類縁者からは非難轟々。

こうなれば、当主の代行を務めていたローズメイの叔父に任せ続けることになるだろう。

「もう、ダークサント公爵家では葬式を済ませたのだったな」

ローズメイの遺体は……とうとう見つからなかった。

あの剛勇を鑑みれば、積み立てた屍の山の上で胡坐をかいて絶命していそうだ……そんな使用人の囁きも聞こえる。

王家も亡骸の存在しないまま葬式を挙げるダークサント公爵家に対して弔問の使者を送ってはいた。しかし……実際のところ、塩をぶつけられ追い払われるような対応であったという。今回ばかりは臣民の激怒も至極当然のため、王家としては手紙を残し、蹴り飛ばされる勢いで逃げ出したそうだ。ローズメイの領地の統治法がどれほど臣民に慕われる適切なものであったか、今にしてよく分かった。

父王がダークサント公爵家に弔問としてじきじきに足を運んだのも、公爵家との関係の悪化が、国家存亡の危機に直結していると知るからだろう。

その全ての元凶が、ギスカー王子だ。

王子は、ダークサント公爵家に行っていない。

ローズメイとその麾下の騎士たちを無意味な戦場で死に追いやった張本人が、当人の葬式に顔を出す……これほど彼らの神経を逆撫ですることもあるまい。

それが分かっているからこそ、ギスカー王子は王都で活動を自粛していた。

「……せめて父上の不在の今、国内のことぐらいは万全にせねば」

ローズメイを亡くし。

自らの至らなさを自覚したギスカーは身を改め、現在は喪装に身を包みながらも政治を精力的に執っている。

その働き振りは確かなもので、王子を見直す声も多いが――たいていその後にこう付け加えられるのだ。

『せめて、あと一年前にああなってくれれば……』

……どうしてこんな風になったのだろう。

ギスカーは婚約者だった彼女の幼い頃を思い出す。

普通ならばローズメイは次期国王の婚約者。様々な勉強が必要で、王宮に詰めて礼儀作法や言語、歴史など学ぶ時間はいくらあっても足りなかっただろう。

だがローズメイは同時に尚武の名門ダークサント公爵家の後継者でもあった。

父を失い兄を失い。次いで夫と子を失って気鬱のあまりに身罷《みまか》った母。家族のすべてを失った孤独な少女が父の跡を継いで騎士の訓練を始めた時は誰もがやめるように説得した。

しかし彼女の意思は難く説得に応じない。

……最初はギスカーも国王も、すぐに音を上げると甘く見ていた。

騎士の訓練は過酷だ。女性の身で耐えきれるほど生易しいものではない。……だが、少女の意思の強さを甘く見積もったのは自分たちのほうだったろう。

騎士たちに交じって訓練を行い、久々に会った時に花も恥じらうあの美貌が醜く膨れていく姿を見たあの時、口にすべきではない嫌悪感があふれ出したのだ。

(なぜ私の妻になる君がそんなことをしているのだ、と——罵倒してしまったのだよな)

ショックだった。いつか妻になる人の姿が醜くなるさまに。

そして騎士として訓練し、将軍として戦地に赴いた彼女の武威なくば、王国は帝国を前に独立を維持などできなかっただろう。

ショックだった。彼女にすがらねば生きていくことさえできない自国に。

そんな国の王になる自分がたまらなく嫌だった。


……ギスカーはつい先日、懐かしい夢を見ていた。

様々な本を読んで難しい顔をした小さな頃のローズメイ。彼女は結論としてこのままでは国に独立を保てなくなる、とギスカーに相談したのだ。

ギスカーはあいまいに笑って「心配性だなぁ、ローズメイは」と答えた。

いつか妻になる少女が国を憂いてくれたのは立派だけど、いくさごとは男の役目だ。君はそんな心配をしなくてもいいんだよ……そう思ったのだ。

けれども彼女は少しだけ寂しげに俯いた。

もしかしてあの時に、自分は決定的な間違いを犯したのではないだろうか。

あの時ローズメイの不安に対してあいまいな顔などせず、真摯に向き合ってさえいれば……彼女はただの娘として生きることができたのではないか。

再会したあの時。

騎士の訓練を積む彼女を見て、醜さへの嫌悪感とは別の激しい怒りを覚えたのだ。

戦うのは男の仕事なのに騎士の訓練をする――それはすなわちギスカーは男として頼るに値しないのだと暗に責められているように感じた。

けれどもそんな彼女がいなければ王国は独立を維持できない。

自分のふがいなさが、彼女に普通の幸せを捨てる道を選ばせた。最前線で戦う騎士の生を押し付け……最後には命さえ捨てさせた。

ギスカーが……婚約者の人生と命を台無しにしたのだ。

――男のくせに。王子のくせに。

嘲りせせら笑う声が幻聴のようにこだまする。その言葉は王子に陰口を叩いた貴族のものだったが……今では、ギスカーの心から発せられていた。

彼を弾劾するもの、それは彼自身の『恥じる』心だ。

耳を塞いでも目を閉じても、この己自身からは絶対に逃れられない。

「……そうだ、男のくせに。王子のくせに。

婚約者の心に寄り添わず、彼女の人生を台無しにしたのは……他ならぬ私自身だ……」

ギスカーは、父の帰還が待ち遠しかった。

父の手で明確な罰を、苦しみを与えられたなら少しぐらいはこの罪もすすがれて……己を責める言葉も小さくなってくれるはずだ。

はずだった。

◇

さて。

今回も地味ではあるが、国家運営には欠かせない執務を受けようと会議に出席しようとし——ギスカーはそこで、宰相から予想だにしない場所への着席を勧められた。

「……宰相殿。これは謀反の誘いか」

父王のみが使用を認められる特別な席への着席だ。

本来のギスカーの席はその隣。王太子のための席。主座にあたる父王のための椅子は、王がダークサント公爵家へと弔問に赴いているから、空いているから座る――などと気軽に扱える席ではない。

国家反逆罪と判断されても仕方ない暴挙であった。

「いいえ。反逆ではありません」

「反逆者は皆そう言う」

ギスカーは椅子を勧める宰相の言葉を拒絶する。

今回のことで大いに評判を下げたギスカーだが、それでも明確な反逆に対して目つきも鋭くなろうものだ。

「衛兵！　彼らを拘束せよ、父王が帰還するまで……」

「陛下は帰還なさいません」

宰相の言葉を受け、ギスカーの背中につめたいものがもぐりこむ。

それは父王の死を意味しており、すでに彼らはメディアス男爵と同じく叛逆の手はずを整えているのだと――そう思った。

だが宰相は大きな溜息をついてから、ギスカー王子の両肩を掴んで目を合わせ、言った。

「陛下は、ダークサント公爵家の霊廟で、自刃して謝するおつもりです」

「……なに？」

まるで脊椎の代わりに氷の柱でも埋め込まれたような寒々とした恐怖感がギスカーの背中を貫いた。

宰相は胸の中に湧き上がる激情と憤怒を努めて表に出すまいと苦心する。

彼の胸の内には――国家安泰の為に尽力していたローズメイを死ぬ必要もない戦で戦死させ……彼の尻拭いのため、国王に自害する決断をさせた王子に対する強烈な怒りと悲しみがのたくっており、意識せずとも唇が震えた。

「お分かりになりませぬか、ダークサント公爵家の臣民や郎党たちにとって、ローズメイ様の戦死により、王家に対する激烈な不信感は増す一方となっております」

「それは……そうだが」

「領地を引き継ぐはずだったローズメイ様を謀殺し、その領地を奪う腹積もりだったと邪推するものもいます。とうとう王家がその野心をむき出しにしたのか、火事場泥棒め、と」

「それはっ……！」

違う、と叫びかけたギスカーであったが――なるほど、そういうものの見かたもあり。自分が否定したところでなんら説得力などないとも分かる。

「だが……それならなぜ……なぜ父上が死ぬなどということになるっ！」

「ダークサント公爵家の方々は王家の為に皆死にました。王の命を詫びに出すぐらいでなければ、民衆は納得しますすまい」

「だからっ!!」

ギスカーは叫んだ。

「どうして……どうして父上が死ぬということになる!!

ローズメイに無用な死を与え、我がルフェンビア王国に害を成したのは——私だ!! ならば私が死んで詫びるのが筋ではないかっ!!」

「確かに……陛下にほかにお子がおり、親戚に養子として招けるものがいるならその手段もありました。ギスカー王子が今日の事態を招いたのならば命をもって償わせるのが筋。

ですが……陛下にはもうお時間がありません。……医者からも持って数ヶ月の命数と告げられております。

だからこそ、ここが命の使い所と陛下は決断なさいました」

覚悟はしていたはずだった。

父王の病状は悪化の一途を辿っており、来年を越せるかは危ういものだと言われていた。

しかし……宰相のはっきりした断言の言葉と……父王の苦痛を思い、ギスカーは悲鳴をあげたくなる。

寝台の上で緩やかな死を迎えることと……息子の罪を一身に背負って自分自身に刃を突きたて、激痛と出血の苦しみの中で死亡するのはまるで違う。

その苦痛と恐怖はいかばかりのものか。

しかも自分の体に刃を突き立てる苦しみを、父王に肩代わりさせたのは——他ならぬ、ギスカー王子自身なのだ。

ギスカーは胸を掻きむしった。

自分自身の死にならば、恐怖しながらも耐えることができよう。だが……敬愛する父に自分の罪に対する罰を被らせ、のうのうと生きていかねばならない自分の罪深さ……おのれが言葉に出すのも汚らわしい、軽蔑に値する男であることには耐えられなかった。

「ああ……ああ、ああ!! 父上、ローズメイ!」

そして何より――ローズメイはすでに自分の愚かさの尻拭いの為に戦場で死んだ。亡骸さえ故郷に帰ることもできなかった。

父と婚約者の死を招いたのは自分であり……そして次期国王である自分は、国家の為に二人を犠牲にしながらも安泰に生き長らえねばならない。だがそんな自己嫌悪の地獄で震えるギスカーに、宰相はまるで鞭打つかのように更なる言葉を発する。

「……ギスカー王子、あなたにはサンダミオン帝国の姫と婚姻していただくことになります」

「……やめろ……何を馬鹿なことを言ってる! お前は何を言ってるんだ!!」

ギスカーの罵倒の理由も、宰相には分からないでもない。

彼らの統治に組み込む手段として王族との婚姻はよくある手だ。

だがサンダミオン帝国は今回のローズメイの死に対し裏で糸を引いていた黒幕とも言うべき相手。今回の国難に際し、ギスカーの次に責を問うべき憎き敵の姫と婚姻など……まるで親の仇を妻とするようなものではないか。道義的にも心情的にも受け入れられるものではない。

だが宰相は首を横に振った。

「ローズメイ様を失ったことにより、すでに彼女麾下の二万の兵士達には強い厭戦《えんせん》気分が広がり始めております。

強大な戦闘指揮官の彼女を失った以上――次は。サンダミオン帝国の侵攻を止めることは不可能でしょう。ゆえに……一番国力を残した今こそ有利に降伏できる……それが国王陛下のご判断なのです」

だが……仮にも婚約者だった人を戦死させた敵国の姫君との婚約など……究極の不誠実とも言うべき行為ではないか。

これも見ようによっては――サンダミオン帝国の姫君に恋慕したギスカー王子は邪魔なローズメイ将軍を謀殺し、国家を売ったと邪推することもできるだろう。

ギスカーは宰相の言葉に引きつった泣き笑いの表情で言った。

「お前は……シーラとの偽りの愛に惑わされ、血迷って婚約者のローズメイを戦死確実の戦いに送り込んだ外道畜生の私に！　ローズメイを殺した敵国の姫を妻にせよと……そう言うのか!!　私に、更に恥知らずを重ねよというのか!!」

頭を掻き毟り、頭皮から血さえ滲ませながら叫ぶ。

「女に血迷って婚約者であり将軍だった人を死に追いやり！　敵国の姫を娶《めと》ってのうのうと生き長らえろと!?　女の色香で母国を滅ぼし、忠臣を死に追いやり、稀代の暗君として歴史に千年の名を残せと!?　このあとの人生死ぬまで女がらみで国を売った売国奴として、全ての臣民から軽蔑されながら……生きていけというのか!?」

喉が枯れるような切々とした声を絞り上げて叫んだ。

「これでは……これでは……死んだほうがましではないか!!」

だが、彼の悲鳴を宰相の怒号が叩き潰した。

「お前に自分で死に場所を選ぶなどというぜいたくが許されると思うか!!」

その獅子吼にギスカーはびくり、と震える。

「……陛下も、ローズメイ様も……まだ未来はあった。

それを無理やり終わらせねばならなかったのは、殿下。あなたのせいです！

あなたのせいだっ！　あなたのせいでお二人は死ぬ以外なかったのだ!!」

そう言って――親の仇でも射殺すような激しい憎悪の視線を向けていた宰相は……力なく項垂れた。

「……ですが……あなたには国の王として、自己嫌悪の地獄で苦しみもがきながらも……生き続けてもらわねばならぬのです。

それこそが……先王陛下があなたに下された、わが子には生きてほしいという親の愛、あるいは残酷なエゴであり。

そしてこの先、生きている限り一生ついてまわる軽蔑と、千年残る暗君の汚名こそがあなたに与えられた罰なのですから……」

宰相は鉛のような溜息を吐き出すと、そのまま近くの椅子に腰掛ける。

相次ぐ訃報に肉体よりも精神が疲弊しきっているのだろう。

ギスカーは、不意に心に閃いた直感を口にした。

「……宰相はローズメイとは……？」

「姪の娘だったのですよ」

宰相も貴族としては名門に当たる。歴史の古いこの国ならば家系図を紐解けばだいたいの有力な諸侯との縁戚関係が浮かび上がってくる。

だが宰相の嘆き方は……きっと昔、温かなふれあいをした家族の悲しみが溢れていた。

ギスカーは、自分がこれまで座っていた王子のための座席から王の椅子を見上げる。

これから先、自分は大勢の人々に軽蔑されながらも生きていかねばならないだろう。ここで死を賜るほうがよほど楽だと思わなくもない。

……しかし、ローズメイと父王は自分とこの国を存続させる為に命をささげた。

のであれば……容易く自害という選択を採ることもできない。

生きるも、また地獄。しかし死がただの安易な逃げになるのも間違いはない。

ギスカーは王宮の窓から外を見た。

血相を変えた伝令が馬を走らせてやってくる。

父の訃報を携えてきたのだろう——そう思いながら、瞳から溢れ出る涙を堪えながら、ギスカーは嗚咽した。

男のくせに。王子のくせに——頭の中で今も責める声がする。

もう永遠に罰される機会は訪れない。自己嫌悪の言葉とはこれから一生つきあっていかなければならないのだ。

だが、自分が楽になるなど許されない、許せない。

どれほど辛くても、生きねばならない。

ギスカー王子は十代末の頃、婚約者を群衆の面前で罵倒し、尊厳に傷を付けた。

父王に命で尻拭いをさせ、婚約者を殺した敵国の王女を娶り、安穏と生き続けた恥知らずの唾棄すべき暗君として歴史に名を残した。

ただ、彼の妻となった帝国の王女が、故郷の母に送った手紙には『婚約者の名誉を傷つけた恥知らずと噂の人だけど……思ったよりずっと優しかった』と、不安がる家族を安心させる文面が残されている。

ギスカー王子の人となりを残す近親者の資料は少ない。

暗君としての評判に、妻となった人が、ほんの少しだけ反証を残したのみであった。

そしてその反証でさえ、後世の歴史家は『帝国と王国のあいだに不和の種を撒かないために気を使った王女の嘘、あるいは捏造』と言っている。

歴史は彼を暗君と語る。

異論の余地はない。

書き下ろし番外編

約束を破る果て

傷は男の勲章だ、なんて言葉がある。

その男にとって、確かに顔に刻み付けられた一生モノの傷は大いに役に立った。

右側の頬から逆袈裟に撥ね上がり、左側の目の近くをなぞるような傷跡。半歩距離を間違えれば頭蓋を割るような一撃を紙一重で避けて、すぐさま突き殺してやった……そんな逸話が悪相の強面《こわもて》男の人生をいくらか生きやすくしてくれる。

彼にとっては傷は男の勲章というより恫喝、威圧の武器と言ったほうがいいだろう。

想像するだけですさまじい痛みを思わせる傷跡と、生来の怖い顔でひと睨みすればたいていのチンピラや悪漢程度ならば怯え震えて尻尾を巻いて逃げてくれるのだ。


もちろん実際は違う。

男が斜めに残った傷跡を受けたのは戦場で敵と血みどろの戦いを潜り抜けたから……何てことはない。

幼い頃に強面な悪漢の人生をゆがめた……父親の暴力によるものだった。

『うるせぇ！』

欠けた歯とその隙間から見える舌。唾を飛ばして怒鳴り散らす男。成長した今の自分とそっくりの顔立ち。

悪夢の根源である親父はあの時なんの理由で怒っていたのだろうか？　思い出せはしないが、特に深い理由などなかったはずだ。何か気に障ることがあったり、帰る途中で小石に蹴躓《けつまず》いたり、賭けに負けたり……まぁそういう、どうでもいい理由で子供の頃の男は拳骨を受けた。

まぶたの裏側で火花の散るような感覚。目の前が揺れて立っていることもできずに横に崩れ落ちたのだが……その時は実に不運にも、近くの木材のささくれだった先端が、鋭く天井へと向いていた。そこに倒れ込んでしまったわけだ。

喉からせりあがる絶叫、苦痛、悲鳴。口を動かし声帯を震わせるたびに痛みが溢れ、どくどくと赤い血が流れて視界を染める。歯をくいしばってうずくまり、くぐもった声を上げる。涙をこぼし助けを求めようとした。

親父は逃げ出した。

血と悲鳴に怯えて逃げ出す親父。その慌てた様に気づいたおふくろが悲鳴を上げ。それで近所の連中がひどい怪我に手助けをしてくれた。

何てことはない。

恫喝と威圧の武器だった傷は、親父の拳骨が怖くて震えていた子供が受けた、虐待の痕跡なだけでしかない。

誰もが恐れおののく男の勲章は……大したことじゃない。親に反抗すらできなかった餓鬼の怯えた傷跡でしかなかったのだ。

親父は謝ることはなかった。まるで一度謝ってしまえば自分の尊厳や価値が失われていると思い込んでいるかのようで。

さすがにそれに耐えかねたおふくろが文句を言うけれど、親父はそれを拳骨で黙らせた。

ある程度成長し、ちょっとした仕事の手伝いや配達をしているうちにこづかい銭を稼げるようになると、それさえも拳骨で奪われた。これで最後、これ呑んだら働くからよぉ、と母親の稼ぎも奪って酒を飲み。それを責められるとまた拳骨。約束なんて一度も守ったことなどない。


それでも時間は平等だった。

飯を食い、眠り、働き、飯を食い、眠る。生きていれば少しずつ体も大人に近づいていく。

体がでかくなる。夜眠っていると体のきしむ成長痛で目を覚ます時もあった。

体格が大きくなり。体に纏う筋肉が増える。そうすると、町の路地裏でたむろしている悪餓鬼どもとの喧嘩やいざこざの時に呼ばれた。

顔を斜めに走る一生モノの傷は、敵の悪餓鬼どもを威嚇するには十分の恐ろしさだった。実際には修羅場を掻い潜った経験なんてなくて。本当は親父の拳骨が怖くて仕方ない、情けない臆病者の証だったのに。


それでも周りが傷跡を恐れ。

自分を恐れているうちに……気弱で情けない臆病者だった少年を、まるで周囲からの印象という鋳型《いがた》が狂暴な悪漢に鋳造《ちゅうぞう》してしまったかのように。

男はいつの間にか、その傷跡に相応しい悪漢へと成長していた。

この傷を見るたび敵が目に浮かべる怯えや恐れ。こいつは俺を恐れていると考えていると、なんだか自分が大物になったかのような錯覚を覚える。気づけば周りが恐れる悪童どもの頭になりあがり、人に言えない後ろ暗いことの片棒を担ぐようになった。

いつも親父にぶん殴られてきたせいか、頭の中では真っ先に相手を殴って言うことを聞かせる選択肢が出てくる。話し合いで済ませられるようなことでさえも拳が出た。

でも、悪くない。

顔面に深い傷を受けた時は、なんでこんな目に……と、傷の痛みと眠れぬ夜に呻き続けていたけれど。

今や悪相の男にとってはこの傷が己の人生を決したのだと言ってよかった。

体は大きくなり。いくつも修羅場鉄火場《しゅらばてっかば》を潜るうちに他にもあちこちに傷ができた。悪漢無頼とつるむようになり、金回りもよくなった。

親父には感謝していたと言ってもいい。さすがにもう金をゆすられることはないが、しかし復讐する気もなかったのだ。

時間が無力な少年を成長させ、恐れられる悪漢へと成り上がらせたのと同じように。

子供に傷をつけ、妻に暴力を振るって酒を飲んでばかりの父親は、その性根に相応しく背が曲がり力も貧弱な小男へと縮まっていったのだ。

情けなく無様な姿に、いまさら暴力を振るう気なんてない。自分にへりくだった父親に嫌悪感を抱きこそすれ、もう相手をする気にさえならない。

だが……父が今の権威に傷をつけるのなら話は別だった。

「へ。お前なんざ腕っぷしの強いふりしてるけどよぉ。周りをビビらせるその傷跡も俺の拳骨のおかげじゃねぇかよぉ。俺が一言口を滑らせたらどうなると思ってんだい」

自分の運命を変えた傷跡。

相手を恐怖させる力の源泉。

その本当の事情を他人に知られてしまえば……この傷の『魔力』が失われる。

『魔力』を与えてくれた親父に感謝していたが、その『魔力』を奪おうとするなら話は別だったし……あの時の傷の痛みを決して忘れたわけではなかったのだ。もし親父が自分に謝罪していたり、親切で優しく接していたなら良心が咎めていただろう。

だが親父は暴力など日常茶飯事。約束を破ることなど屁とも思っていない。

殴ることに、いまさらためらいなど覚えなかった。


『お、親を殴るのか！』

「自分の子供を殴っていた男が言うことか！」


親父を捩じり伏せ拳骨をぶち込む。

一発、二発で怒りの表情が恐怖で塗りつぶされる。

三発、四発で顔が腫れ上がる。餓鬼の頃に刻まれた恐怖が浄化されていくようだ。

命乞いの言葉を聞いたが無視する。

この親父のことだ――幼い頃からおふくろに『これを呑んだら働くから』と言っておきながらまともに約束を守ったことなんざ一度もねぇ。約束を破り続けた男の命乞いなんて、三日もすれば逆恨みになる。そんなことないと泣き叫ぶ親父を黙らせる。


面白い。

面白くてたまらない。

暴力と恐怖で他人を屈従させるのってこんなにも面白いことだったのか。

自分がどれだけ捻《ね》じくれて性根が曲がっていても、どれほど筋の通らないふるまいをしても問題ない。どんな物事も暴力で従わせればいい。

（こんなにも面白いことだったんだな、親父）

（あんたが餓鬼の頃の俺に暴力を振るうのも仕方ない。酒よりも、女よりも、飯よりも、相手を支配するこの喜びにはまるで及ばないのだな）

（俺を見る目に浮かぶ恐怖の感情、ああ、悪くねぇ）

（親父。あんたのことが、今ようやく心の底から理解できたよ――）

こうして悪相の男は、人生で初めて父親に共感を覚え。今までにない親愛さえ感じながら拳骨を叩きつけて。

当然の帰結として父を撲殺していた。

「ああ、面白かったなぁ」

それでも心に残ったのは、親殺しをしてしまった恐怖や罪悪感などではない。

父はまぁ殺されても仕方ないような人間だったし、あの時子供だった自分だって顔に受けた傷が原因で発熱し、命の危機に陥ったこともある。お相子だ。

残ったのは快感と、誰かに怯えられ、恐怖されることへの言いようのない興奮だったのだ。

◇

親殺しの罪を犯してしまった以上は故郷にはいられない。

しかし悪相の男がやったような後ろ暗い犯罪の手を必要とする連中はいつの世にだっている。

中でもこの……アンダルム男爵領での仕事が一番金払いが良かった。

脅迫、恫喝、誘拐、殺人。

悪事のオンパレードな上、それを指示しているのがよりによって……この領地をお治めになるお貴族様。

自分たちのような悪漢無頼を取り締まるべき相手が飼い主だ。捕まる恐れなど何一つない。


そう。

思っていたのだが……。


「す、すげぇ！　すげぇ!!　すげぇ美人がっ、がっがっ……!?」


どすりと、血濡れた刃が仲間の男の口から生える。

御簾の中にいるはずの白子《アルビノ》の嬢ちゃんを攫ってくるだけの簡単な仕事だったはずだ。

それがどうして。御簾の中から出てきたのは、今まで見たこともねぇとんでもない美人！　あんなにもふるいつきたくなる絶世の美女を見れば、少しぐらいは下半身だってその気になろうものを。

……鼻腔をくすぐる鮮血の臭いのせいだろうか。

心臓はどくどくと激しく脈打ち、額からは肌に絡みつくようなじっとりした脂汗が滴り落ちる。

おかしいな、『魔力』が通じない。

今まで町中の喧嘩で何度もこの悪相、凶相を前に誰もがしり込みした。顔にはっきりと焦りや怯えの色を浮かべ、思わず顔をそむけたものだ。

害意を込め、眉間に力を入れて睨んでも、その黄金の女は涼しげな顔で受け流す。まるで自分の本性が……親父の拳骨に怯えて震えていた卑小で臆病な魂しか宿していないことを見抜くように。

お前の『魔力』程度の戦傷などいつも見慣れていると言わんばかりだった。

怖い、と男は思わず後ずさった。

恐怖もある。仲間を目の前で事も無げに刺殺したのだ。間違いなく暴力に慣れ親しみ、相手を殺害することを日常的な生業にしていたこっち側。それも、自分より遥かに巧みに、上手く人を殺せる熟達者だ。

だがそれ以上に男にとって恐ろしいのは、黄金の女に自分の人生の寄《よ》る辺《べ》であった、他者を恐怖させる『魔力』が通じないこと。それが無くなってしまったら自分など何の価値もない存在なのだと……はっきり突きつけられることへの恐怖だったのだ。


それでも……問題はない、きっとそうだ。

どれほど偉大で素晴らしい人間であろうとも死ねばそれまでだ。数人がかりで囲んで刻んでしまえばいい。

こっちのほうが何名も多い。そう思っていたのに。

「お前か！　お前がドラゴンか!!」

なんで自分たちをドラゴン呼ばわりなんかするのだろう？

こっちに突きつけられた剣の切っ先が左右にうろちょろするのが恐ろしい。

黄金の女がその気になればこっちを殺し尽くせるのだとわかる。

そのうえ仲間の一人を片腕で抱えあげ『ドラゴンになれよ』と恫喝されれば……自分と同じような強面の悪漢が半分泣きそうなぐらいに情けない声で悲鳴をあげている。

さもありなん。こんなめちゃくちゃな要求など聞き入れられないし、下手なことを言っても殺されそうだ。

どうする、と思わず頭のほうへと意識が集中する。とにかく仲間の誰かが殺されている間に逃げられれば、と頭の中で考えたりもするが、多分仲間達も同様だろう。

お互い仲間意識などはない。あるのは利益による結託。まずいことがあればお互いを見捨てて逃げ出す程度の関係なのだ。

だから……本来男たちが攫ってくるはずだった白子《アルビノ》の娘が帰ってきた時は好機だと思った。

こっちは大勢、向こうは少数。

交渉はうまく行く。そう思ったのだ。

「……酒もやり、金もやる。俺たちゃあの白子《アルビノ》の娘を捕まえて持って帰るから、お互い出会わなかったことにしねぇかい？」

あの黄金の女がただならぬ威圧や迫力を備えた絶世の美女だとしても。

かなりの腕利きであろうとも、しょせんはたった一人だけ。リスクを考えれば何事もなく終われる。そう思っていたのに……この黄金の女は事も無げにそれを拒絶したのだ。

「ならぬ」

そこにいるのは。ただの口約束のために十人と戦う腹を決めた女だった。

男は……不思議な感動が全身を包み込むのを感じた。

幼い頃のあの父親。働くからと言っておきながら酒浸りで自分や母親に迷惑をかけ続け……最後には己が拳骨で殺めた男。約束などろくに守らず。ただ拳骨の硬さと暴力を振るう手の早さで歪な家族を作っていた父。

それに比べて、この女はどうなんだ。

誘拐する予定だった白子《アルビノ》の娘を助けるため、孤剣一つで十名と斬り結ぶことを選ぶような武人などバディス村にいないと調査で分かっている。

命を賭けて戦う理由などこの黄金の女にはないはずだ。

ならばなぜ約束一つに命を賭けるのだろう。


（俺の親父は……約束など一つさえ守ったことがないのに……）


……約束を破るなんて何回もやった。親父のように。

人質を取って金を要求し、支払った相手も人質も諸共に始末した。約束を守る意味などないからだ。隊商の護衛を務めたこともあった。契約など最初から守る気などなくて、盗賊を引き込んで殺した。約束を守る価値などないからだ。


男だって今まで人生でしてきたすべての約束を破った訳ではない。

しかし、約束というものはお互いの力が拮抗している時にのみ守るべきだ。

約束を破ったら、相手が怒り、反撃し、多大な被害、手痛い傷を受けるかもしれない——その恐れがある相手ならば約束を守る必要がある。

強者と弱者の間に約束を守る価値など存在しない。

幼いあの日、子供だった男との約束を父が一度も守らなかったのと同じように。

相手が『不義理だ』と怒り罵ろうとも暴力で勝ってさえいれば問題なく捩じ伏せられる。弱いから文句などいっても顧みられることもない。

だからこの黄金の女の行動は絶対に間違っているはずだったのだ。


（……いや。もしかして）

男は、しかし……そこで今までの自分を否定するかのような疑問を感じた。


今まで男は、約束など守る価値がないと思っていた。

弱肉強食の言葉を知らずとも、実感として知っていた男は、己の心の中に湧き上がる疑問が否定できないほど大きくなっていくのを感じた。


……約束を守る人間がいた。

母親はどれだけ自分が飢えていても飯を与えてくれた。

仕事をして駄賃を渡したら、最初の約束通り決まった額をこづかいとして渡してくれた。

あの父親みたいにはなるんじゃないよ……といつも言っていた。

もしかして違うのか。

みんなそうなのか。

強いものが意を通し、弱いものを踏み躙ることをみんな楽しむわけではないのか。

みんな……ただの口約束を守ってたった一人で十名と戦うことを笑って受け入れられるものなのだろうか。


男は、美しいものを見たような気持ちになった。

その美しさを前にしているうちに——どうしようもない居心地の悪さを覚えるようになる。

今まで自分の周りは騙し騙されの世界。狼と狼が相食む修羅《しゅら》の巷《ちまた》。その殺伐とした世界が心地よかった。

けれども、目の前の黄金の女が発する——たった一人の娘を守って戦う女のふるまいが、とてつもなく尊くて重んじるべきもののように感じたのだ。

今よりもずっと昔、罪を重ねる前。町を行く劇団がやっていた華やかな英雄譚の登場人物が、今目の前にいるような感動を感じていた。

今、目の前で斬り殺されたお頭《かしら》——いったいどうやって、いったいいつ。目の前で行われたはずの斬殺が見えなかった。ああすげぇ、格好いいなぁと恐怖と一緒に笑いがこみあげてくる。

「ち、ちくしょぉぉ！　もうこうなったら狼龍を呼べっ！」

仲間の一人が叫ぶ。

ああ、まぁそりゃそうだ。その仲間は自分よりずっと冷静で正しい判断をしている。目の前の黄金の女が発する武威はすさまじく強大だった。自分たちがあと百人いようとも、彼女を倒せる姿が想像できない。

頭《あたま》が静かに落ちる音。

まるで舞台役者の殺陣《たて》を見るような妙な興奮を覚える。おかしい。あの切っ先が向くのは次は自分かもしれないのに。

あの切っ先が乱舞するのを見たくて男はつい叫んでいた。

「ほ、本気で言ってるのか⁉　あんな別嬪を食わせるって⁉」

「お前はいったいどっちの味方だぁ‼」

ついつい仲間を止めようとした言葉に返される怒号。

そりゃそうだなと冷静な部分が考え、妙なおかしみを感じる。呼子を吹き鳴らす音と共に……これまで悪漢たちが伏せさせていた狼龍が姿を現した。

これで決まりだ――男はそう思った。

どんなに綺麗事を口にしようと圧倒的な暴力には勝てないはずだ。龍だぞ、ドラゴンだぞ。物語の敵役、英雄が討ち果たすべき困難な障害。こんな怪物を前にすればどんな人間だって臆病風に吹かれる。あの白子《アルビノ》の娘を置いてすぐさま逃げ出そうとするはずだ。

そんな怪物を前に。

彼女はなにやら腹立たしげに狼龍へと宣告し、拳骨をぶち込んだのである。

死ぬはずだ――。

黄金の女は目の前を横切る鋭い爪を紙一重で避けつつ、鉄拳を狼龍――なぜかシーラと名付けた――の横腹に打ち込む。

相手の外皮は甲冑を思わせる鱗で覆われ、その下はしなやかな筋肉が詰まっている。分厚い筋繊維は強靭で拳などものともしないはずだ。

『ぎいいぃいぃ⁉』

なのに狼龍が、はっきりと苦悶の声をあげた。

苦しんでいる。効いている。うそだろ、という気持ちが湧いてくる。

それでも殴られた激痛と憤怒を目にぎらつかせ、大口をあけて噛み付こうと飛び掛かった。

「危ないっ！」

思わず、男の口から注意を促す声が出る。

おかしなものだ。自分とあの黄金の女はハッキリ敵対関係にあるのに。あの狼龍さえも敗れてしまったならば、超人的な武威を持つ黄金の女の刃が自分たちに向くはずなのに……どうして彼女が敗れる姿を見たくないと感じているのだろうか。

だが黄金の女は己に噛り付こうと広がる口蓋へと……握り固めた拳骨をぶち込んだのだ。

「は、えぇぇぇっ……！」

「すっげ……」

気づけば狼龍を呼んで彼女を食い殺させようとした奴さえも同じように見惚れていた。

獣の顎は、確かに喉奥に侵入してくる物体を噛める構造にはできていない。それに狼龍がどれほど強靭な鱗としなやかな筋肉を持っていても、臓腑まで頑丈な訳はない。

口の中、柔らかな内臓部分をあの凄まじい腕力でぶん殴られたのだ。いくら龍であろうとも悶絶するすさまじい苦しみに、げぇげぇと牙の並ぶ口内から唾液を吐いて転げまわっている。

……理屈の上ではわかる。

相手の攻撃の瞬間は反撃を加える最大の好機でもある。大きく開いた口の中は鱗で覆われていない。反撃の機会だ。

しかし鋭く尖ったナイフをいくつも並べたような顎に自らの腕を差し出し殴りつけるなど――あまりの恐ろしさに誰もがしり込みするだろう。片腕を噛み千切られるリスクを背負いながらそんなことができるなんて。可能なのは人知を超越した超戦士か、あるいは今日ここを死に場所と思い定めた死兵しかいないだろう。

黄金の女は、男たちに見向きもしない。

狼龍シーラは苦し気な姿を見せながらもなお躍りかかる。大蛇のような龍尾を鞭のごとく振るい、四肢の先端にある爪を縦横無尽に繰り出す。

並みの人間なら五体を分割され、乱刀分屍《らんとうぶんし》となり果てていなければおかしいような凄まじい攻撃。にも拘わらず黄金の女は避け続け殴り続ける。彼女にかかればありふれたただのすり足の動作が、どんな金城湯地《きんじょうとうち》にも勝る堅固な守りとなった。たったの一撃が彼女を捉えれば決着がつく。薄氷を踏むような戦いのはずなのに、次の瞬間には臓腑と鮮血がばらまかれてもおかしくない戦いなのに、なぜだ。


いるのか、ほんとにいるのか。こんな奴が。

生贄に捧げられた哀れな小娘を守るために、なんの利益もないまま龍と戦う女がこの世に実在するなんて。

物語でしか存在しないはずの英雄が、本当にこの世に存在していいのか。

今まで暴力と恫喝で生きていた男は思う。

もしかして、これが普通だったのか。父親は子供に暴力を振るうなんてことはないものなのか。

良い奴は、約束を守る価値のない弱い奴を守ってくれるのか。

とうとう狼龍を拳骨一つで屈従させる黄金の女。

彼女の姿を見て男は、頬を涙で濡らした。

(……なんで俺の親父は……そうじゃなかったんだ)

別に強くなくてもよかった。

拳骨を貰うことがあっても、自分が何か悪いことをしたのだと教えて納得できたなら受け入れられた。

約束を守ってくれればそれだけでよかったのに。

この顔面の傷で捻《ひね》くれ曲がった男の人生は、もう取り返しが付かないほどに手遅れで。

それでも……この黄金の女が見せてくれる、美しい何かを見たいと思って、男は自ら剣を捨てた。

◇

アンダルム男爵子飼いの汚れ仕事役の悪漢たち。

彼らは今やアンダルム男爵のもとを離れ、黄金の姐さんローズメイの手先として行動を共にしていた。

顔に深い傷跡のある凶相の男は、二人の仲間を連れて町に降りるつもりである。

「それじゃ行こうぜ」

「ああ」

ここ数日の生活は悪党暮らしの中では珍しいほどに平和な日々だった。

自分たちの悪事の数々を知っているのは村長とシディアだけ。村長は口が堅いし、生贄のお嬢ちゃんことシディアはむしろ悪漢たちにとっては黄金の姐さんローズメイに心酔する同志として妙な連帯感さえ持っている。

狼龍シーラも猟師仕事に協力してくれるおかげでたくさんの獲物が取れた。

今日、彼らはなめした獣の革を商品として売りに行くのだ。黄金の姐さんローズメイはまだこの地形に不慣れだし、何やら大きな戦を終えた直後で疲れているため同行を断った、とのことだ。まぁ、狼龍と殴り合いを演じたのだ。休息を欲しても当然、むしろあの黄金の姐さんも人間のように疲労を感じるのだと安心するぐらいである。

男たちは歩き出す。

彼らは悪漢たちの中でも札付きの兇状持ちだった。けれどもそんな彼らにとってここ数日は……人生を変えるほどの衝撃をもたらしていた。

黄金の姐さんのように、損得抜きで生贄のお嬢ちゃんのために戦える姿に憧れを見出した。あたかも物語の英雄のようで、彼女の傍にいれば自分も伝説の登場人物になったかのような気持ちになれた。

そうしてから自分の人生を顧みて……その惨憺たるありさまに呆然としたものだ。

これまで積み重ねてきた悪行からそう簡単に逃れられるものではないと、察してもいる。

町へと向かう道を行く中、悪相の兇状持ちたちはまっすぐ前を見つめながら話をする。

「アンダルム男爵はどれぐらいの早さで来ると思う?」

「分からねぇ。すぐじゃねぇとは思うが」

「生贄ちゃんを攫って送り届けねぇと、あいつらはすぐさま連絡を送るだろうからな」

三人の男たちは一つ、やるべき仕事があった。

荷物として抱えている獣の革を売って金に換えるのも目的だが、それとは別に殺しの用事がある。

アンダルム男爵に送るはずだった生贄ちゃんことシディア。彼女を男爵の手の者に渡す予定だったが、黄金の姐さんを知ってからは従う気はない。生贄ちゃんを渡すはずだった受取人を行方不明にして、自分たちへの追跡を攪乱《かくらん》するつもりだった。

だが、それは明確に殺人。黄金の姐さんの手下になることに憧れや喜びを感じる悪漢たちは……汚れ切った自分たちがこの仕事には相応しいと考え、足を洗う前の最後の仕事に訪れたのである。

◇

町に到着する。

小さいながらも相応に人出が多く、東西に行き来するのに便利な位置にあるため旅装に身を包んだ連中もそこそこ見かける。この町であれば防寒具の材料としても使える獣の革は高く売れるだろう。

男たちの顔が穏やかな心にほころんだ。

この場にいた傷の男をはじめとする悪漢にも罪を犯したことのない時代はあった。

家業を手伝い、幸運に恵まれて多めの日銭を手にして家に帰る。家からは炊事の煙が立ち上り、贅をつくした訳ではないが、腹いっぱいになれるように食事を作って母が待っている。少しだけ、日々の晩餐に一品ほど増やせるだろう。それが何より喜ばしかった子供の頃。

遠い昔に捨て去った温かな幸せに触れたかのように、男たちは静かに笑った。


だが。

血濡れた過去は悪漢たちが、このまま幸せになるなど許さないと言わんばかりに追ってくる。


「指定の日時より遅れているぞ、どういうことだ」

「……ああ」

悪漢たちは、大きな読み違えをしていた。

この町にいるのは生贄ちゃんを引き渡し受け取るのが仕事の、自分たちと同程度の悪党ぐらいのはず。

なのに……彼らの前にいるのは身なりと品位の整った、マントの下に甲冑を纏った正規の騎士たちだ。

アンダルム男爵家に仕える騎士の証、家の紋章をマントに掲げる騎士が、顔に不審と警戒の感情を浮かべて悪漢たちを睨み据えているのだ。周囲の町人たちも血風の予感を感じて慌てた様子でその場から離れていく。

「ていうか、なんでアンタたち正規の騎士様がここに？」

「お前らが知る必要はない」

自分たちの行動が読まれていて、事前に準備をしていた？

それはない、確実だ。そもそもこの場にいる三名はその日暮らしの悪漢無頼。最初は指示通り生贄ちゃんを捕まえて引き渡すつもりだったのだ。それをやめたのはただローズメイという規格外の女に心惹かれ、彼女の英雄の道行きを共に歩みたいと思ったからだ。

あの村の神父を成敗してからまだそれほど時間は経っていない。恐らくは最初から……生贄ちゃんを確保したら、村人をどうにかするつもりだったのだろう。

結局は……自分たちよりもはるかにアンダルム男爵は冷徹だったということだ。自分たちの邪悪さなどかすむほどに合理的で冷酷だったのだ。

「お前たちに渡していた狼龍はどうした」

「傾国の美女と喧嘩して負けて、今じゃ尻に敷かれてるよ」

ふざけた冗談だと思ったのだろう。男は頬を張られる。

手甲越しの一撃のせいで歯が飛び、口内に鉄臭さが充満する中、にやにや笑って答えてやる。

「おいおいお怒りになんなよ」

全て事実で嘘など一つも言ってない。問題はあまりにも荒唐無稽で誰にも信じてもらえないことだろうか。

……大勢の気配を前に、これは逃げきれないな、と悪漢たちは頷き合う。どうにかして舌先三寸で彼らをだまくらかして生き延びたいところだ。

騎士は冷たい目でこっちを見てくる。

悪漢たちはその目を見て……小さく笑った。

アンダルム男爵の命令に従い汚れ仕事を斡旋《あっせん》する騎士様。陰気でなにが楽しくて生きているのかまるで分からない目をしている。少し前まで自分たちも同じような目をしていたからよく分かる。

あんたたち、人生楽しいかい？　俺達は今楽しくて楽しくてしかたない。まさに今人生で最も面白い絶頂期にいるんだぜ！　と自慢してやりたくなる。

騎士は周りの兵士に目くばせし、「ついてこい」と一声かける。

傷の男は心のどこかで自分の死期が訪れたことを肌で感じ取った。

周りには完全武装の騎士が数名。もし逃げるようなそぶりを見せればすぐさま囲まれて始末されるだろう。

もしかするとこれが生涯最後の光景かもしれないと思いながら歩き出した。

心の中から怯えがせりあがる。

悪漢無頼の男が弱みを見せれば周りから侮られる。だから今まで第二の本能のようにこんな感情には蓋をしてきたけど……周りの完全武装した騎士たちを前にするとどうしても叫びだしそうになる。

——どうか命だけは——


ああ。

あああああ。

生殺与奪のすべてを他人に握られ、恐怖に濁った眼で自分を見つめるその姿。

殴り殺した父親と同じ眼差しを、今自分もしているのだと実感する。

これまで何人も殺した。相手を恐怖で屈従させるのが何より面白かった。


……すとん、と腑に落ちる。

ああ、そうだよなぁ。いくらあの黄金の姐さんに惚れたからといって。人生を一からやり直そうと心から思っても……しでかした罪のすべてから逃げられるなんて、そんな都合のいいことなど、あるわけがない……。


死にたくない。

どうして俺はこんな目に遭っているのだろう……原因を探し求めれば記憶は昔に戻っていく。

自分の人生が決定的に捻くれたあの瞬間、父を殺めたあの時からだった。

親父を殴ったことは後悔していない。

罪を犯した自分だが、それでも親父は救いようのないクズ野郎だ。一発二発殴ったって許されるだろう。十発ぐらい殴っても構わない。

……けれど。確かに親父はクズだったが、殺されるほどの悪人でもなかったはずだ。

あの時、相手を恐怖で縛り付ける快感に屈したせいだ。やっぱりあの父親の血が自分の運命を狂わせたのだろうか――そう自己弁護しようとした男は、いや、それは違うと考え直す。


母ちゃん。

あのクソ親父とは違って母親は自分に嘘をつかなかった。約束を破らなかった。

あの父親のようになってはいけないと何度も何度も、根気よく言ってくれた。思わず声が出る。

「かあちゃん……」

「へ？　なんだ。母ちゃん助けて～ってか？」

「ははは、いまさらおかんに縋るとかこの顔の傷とドスの利いた声も台無しだなぁ」

周りのごろつきまがいの傭兵が何人か嘲りせせら笑う声をあげる。けれども傷の男はなんの反応も見せなかった。

自分にはあの真面目な母親の血も流れている。あの母親のように誰かとの約束をきちんと守る人生を送っていたなら、こんな結末を迎えることなどなかったはずだ。

……あの日、親父を殴り殺した時に己は相手を恐怖させ、屈従させる許されざる喜びに魅入られた。

それは間違いなく傷の男自身の性根、魂が残酷で冷酷だったからに違いない。母親が自分の人生を思いやって、何度も根気よく続けてくれた忠告を無視して悪人としての人生を迎えたのは自業自得に違いない。

「死にたくねぇ」

とうとう情けない命乞いの言葉を聞いた周りの連中が大爆笑する。

嘲り笑う声が周りで爆発し、指さしてはやし立てた。

だけど……他者に傷跡を見せつけ恐怖で相手を屈従させることに心地よさを感じていた傷の男は、この時激昂もせず、後悔と懺悔の中で怒りも何も見せなかった。

ああ。今になって彼らの心が分かる。

生き甲斐を見つけたんだ。心の底から憧れた星を見つけたんだ。人生すべてを賭けても悔いのない美しいものに巡り合えたんだ。こんなにも楽しくて、美しいものを見続けたいのに……他者からの暴力によって人生を無理やり中断させられる。それがどれほど苦痛で無念なことか。同じ立場になってようやく分かったのだ。

悔しい。恐らくは自分が生きて帰れないことが……黄金の姐さんが辿るであろう英雄の道行きに同行できない自分の人生が。

自分と同じ無念を抱えて『死にたくない』と言っていた人を遊び半分で殺した自分の愚かさが……悔しくて仕方ない。

「入れ」

騎士たちに先導されて連れ込まれる大きめの家屋。

中には簡素な椅子とテーブル。後ろから聞こえる扉の閉まる音はまるで自分たちの運命が閉じた音のようでもあった。

傷の男は無言のまま、天井を……否、天上に座する神々を仰ぎ見た。


神さまがた、天と海におわす光と闇の双子の女神さま。

俺は生きたいと、死にたくないと命乞いする人を大勢殺してきました。

どんな生まれであろうと、どんなに不幸であろうとも生きたいと願うのは皆同じであるのに、人を恐怖させる快楽に負けて大勢の善男善女を殺しました。親父の血が俺の人生をおかしくした……などと申しません。俺はやはり人を恐怖させることが面白いと感じていたのです。この罪は誰のものでもなく、俺自身から生まれた身から出た錆《さび》なのです。

罪を償うにはいまさら遅すぎるのは分かっているのです。ですがどうか、あなたの下した死の運命に歯向かうことをお許しください。

ここから先、もしこの絶体絶命の窮地を乗り越えられたなら善行に生きます。弱い人を遊び半分で殺すなんてことは致しません。人生のすべてを良きことに使います。

黄金の姐さんと共に生きてみたい。英雄の物語の端役、あの人の盾になって死ぬその他大勢の人生であろうと、悔やむことはないでしょう。

「殺せぇ！」

「ただでやられるか！」

交渉は決裂し、部屋の外から騎士やチンピラまがいの傭兵が室内に殺到してくる。

傷の男は剣を抜き、構えた。他者を恐怖させる『魔力』はもう意味をなさない。ただ剣の導くままに切っ先を向け、迫りくる相手に斬りかかった。

男の剣は人生で最も鋭く苛烈な威力を発揮し、傭兵を一人二人と切り伏せる。

まるで死神に抗うかのよう。死にたくない、まだ生きていたいという無念を全身で叫ぶかのようだ。自分のやったことを思えば、それがどれほど身勝手で我儘なのだと分かっていても、死に抗わずにはいられなかった。

だって、これからなんだぜ？

これから本格的に俺の人生面白くなりそうなんだぜ？

今から俺は本物の英雄に引っ張られて英雄譚の端役になるんだぜ？

たとえ死んでも悔いの残らない、心の底から満足できる人生が目の前に迫っていたんだぜ？

死にたくねぇ、と命乞いしたところで許してはくれないだろう。

なぜなら目の前の連中は、かつての俺と同じなのだから。相手を恐怖させ、命乞いさせることが面白くて仕方ないのだから。


傷の男は、ふ、と笑った。

お前らつまんねぇ人生歩んでるねぇ、昔の俺を見ているようだと思いながら——騎士めがけて切っ先を突き込む、が。全身を纏う甲冑が刃を逸らし、火花を散らしながら明後日の方向に飛んだ。

まずい、と思っても間に合わない。

隙のできた五体に、騎士の刃が迫る。


脳裏によぎるのは走馬灯。今までの人生すべてを一瞬で振り返る。

待て。待てよ。待ってくれ。あとちょっとで俺の人生面白くなりそうなんだ、あとちょっと、ちょっとだけでいい。

瞼に浮かぶのは母の姿。喧嘩してきた自分に、愛のにじむ眼差しで叱ってくれる。

『いいかい？　悪いことをしたら悪いことが還ってくる。

いいことをしたら良いことが還ってくるんだよ。だからみんなにやさしくするんだよ。

それが最後には、お前のためになるんだからねぇ』

――ごめんなさい、かあちゃん。もう喧嘩しねぇから、いい子になるから。みんなに優しくするから――

なんの罪もなかった少年時代の声が、どこかから聞こえる。

死にたくねぇよ。

かあちゃん。

あとがき

「小説家になろう」のＷＥＢ版から読んで本を手に取ってくださった方。

昔に出していた本以来の方。

そして書店や電子書籍で何かが琴線に触れた方。

こうして読んでくださっている皆様、本当にありがとうございます。

作者の八針来夏と申します。

この度は『肥満令嬢は細くなり、後は傾国の美女（物理）として生きるのみ』を手に取ってくださりありがとうございました。

本作は、当時勤めていた会社を辞め、「小説家になろう」で一発面白いのを書いてまた一旗揚げてやるぜ！　……と休職期間を生かして書き溜めた作品……ではありませんでした。

当時はまさに婚約者から理不尽な要求を突きつけられる「婚約破棄もの」が隆盛を誇っている時期でした。

いや、こうしてあとがきを書いている時期も大人気ですし、恐らく皆さんのお手元に本が届く頃も人気を維持し続けているジャンルでしょう。

当時の作者は異世界、転生ものを書き溜めており、それらが一段落ついた頃でした。

なので「これでランキング一位を取る！」と意気込んだ話ではなく、長編書いたし少し気分転換のつもりで、初めて「婚約破棄もの」を書いてみるつもりになったのです。

そうです、これでも一応まじめに悪役令嬢ものを書いてみたつもりなのでした……。

信じてください。

なので当初は一話読み切りの短編のつもりで。

でもさすがにちょっと分量多いな……と思ったので短編で上げるはずのお話を二話に分けてアップ。主人公の彼女が戦場で散ったと地の文で語られるあたりまでですね。

そして。

そういえば完結にチェック入れてなかったな……と投稿してから寝床で思いましたが、作者は当時、そこまで人気が出るとは思っていませんでした。

この辺は作者の思い違いだったかもしれません。

イラストや漫画ならともかく、媒体は小説です。主人公が肥満でも言動が格好いいなら読者さんから受け入れられるのだなぁ、と実感しました。

ローズメイという主人公を設定する際に、作者の頭の中にあったのはとある大人気格闘ゲームシリーズの登場人物でした。

「ハンサムでイケメンだが、パワーが足らずなかなか勝てない。なので体重を増やして強くなった」という設定のあの人です。この時の要素を美女でやってみたのがきっかけになります。そこからいろいろと肉付けをして今の形になりました。

そして主人公ローズメイに力を与えた存在である「強力神」ですが、これも月曜に更新されている大人気超人プロレス漫画の登場人物からイメージを拝借していました。

主人公に味方するかつてのライバルだった「体の大きい」あの人が、歯車マスターである敵と戦っていた頃です。なので神様のお名前もそこからですね。

バリバリのヒロイックファンタジーのはずなのになんか神の名前、話に合ってなくね？　と思ったのならその通りですね……。

当時はなぜか妙に人気が出て嬉しいのと驚きが半々でした。

良いスタートを切ったのだから、ここから読者を繋ぎとめられるかが勝負。

しかし作者は全く先の展開など考えておらず、当然ながらすべて行き当たりばったり！　毎日毎日どーすんだよ、と自問自答しながら更新しておりました。

あの時、たまたま無職で執筆に時間を大きく割けなければ期待には応えられなかったでしょう。

さすが無職の力。無限の力と無職の力ってなんか似てるよね。

できれば今度こそ専業作家になりたい。なれるといいなぁ……。

そんな風にいろいろと大変ながらもご縁に恵まれ、こうして本の形として皆様のお手元にお届けできるようになりました。有難いことです。

それでは執筆にあたり、お世話になった方々への謝辞に移りたいと思います。

アマラ先生、いつも相談に乗っていただきありがとうございます。読者目線でのご意見などどれも参考になるものばかりでした。

二宮酒匂先生、色々と相談で話を聞いてくれてありがとうございます。お酒はほどほどにしてご自愛を。またご飯食べに行きましょう。

「小説家になろう」連載当時に応援してくださった日向夏先生、ありがとうございます。

続きがどうにも書けなかった時に、励ましの言葉、応援ありがとうございます。自信がなかった時の応援は大変ありがたかったです。

そして完全にスランプに陥り、休載していた時に感想をくださった澁澤まこと先生、本当にありがとうございました。

あの時の感想が作者の中でくすぶり続けていた、燃え残っていたすべてに火をつけてくれたおかげでもう一度書き始める力を貰えました。

先生の言葉がなければ、こうして本の形で皆さんのもとにお届けすることはできなかったでしょう。

WEB小説版から読んでくださり感想をくださった方、ありがとうございます。

担当編集の方々、いろいろとお世話になりました。いつも誤字脱字してすみません、もうちょっと筆速くなるよう頑張ります。

輝竜司先生、ラフやイラストが来るたび自分の頭の中の想像が形になるようでうれしくて楽しかったです、作品を彩る絵をありがとうございます。

校正や製本など、この本に関わる全ての方々にありがとうございます。こうして本にして出せるのは皆さまのおかげです。

そしてこの本を手にとってくださった読者の方々へ感謝の言葉を。ありがとうございました。

それでは『肥満令嬢は細くなり、後は傾国の美女（物理）として生きるのみ』二巻目もよろしくお願いいたします。

頭の中で出力の時を待つ第二部の話でお会いできれば幸いです。

それではまた、次の物語のあとがきでお会いできますように。

八針来夏でした。

✶次巻予告✶

屍術師の影を滲ませる男爵、

民を虐げる不届き者は——

残らず成敗してくれよう！

コミカライズ企画進行中！

漫画：宇都リクツ

父討伐に
複雑な思いを抱くセルディオ、

暗躍する帝国の手の者――

各人の思惑が渦巻くなか男爵領討伐へ！
美女の痛快英雄伝第二弾！

肥満令嬢は細くなり、後は傾国の美女（物理）として生きるのみ 2

The obese daughter becomes thinner, and the rest of her life is spent as a leaning beauty (physics).

八針来夏　illustration／輝竜司

2024年発売予定！

肥満令嬢は細くなり、
後は傾国の美女（物理）として生きるのみ

2024年9月1日　第1刷発行

著　者　八針来夏

発行者　本田武市

発行所　TOブックス
〒150-0002
東京都渋谷区渋谷三丁目1番1号　PMO渋谷Ⅱ　11階
TEL 0120-933-772（営業フリーダイヤル）
FAX 050-3156-0508

印刷・製本　中央精版印刷株式会社

ISBN978-4-86794-286-4